Stephanie Gessner

Lil April

Eine Katastrophe jagt die nächste

Band 1: Lil April – Mein Leben und andere Missgeschicke
Band 2: Lil April – Eine Katastrophe jagt die nächste
Band 3: Lil April – Das Chaos kommt selten allein
Band 4: Lil April – Mein ganz normaler Wahnsinn

Stephanie Gessner

LIL APRIL

Eine Katastrophe jagt die nächste

magellan

Für meine Geschwister
Thomas, Jutta, Anne, Johannes und Michael

Es war der traurigste Tag meines Lebens, aber niemand wusste davon.

Noch nicht einmal Dennis, obwohl er es hätte wissen müssen. Aber der dachte ja, alles sei ganz einfach und locker und, na klar, halb so wild. Halb wild hätte ich ihm am liebsten eine geknallt, ihn dann durchgeschüttelt und schließlich vom Baum gestoßen. Ich stellte mir gerade vor, wie Dennis mit aufgeschlagenen, blutenden Knien unter dem Baum lag und mich anflehte: »Lil, bitte, verlass mich jetzt nicht, es tut so weh«, als ich über den Bordstein stolperte und im nächsten Moment gegen unseren Gartenzaun knallte. Mein linker Arm rutschte hart am Holz entlang, mein Kinn donnerte gegen eine Zaunspitze. Verflixt, das tat weh! Zum Glück fand meine rechte Hand Halt und bremste den Sturz. Ich richtete mich wieder auf. Aus dem Kratzer am Arm tropfte Blut. Etwas zittrig befühlte ich mein Kinn, konnte aber nichts Schlimmes ertasten. Ich rieb meinen Arm. Super. Genau in dem Moment, wo ich Dennis in Gedanken vom Baum geschubst hatte, war ich auf die Nase geflogen. Vielen Dank, Schicksal. Tja, das würde mich nicht davon abhalten, weiter meinen düsteren Gedanken nachzuhängen. Dazu hatte ich jedes Recht, fand ich und wischte meinen Arm ab. Das bisschen Blut regte mich nicht auf, denn ein Kratzer mehr oder weniger, darauf kam es jetzt wirklich nicht an. Ich hatte wichtigere Probleme. Mein Freund hatte mit mir Schluss gemacht.

Statt an unserer Haustür zu klingeln, verzog ich mich in

den Garten und legte mich in die Hängematte. Sofort hatte ich die schreckliche Szene wieder vor Augen. Dennis saß neben mir auf unserem Kastanienbaum. Unter dem dichten Blätterdach wirkten seine braun-gelb gesprenkelten Augen ungewohnt dunkel, und sie schauten nicht mich an, sondern irgendwohin, hinunter auf seine Schuhspitzen oder in den Hof oder an mir vorbei zu den Ästen, Zweigen und Blättern. Dennis rutschte auf dem alten Holzbrett, das er im letzten Herbst extra für uns hier oben befestigt hatte, hin und her und knabberte an seinem linken Daumen.

»Ich will einfach keine feste Beziehung«, hörte ich ihn sagen. Und: »Es nervt mich, dass wir alles zusammen machen. Das ist so öde.«

»Hör auf!«, hätte ich ihn am liebsten angeschrien, aber meine Stimmbänder fühlten sich irgendwie brüchig und schwach an. Also weinte ich ein bisschen. Statt mich zu trösten, lachte Dennis so seltsam. »Mensch, Lil, halb so wild. Wir können doch Freunde bleiben.«

Wie stellte er sich das vor? Sollte ich mit jemandem befreundet sein, in den ich verliebt war, den ich aber leider offensichtlich nervte? Der es öde fand, mit mir zusammen zu sein?

Ich stieß ihn dann nicht vom Baum, die Idee kam mir ja erst später, beim Nachhausegehen. Ohne viel zu sagen, bin ich einfach die Strickleiter hinuntergeklettert und eine Weile in unserem Stadtteil herumgeirrt. Irgendwann rief ich meine HALF, also hellihafte allerliebste Freundin, an und klagte ihr mein Leid. Aber Helli war im Moment kein großes Trosttalent. Was an ihren persönlichen Lebensumständen lag. Sie war nämlich nicht nur seit ungefähr einem halben Jahr extremst verknallt, sondern seit ziemlich genau vier Wochen auch mit dem Jungen zusammen, in den sie verliebt war. Und dieser Junge hieß ausgerechnet Pego April. Für Helli natürlich ein Glück, weil sie ja so verknallt war, aber für mich ging das schon in Richtung Schicksalsschlag. Meine HALFie und mein Bruder, der größte Pegoist aller Zeiten! Es hat ganz schön lang gedauert, bis es endlich entschieden war zwischen den beiden, aber das war auch gut so, denn mir schenkte das etwas Zeit, um die Sache besser zu verdauen. Wäre es praktisch über Nacht passiert, dann hätte ich die Krise gekriegt.

Jedenfalls war Helli seitdem so glücklich, dass es ihr schwerfiel, sich vorzustellen, wie jemand anderes unglücklich sein konnte. Und deshalb nahm sie meinen Kummer, glaube ich, nicht so richtig ernst.

»Lil, Abendessen«, rief mein kleiner Bruder Orion durchs Wohnzimmerfenster.

Nach Essen war mir nicht zumute und nach dem quirligen Haufen meiner Geschwister schon gar nicht. Trotzdem rappelte ich mich hoch. Sonst würden sie noch angelaufen kommen und fragen, was mit mir los war. Vielen Dank, darauf konnte ich verzichten.

Drinnen war der Tisch schon fertig gedeckt. Ich ließ Händewaschen, was bei uns normalerweise dazugehörte, ausfallen und setzte mich auf meinen Platz.

»Hallo, Lil, mein Schatz, du kommst aber spät«, begrüßte mich Mama und strich mir übers Haar.

Ich nickte mechanisch und brachte kein Wort heraus. Während die anderen munter durcheinanderquakten, legte ich eine Brotscheibe auf meinen Teller und tauchte wieder in meine Gedankenwelt ab. »Ich will keine feste Beziehung, keine feste Beziehung, kei-ne fes-te Be-zie-hung-ung, -ung!« Dennis stand im Kastanienbaum auf dem Brett und rappte einen Schlussmachersong. »Fort fort fort, lass lass lass, mich mich mich, ich brauch dich nicht«, ging das Lied weiter.

Mein Bruder Pego stieß mich in die Rippen. »Ey, aufwachen! Schieb mal Ketchup rüber, aber heute noch, wenn's geht.«

Ich schaute Pego an, was offenbar sehr dämlich aussah, denn alle brachen in Gelächter aus. Es dauerte einen Moment, bis ich es merkte: Ich saß gar nicht auf der alten Kastanie und hörte den blödesten Rap aller Zeiten. Das war schon Stunden her. Ich saß mit einer fröhlichen und lauten Familie beim Abendessen. Mama und meine Geschwister Pego, Arti, Triton, Orion und Nike. Und unser Au-pair Maria. Unter dem Tisch lag Pan, unser Hund. Nur einer fehlte, nämlich Papa. Der lebte seit fünf Monaten in England, weil er von der Universität in Cambridge einen unbeschreiblich tollen Job angeboten bekommen hatte. Deshalb behauptete er seitdem ständig, dies sei das größte Glück überhaupt, für die ganze Familie übrigens. Niemand teilte seine Meinung, aber das schien Papa nicht zu stören.

»Seht mal, Lil hat mit offenen Augen geschlafen«, krähte Orion und versuchte, von einem Brot abzubeißen, auf dem mindestens vier Salamischeiben, zwei Käsescheiben und ein dickes Stück Gurke lagen. Die Hälfte davon plumpste zurück auf den Teller.

Mama schüttelte den Kopf. Ich nahm die Ketchupflasche und reichte sie wortlos an Pego weiter.

»Wurde ja auch Zeit«, blaffte mein großer Bruder.

»Pego, tu mir den Gefallen und verschon uns mit deinem ungehobelten Boxerton«, sagte Mama streng. »Mach das in deinem Verein, aber hier befolgst du bitte die Grundregeln des Anstands.«

Ich nickte. »Genau. Und eine Grundregel lautet Danke sagen.«

»Und Bitte, stimmt's, Mami?« Meine kleine Schwester Nike dachte nach. »Und Guten Morgen und Gute Nacht.«

»Ja, vor allem Gute Nacht!« Pego drückte einen riesigen Klecks Ketchup auf seinen Teller. »Schlafenszeit, ihr Zwerge, schaut mal auf die Uhr.«

»Wir haben noch genau achtundzwanzig Minuten und fünfzehn Sekunden Zeit«, verkündete Triton, mein obergescheiter mittlerer Bruder, mit einem Blick auf seine Armbanduhr. »Lasst euch nicht hetzen, Zwillinge.«

Nike und Orion schnitten Pego eine Grimasse.

»Wenn ihr wollt, lese ich euch noch etwas vor«, sagte Maria, die zwischen den Zwillingen saß.

Nike lächelte. »Ja. Aber wir gehen sowieso erst ins Bett, wenn wir Papi Gute Nacht gesagt haben.« Sie pickte mit dem Finger die Krümel von ihrem Teller.

»Yes. And good night!« Orion hielt Arti sein Salamibrot unter die Nase.

Arti verzog das Gesicht und schob Orions Arm zur Seite. »Lass das!« Sie wandte sich an Mama. »Ich finde es ungerecht, dass hier alle immer und ständig Wurst essen. Und mich auch noch damit ärgern. Überall riecht es. Das ist so was von widerlich.«

Arti hatte an ihrem elften Geburtstag beschlossen, Vegetarierin zu werden. Aus Liebe zu den Tieren, wie sie sagte. Das war jetzt zwei Monate her. Niemand hatte geglaubt, sie würde es durchziehen, vor allem, weil sie so gerne Fleischklößchen gegessen hatte. Doch es sah nicht danach aus, als würde Arti es sich anders überlegen. Im Gegenteil. Sie wurde immer radikaler.

»Du kannst ja einen schriftlichen Antrag auf eine wurstfreie Zone stellen«, lästerte Pego und wedelte mit einer Scheibe Schinken über den Tisch. Es sah wirklich witzig aus, und alle, sogar Arti, mussten lachen. Nur ich nicht.

Arti wurde ernst. »Ich will sogar noch mehr.« Sie hielt sich die Nase zu. »Ich will eine wurstGERUCHfreie Zone, jawohl!« Sie schaute angriffslustig in die Runde. Wieder lachten alle, sogar Mama.

Ich wollte gerne mitlachen, aber es ging nicht. Mit meinen Gesichtsmuskeln war etwas nicht in Ordnung. Ich konnte nicht mehr lächeln und lachen schon gar nicht. Unauffällig tastete ich meine Wangen ab. Sie fühlten sich an wie versteinert. Als könnte ich die Traurigkeit mit Händen greifen. Wahrscheinlich würde ich nie wieder lachen. Ich starrte auf Pegos Schinkenscheibe und hörte plötzlich nicht mehr, was Arti und die anderen sagten. Ohne dass ich etwas dagegen tun konnte, flogen meine Gedanken zurück zum Kastanienbaum, wo Dennis gerade die zweite Strophe rappte. »Raus, raus, raus, frei, frei, frei, ist mir doch alles einerlei, -ei, -ei. Früher warst du mal mein Schatz, jetzt brauch ich hier mehr Platz. Platz, Platz, alles für die Katz Katz Katz …«

Irgendwo in weiter Ferne bimmelte es. Und dann wehte mir ein zwiebelartiger Geruch in die Nase. Ich erwachte wieder aus meinem Tagtraum. Orions rundes, verkleckertes Kinn klebte an meinem.

Ich wich zurück. »Hey, was soll das?«

Mein kleiner Bruder ließ sich lachend auf seinen Stuhl fallen. »Sie hat echt nichts mitgekriegt!«

»Man wird doch wohl noch seinen eigenen Gedanken nachhängen dürfen«, brummte ich.

Ich sah, dass sie den Tisch schon abgeräumt und gewischt hatten.

»Wir dachten, du stehst unter Hypnose!« Arti lachte.

»Lil, ist alles in Ordnung mit dir?«, fragte Mama. Sie platzierte ihren Laptop an dem Tischende, wo Papa normalerweise saß. Dann ging sie ein paar Schritte um unseren riesigen Familientisch herum und fühlte meine Stirn. »Hm, du bist ein bisschen warm.«

»Mir geht es auch nicht besonders.« Zwar sollte niemand mitbekommen, warum es mir schlecht ging, aber ich hätte es jetzt auch nicht geschafft, meiner Familie die gut gelaunte Lil vorzuspielen.

Mama strich mir über den Kopf. »Vielleicht gehst du mal früher als sonst ins Bett, mein Schatz.«

In meiner Kehle wuchs ein dicker, fetter Trauerkloß. Ich schluckte und versuchte, die Tränen zurückzuhalten. Wie sollte ich schlafen, wenn ich dauernd an Dennis denken musste?

Der Laptop klingelte. Das war Papas Skype-Anruf. Wie jeden Abend versammelten wir uns am gegenüberliegenden Tischende, sodass Papa uns alle im Blick hatte. Mehr oder weniger.

Alle passten wir nie richtig ins Bild. Maria musste ja nicht mit darauf. Wenn sie da war und nicht wie an drei Abenden in der Woche in einem Café arbeitete, begann sie meistens schon mal, die Spülmaschine einzuräumen. Pego hielt sich am Rand, denn er hasste die bloße Vorstellung von England und Cambridge, und wenn er dann im Skype-Bildschirm hinter Papa diesen historischen Glockenturm der Universität sah, bekam er jedes Mal megaschlechte Laune. So wie jetzt.

»Mann, Papa, stell deinen Laptop doch mal so, dass wir nicht immer diesen ollen Turm sehen müssen!«

Niemand beachtete sein Gemecker.

»Guten Abend, ihr Lieben«, sagte Papa. Seine schwarzen Locken sahen ganz schön lang und verwuschelt aus, fand ich. »Geht es euch gut?«

Alle riefen durcheinander, dass es ihnen gut gehe, außer mir natürlich. Und Pego.

»Papa, du musst mal zum Friseur«, sagte ich.

Mama lachte. »Stimmt.«

Papa fuhr sich durch die Haare. »Tatsächlich? Nun, wenn ihr meint.« Er kramte auf seinem Schreibtisch und hielt dann etwas hoch. »Seht ihr das? Das habe ich heute entdeckt. Endlich!«

Das Bild zeigte ein Haus. Die Zwillinge schmissen sich auf den Esstisch, um besser sehen zu können. »Oh, Papi, ist das unser neues Haus?«

Triton und Arti beugten sich über Nike und Orion, und sogar Pego kam ein Stück näher, aber nur kurz. Dann wandte er sich wieder ab.

»Altes Gemäuer«, schnaubte er verächtlich.

»Cool!« Orion versuchte, Triton abzuschütteln, der ihn mehr oder weniger zerquetschte.

Tritons rechte Schulter zuckte hektisch. Das tat sie schon länger, in letzter Zeit aber wieder stärker, fiel mir auf. »Sieht super aus, Papa.«

»Ja, nicht schlecht«, fand auch Arti.

»Es sieht aus wie ein kleines Schloss. Ist das auch bezahlbar?« Mama schaute ein bisschen skeptisch.

Sie hatte recht. Das Haus war aus Steinen gebaut, aus denen auch Burgen oder Schlösser gebaut wurden. Das schien in England häufig vorzukommen, Papa hatte uns schon eine Reihe von Häusern gezeigt und oft waren sie aus Naturstein. Dieses hier aber besaß außerdem noch mehrere Erker und Türmchen.

Papa ging auf Mamas Frage nicht ein. »Lilaia, du sagst gar nichts?«, wunderte er sich.

Die anderen konnten nicht wissen, wie superpupsegal mir gerade dieses englische Haus war. Es hätte auch ein Palast oder eine Villa mit Pool sein können, es interessierte mich nicht.

»Wie viele Schlafzimmer hat es denn?« Ich wollte wenigstens irgendetwas sagen.

»Ihr werdet es nicht glauben, und ihr könnt euch gar nicht vorstellen, wie schwierig es ist, so etwas hier zu finden! Es sind sechs Schlafzimmer!« Papa strahlte, als hätte er gerade einen Schatz aus Gold gehoben.

»Das bedeutet, alle außer den Zwillingen bekommen ein eigenes Zimmer!«, rechnete Triton blitzschnell aus.

»Yes!«, rief Arti.

Die Zwillinge sahen sich an und zuckten mit den Schultern.

»Mir egal«, sagte Orion.

Nike lächelte. »Mir auch.«

»Wenn ich hier in München bleibe, dann kann einer von euch Knirpsen mein Zimmer in Cambridge haben«, sagte Pego, der hinter uns allen an der Wand lehnte und damit für Papa kaum zu sehen war.

»Es ist wirklich ein sehr schönes Haus.«

Papa überging Pegos Bemerkung oder er hatte sie nicht gehört. »Und es liegt nicht sehr weit von eurer zukünftigen Schule.«

»Es ist toll, Theo«, sagte Mama. »Hast du Aufnahmen von innen?«

»Bald, Liebes. Ich muss mich darum kümmern und dann zeige ich sie euch. Ich denke, wir sind hier auf dem richtigen Pfad.«

Pego verdrehte die Augen. »Ja, zum Glück haben wir ja dich, den obergenialen Pfadfinder!« Er machte eine wegwerfende Handbewegung und ging Richtung Flur. »Oh Mann, wie mich das alles ankotzt!«

Mama wirbelte herum. »Pego! Deine Ausdrucksweise ist inakzeptabel.«

Wir hörten Pego die Treppe hinauftrampeln, extralaut. »Euer fucking Cambridge ist inakzeptabel«, schrie er.

»Hat Facking etwas mit Fasching zu tun?«, fragte Nike.

Mama antwortete nicht. Sie war richtig sauer, das konnte ich sehen. Sie presste die Lippen zusammen und schaute zu Papa, dessen Kopf mit gerunzelter Stirn den ganzen Bildschirm ausfüllte.

»Es wird immer schlimmer«, sagte Mama leise.

»Ich höre dich nicht, meine Liebe«, erwiderte Papa.

»Sie hat gesagt, es wird immer schlimmer mit Pego«, rief nun Triton klar und deutlich.

Papa machte ein bekümmertes Gesicht. Dann lächelte er. »Das gibt sich bestimmt bald. Mit fünfzehn war ich auch schwierig.«

Ich konnte mir meinen Vater beim besten Willen nicht als Fäuste schwingenden, aggressiven, motzigen, fluchenden Fünfzehnjährigen vorstellen.

Mama, glaube ich, auch nicht, denn sie schüttelte ganz leicht den Kopf. Aber sie lächelte wieder. »Na gut. Hoffen wir, dass du recht hast, Herr Professor.«

Früher hat Mama immer Zeusel zu Papa gesagt, weil er Zeus und die alten griechischen Götter fast genauso verehrte wie seine antiken griechischen Vasen, auf die er als Professor für Archäologie spezialisiert war. Aber seit Neuestem sagte Mama öfter Herr Professor. Wahrscheinlich wegen seines genialen Karrieresprungs nach Cambridge.

Pego kam in drei Sätzen die Treppe heruntergejagt. Wir hörten, wie er seine Jacke vom Garderobenhaken nahm und sich Schuhe anzog.

»Bin weg!«, rief er, und fast im gleichen Moment krachte auch schon die Haustür ins Schloss.

Unschlüssig stand ich an meinem Schreibtisch und äugte aus dem Fenster. Von hier konnte ich das Haus sehen, in dem Dennis wohnte, und sogar das Fenster seines Zimmers. An dieser Stelle hatten wir uns in den letzten fünf Monaten jeden Abend noch einmal Gute Nacht gefunkt, mit Lichtzeichen. Extrakleine Taschenlampen hatten wir uns gekauft, mit denen wir uns dann geheime Signale sendeten. Dreimal kurz geblinkt hieß »Kuss Kuss Kuss«. Zweimal lang bedeutete »Ich vermisse dich«. Zweimal kurz: »Bis morgen«. Oft hatte dann jeder noch eine Weile am Fenster gestanden oder am Schreibtisch gesessen und immer wieder geblinkt.

Ich hielt die kleine Taschenlampe in der Hand und presste die Stirn ans Fenster. Draußen war es stockdunkel und auf der Straße vor dem Haus nichts los. In Dennis' Zimmer brannte kein Licht. Ich hörte, wie Arti hereinkam. Seit wir das neue Regal als Raumteiler aufgebaut hatten, konnte ich sie von meinem Schreibtisch und vom Bett aus nicht mehr sehen. Auf diese Weise besaß jede von uns nun fast ein eigenes Zimmer mit eigenem Fenster, denn genau zwischen den beiden Fenstern stand das neue, riesige Regal. Die Fächer waren so tief, dass Arti von der einen und ich von der anderen Seite unsere Bücher und Kartons und Ordner und Krimskrams hineinstellen konnten. Auf Artis Regalseite saßen reihenweise Kuscheltiere, auf meiner stapelten sich Bücher, aber auch meine Modezeitschriften, hübsche Schachteln und gerahmte Fotos, die Helli und ich von uns gemacht hatten. Meine Zimmerhälfte war klein, aber total schön und gemütlich.

Rund um das Bett hatte ich die Wand in den letzten Weihnachtsferien mit meinen Zeichnungen tapeziert. Das war Dennis' Idee gewesen und sah megacool aus. Ich hatte dafür hundert Farbkopien von den Bildern meiner insgesamt acht Lil-Lebensbücher gemacht. In meine LLBs zeichnete ich alles, seit meinem zehnten Lebensjahr. Gutes und Schlechtes, Lustiges und Trauriges und davon abgesehen ganz viel Mode. Herausreißen wollte ich die Seiten nicht, deshalb kam mir die Idee mit den Kopien.

Heute konnte mich der Anblick meiner superschönen Tapete aber weder erfreuen noch trösten. Ich hatte auch keine Lust zu zeichnen. Das hatte es in meinem ganzen Leben noch nie gegeben.

Ich ließ mich auf den Schreibtischstuhl fallen und ging Dennis' letzte Textnachrichten auf meinem Handy durch. Bis vor ein paar Tagen hatten sie noch normal geklungen. »Ich mag dich so!!!«, »Freu mich auf morgen!!!« oder »Lil forever!!!«. Dann, seit letzten Donnerstag, wurde er irgendwie einsilbig. »Ok« oder »Bis dann«. Keine Smileys mehr und auch keine Herzchen oder andere lustige Zeichen, die er mir sonst tausendfach geschickt hat. Trotzdem hatte ich es nicht richtig gecheckt. Bis er heute auf dem Baum Klartext mit mir geredet hatte.

Die Uhr zeigte zwanzig vor neun. Ich hörte Arti nebenan in einem Buch blättern. Sie würde bald das Licht ausmachen, im Gegensatz zu mir brauchte sie viel Schlaf. Mir reichte es, wenn ich um zehn Uhr ins Bett ging.

Ob ich Dennis eine Nachricht schicken sollte? Ich tippte drauflos. »Lieber Dennis, ich bin so traurig …«:

Mir fiel wieder ein, wie fremd er mir am Nachmittag vorgekommen war. So kühl. Halb so wild, dieser Satz nagte heftiger an mir als ein hungriges Eichhörnchen an einer Kastanie. Schnell löschte ich den Text wieder. Ich richtete die Taschenlampe aufs Fenster und knipste an und aus, an und aus, einmal, zweimal, dreimal, viermal, fünfmal. Dreißigmal. Dennis würde es sowieso nicht sehen. Oder doch? Saß er vielleicht in seinem dunklen Zimmer und wartete? Hatte er es sich anders überlegt und vermisste mich auch? Möglicherweise traute er sich nur nicht, den ersten Schritt zu tun. Oder hatte ihn schon getan und mir wie so oft in den letzten Monaten eine Nachricht in unseren Briefkasten am Gartenzaun gelegt? Das war auch so eines unserer Rituale. Irgendwann, als sein Handy mal wieder kein Guthaben hatte und auch das WLAN nicht ging, fing Dennis damit an. Während wir Aprils beim Abendessen saßen, rannte er zu unserem Briefkasten und warf einen Zettel für mich ein. Manchmal sah ich ihn durchs Küchenfenster, und dann zögerte ich den Moment, in dem ich an den Briefkasten ging, immer noch ganz lange hinaus. Es vergrößert die Vorfreude, wenn man sich schön lang Zeit lässt, finde ich. Die Briefkastennachrichten habe ich nie sofort gelesen, sondern erst noch ein Weilchen in meiner Hosentasche spazieren getragen. Oft habe ich sie sogar erst gelesen, wenn ich im Bett lag. Manchmal ruhten fünf oder sechs Nachrichten unter meinem Kopfkissen, die ich dann Abend für Abend immer wieder nacheinander las, bis sie in meine kleine grüne Schachtel wanderten und Platz für die nächsten Zettel machten.

Ich zog die grüne Schachtel aus meinem Regal und öffnete sie. Da waren sie, alle Zettelchen der letzten Monate. »Hi, Lil, kannst du ein großes Herz für mich malen?«, stand auf einem. »Was reimt sich auf Lil? Ich will, ich will, ich will!«, auf dem nächsten. Die Buchstaben verschwammen vor meinen Augen und ich musste mich plötzlich an der Schreibtischplatte festhalten. Mir war, als schwömme ich in einem Strudel, der mich fortreißen konnte. Es dauerte ein paar schreckliche Augenblicke, in denen mir die Tränen nur so aus den Augen stürzten, ohne dass ich etwas dagegen tun konnte. Sie tropften auf die Zettelchen. Schnell schloss ich den Deckel wieder.

»Alles okay, Lil?«, fragte nebenan Arti.

Ich wischte mein nasses Gesicht am Ärmel ab. Mehr als »hmm« brachte ich aber nicht heraus.

Arti schien es zu genügen. »Was machst du gerade?«, wollte sie wissen.

Ich zog die Nase hoch. »Hausaufgaben«, log ich und klappte ein paar Hefte auf dem Schreibtisch zu. »Bin jetzt fertig.«

»Okay. Gute Nacht.« Sie knipste das Licht aus und klopfte Pan, der wie immer vor ihrem Bett lag, ein letztes Mal das Hinterteil.

»Schlaf gut.«

Ich saß im Schein meiner Schreibtischlampe, schaute hinaus auf die Straße und versuchte, mich zu beruhigen. Aber die Sache mit den Zettelchen ließ mir keine Ruhe. Bis zu unserem Briefkasten waren es nur ein paar Schritte. Ach, ich würde einfach nachsehen.

Kaum hatte ich das entschieden, rannte ich auch schon aus dem Zimmer und die Treppe hinunter. Zum Glück begegnete mir niemand. Mama saß bestimmt im Wohnzimmer an ihrem Laptop, die drei Kleinen lagen wie Arti im Bett. Pego war ja nach dem Abendessen davongerauscht.

Der Briefkasten war voll mit Post. Offenbar hatte Mama vergessen, ihn zu leeren, das war nichts Ungewöhnliches. Da war keine Nachricht von Dennis, das sah ich gleich. Seine zehnfach gefalteten Zettel sprangen mir immer direkt ins Auge, und manchmal, wenn der Kasten so voll war wie heute, waren sie mir entgegengepurzelt. Sicherheitshalber schaute ich aber trotzdem zwischen die Briefe. Da waren drei für Mama, zwei für Papa und dann ... Ich stutzte. Ein Brief für mich? Ich ging zu der Lampe, die unseren Weg zwischen Gartentor und Haustür beleuchtete, und hielt den Brief unters Licht. Unter Absender stand *StyleIn, Magazin für Fashion & Beauty*. Mein Herz begann zu klopfen.

Ich weiß auch nicht, warum, aber als Erstes roch ich an dem Brief. Als könnte ich den Inhalt wittern, die darin enthaltene Nachricht erspüren. Dann hielt ich ihn noch näher vors Licht, um zu prüfen, ob des Rätsels Lösung hindurchschien. Vor fast einem halben Jahr hatte ich nämlich an einem Modedesignwettbewerb teilgenommen. Heimlich übrigens, weil Mama und Papa es mir nicht erlauben wollten. Ob das jetzt die Antwort war? Ich rechnete schon ewig nicht mehr damit.

Im Haus warf ich die übrige Post auf die alte Kommode im Flur und flitzte zurück in mein Zimmer. Ich huschte an der schlafenden Arti vorbei in mein kleines Reich, setzte mich aufs Bett, kramte mein Handy aus der Schultasche und wählte Hellis Nummer. Sie war sofort dran.

»Hey. Geht es dir besser?«, begrüßte sie mich, was ich sehr nett fand.

»Nein. Aber es ist etwas passiert. Er ist da!«, flüsterte ich.

»Wer? Dennis?«

»Nein. Der Brief.«

»Brief? Von Dennis?«

»Helli! Der Brief von *StyleIn*. Der Wettbewerb. Erinnerst du dich?«

Meine Freundin atmete aus. »Ach so. Gott, wie lange ist das her?«

»Eine Ewigkeit.«

»Ja, und, was steht drin?«

»Ich habe noch nicht aufgemacht.«

»Wieso das denn?« Ich konnte mir vorstellen, wie Helli sich auf ihrem dicken pinken Sitzkissen fläzte und den Kopf schüttelte.

»Ich traue mich nicht.«

Jetzt lachte Helli. »Okay. Ich bin ja bei dir. Los, mach auf.«

»Ich habe Angst.«

»Oh Mann, Lil. Wovor denn?«

»Vorm Verlieren. Und vorm Gewinnen.«

»Warte doch erst mal ab. Vielleicht ist es keins von beiden.«

Meine Freundin war wirklich klug. »Du meinst, vielleicht bin ich ausgeschieden wegen der Altersgrenze?«

Ich hatte nämlich teilgenommen, obwohl ich noch keine vierzehn war. Deswegen wollten meine Eltern es ja auch verbieten.

»Was weiß ich«, hörte ich Helli sagen. »Vielleicht ist es

auch ein Brief von der Abo-Abteilung. Du hast doch ein Abo?«

Dieser Gedanke war mir noch gar nicht in den Sinn gekommen. »Äh, ja schon, aber ich glaube, das läuft über Mama …«

»Na los, mach schon!«, drängte meine HALF.

Ich legte das Telefon beiseite und riss den Brief auf. Es waren zwei Seiten. Ich faltete sie auseinander und nahm das Handy wieder in die Hand. Am anderen Ende der Leitung seufzte Helli. »Und?«

»Liebe Lil, die Würfel sind gefallen. Aus den vielen wunderbaren Einsendungen zu unserem Nachwuchswettbewerb hat die Jury nun folgende Sieger ermittelt: Platz 1 – Winka Da Vinci, Platz 2 – Lil April, Platz 3 – Margarete Gilsbach.«

»Ist doch super!«, brüllte Helli.

Ich ließ das Blatt sinken. »Knapp vorbei ist auch daneben.«

Helli schnaubte. »Lil, hör auf. Du hast es unter die ersten drei geschafft! Und du bist jünger als die anderen.«

»Ich wollte so gerne zu dem Workshop.«

»Lies weiter. Vielleicht gibt es Trostpreise für die anderen.«

»… freuen wir uns … mit dem berühmten Designerpaar Ducci & Galvani … vom 15. bis 20. August … großes Finale mit einer Ausstellung auf der berühmten Modemesse *fashion victory* in Berlin … Einverständniserklärung der Eltern … Anreise mit dem Zug … blablabla … sowie den Erst- und Zweitplatzierten aus Deutschland, Österreich und der Schweiz.«

Helli pfiff durch die Zähne. »Wusste ich es doch«, murmelte sie.

»Wieso?«

»Lil, du hast es gerade vorgelesen. Irgendwas mit zweitplatziert.«

Meine Augen grasten noch einmal den Text ab. Da stand es. Die Erst- und Zweitplatzierten waren eingeladen, am Designworkshop teilzunehmen. Die Drittplatzierte bekam ein Jahr lang umsonst die Zeitschrift. Ich war eingeladen nach Berlin!

»Es steht da wirk…« Meine Stimme versagte. Das Blatt Papier in meiner Hand raschelte. Ich zitterte.

In der gegenüberliegenden Zimmerecke grunzte Arti im Schlaf. Ich zog die Bettdecke über mich.

»Boah, Lil, du hast es so gut!« Helli quiekte. »Super, super, su…«

Ich hörte eine entfernte Türglocke.

»Oh«, sagte Helli. Ich muss mal aufmachen. »Warte.«

»Ist das Pego? So spät?!«

»Ja«, flüsterte Helli. »Ausnahmsweise. Meine Eltern sind im Kino.«

»Und warum flüsterst du dann?«

Helli kicherte. Eine Tür schlug zu, und dann fragte mein Bruder: »Na, Hel?«

»Das hat aber gedauert«, hörte ich Helli sagen.

»Musste noch etwas bei Finn abholen«, meinte mein Bruder, und dann küsste er meine und seine Freundin offenbar stürmisch, denn ich hörte einen extrakrass lauten Schmatzer.

»Aua!«, rief ich und rieb mir das Ohr. Die beiden turtelten herum, und ich musste mich mehrmals ziemlich laut räuspern, bis sich Helli endlich wieder mir zuwandte.

»Du, ich mach mal Schluss. Wir sehen uns ja morgen.«

»Helli!«, wisperte ich aufgeregt. »Wir haben noch nicht darüber geredet, was ich jetzt machen soll.«

»Na, du musst es erzählen, ist doch klar.«

»Pst! Leise! Ich will das nicht. Klar?« Bevor ich meinen Eltern davon erzählte, brauchte ich erst einmal einen Plan. »Ich muss in Ruhe nachdenken.«

»Na gut, dann mach das«, sagte Helli leichthin, und dann legte sie auf.

Ich hockte unter meiner Bettdecke, starrte aufs Handy und überlegte, ob ich sie noch einmal anrufen und mich beschweren sollte. Einfach so abgewimmelt hatte sie mich gerade. Obwohl sie wusste, wie mies es mir ging. Pego hätte doch ein paar Minuten warten können. Ich hatte oft mit Helli telefoniert, wenn Dennis dabei war. Nicht stundenlang, aber zumindest hatte ich nie ein Gespräch abgewürgt so wie sie eben. Ausgerechnet wegen Pego. Ich überlegte, ob es mir weniger ausgemacht hätte, wenn es ein anderer Junge gewesen wäre, und entschied, ja, das hätte es. Weil es nicht so kompliziert gewesen wäre.

Ach nein, anrufen brachte jetzt auch nichts. Ich musste lernen, damit klarzukommen. Helli hatte sich schließlich auch mit der Tatsache abgefunden, dass Dennis und ich ein Paar waren.

Ich steckte das Handy weg und las mir den Brief von der *StyleIn* noch einmal durch. Was für ein Triumph das gestern noch für mich gewesen wäre. Der zweite Platz in einem Modedesignwettbewerb. Wie gerne ich das Dennis erzählt hätte. Sollte ich es ihm schreiben? Vielleicht würde er sich in eine zukünftige Modedesignerin wieder verlieben? Auf jeden Fall würde es ihn bestimmt ganz doll freuen.

Ich nahm wieder mein Handy und begann, eine Nachricht zu tippen. »Lieber Dennis, stell dir vor …«, da fiel mir plötzlich ein, dass ich ja erst einmal in Ruhe über den Gewinn nachdenken wollte. Meine Eltern wussten schließlich gar nichts davon. Vielleicht war es deshalb keine gute Idee, es Dennis zu sagen. Außerdem, was, wenn es ihn nicht mehr interessierte?

Ich löschte den Text und merkte auf einmal, wie müde ich war. Müde und unendlich traurig. Mein Kopf schmerzte, und mein Nacken fühlte sich an, als hätte jemand einen Stapel schwerer Bücher darauf abgelegt. Ich schob den Brief unters Kopfkissen und entdeckte die letzten drei Zettelchen von Dennis.

Auf dem ersten stand: »Du bist das CMW!« Das coolste Mädchen der Welt. Die Nachricht war keine zwei Wochen alt, und ich erinnerte mich sehr gut, weil ich Dennis noch ein klein wenig damit aufgezogen hatte, denn richtigerweise hätte es ja CMDW heißen müssen, doch darauf wollte er sich nicht einlassen. Man müsse bei Abkürzungen nicht immer jedes Wort abkürzen, sondern dürfe unwichtige weglassen, fand er. Ich hatte ihn genau vor mir, mit seinem Dreieckszahnlächeln und den hübschen gelben Sprenkeln in seinen braunen Augen.

Und plötzlich spürte ich, wie in mir etwas zerriss. Es begann relativ weit oben am Hals und zog sich dann quer durch die Brust. Als wäre ich ein Brief, den jemand mit einem Öffner aufschlitzte. Ich drückte das Kissen an mich, ganz fest, und schloss die Augen. Und dann stellte ich mir vor, wie mein Herz ausblutete, erst schnell, dann immer langsamer. Bis zum letzten Tropfen. Ich wusste nicht, warum, aber die Vorstellung tat mir irgendwie gut. Das war wie ein echter körperlicher Schmerz.

Als ich die Augen wieder öffnete, stand Pan vor mir.

»Ach, du lieber, alter Freund«, flüsterte ich und kraulte ihn zwischen den Ohren. Pan legte seine Schnauze auf der Bettkante ab. »Guter, lieber Pan.«

Er wedelte mit dem Schwanz, und ich wusste genau, was das bedeutete. Natürlich durfte er nicht in unseren Betten schlafen, das war schon immer so, und sogar Arti hielt sich daran, meistens. Heute war mir das egal. Offenbar war Pan der Einzige, der merkte, wie schlecht es mir ging. Als ich an die Wand rückte und auf die Bettdecke klopfte, machte er einen Satz und rollte sich neben mir ein. Er sah mich an, und irgendwie kam es mir so vor, als würde Pan verstehen.

»Egal, was passiert, du hältst immer zu uns, nicht wahr?«, sagte ich. Dann machte ich das Licht aus und kuschelte mich ganz nah an meinen großen, flauschigen Tröster. Möglicherweise würde ich trotz dieses großen Risses weiterleben, vielleicht war mein Leben aber auch schon jetzt, mit dreizehn, vorbei. Aber eines war in jedem Fall klar: Nie wieder würde ich fröhlich und unbeschwert sein können. Nie wieder. Die Welt hatte sich komplett gedreht. Ich lebte irgendwie kopfüber.

Am liebsten hätte ich Pego
in eine Rakete gesetzt
und auf den Mond geschossen.

Und Helli gleich mit dazu. Genau. Sollten sie beide für den Rest ihres Lebens in einer anderen Umlaufbahn verbringen.

»Verräter!«, zischte ich.

Wir saßen am Frühstückstisch, und ich hatte gerade festgestellt, dass Helli doch tatsächlich mein Geheimnis an Pego ausgeplaudert hatte.

Und dem fiel nichts Besseres ein, als es ohne Umschweife an Mama und die anderen zu petzen. Alle wussten von dem Wettbewerb und Pego wahrscheinlich sogar von der Sache mit Dennis. Wenn Helli das eine weitererzählte, warum sollte sie dann das andere für sich behalten? Genau in dem Moment also, als ich Mitleid und Trost und Unterstützung von allen hätte gebrauchen können, kam diese Wettbewerbsgeschichte aufs Tablett. Super, Lil, im falschesten Augenblick kam alles zusammen. Das war eine meiner Spezialitäten. Wenn andere stolperten, lag ich schon auf der Nase. Ich war eben schneller!

Meine Geschwister sahen mich mit einer Mischung aus Faszination und Schadenfreude an, Mama saß am Kopfende und verschränkte die Arme vor der Brust, was mit Sicherheit kein gutes Zeichen war.

Ich wandte mich wieder an Pego. »Du hast kein Recht dazu, weißt du das? MEINE Angelegenheiten gehen dich nichts an!«

Pego blökte ausnahmsweise einmal nicht großtuerisch herum, sondern aß auffallend konzentriert sein Müsli. Er beachtete mich einfach nicht. Das brachte mich vollends zur Raserei.

»Na warte, das zahle ich dir heim!«, rief ich.

Die Zwillinge kicherten.

Arti knuffte Nike in die Seite. »Lass das. Lil hat recht.«

Ich warf ihr einen dankbaren Blick zu. Wenigstens eine, die zu mir hielt.

»Scht, Lil, ich bitte dich«, sagte jetzt Mama. Sie wirkte irgendwie traurig.

Ich vergrub das Gesicht in den Händen. Sie sollte nicht vor allen so reden. Ich hatte Angst, dass sie auch die Trennung von Dennis ansprechen würde.

»Mama«, flehte ich. »Lass es bitte. Ich will meine Ruhe.« Ich blickte auf und sah in Tritons neugieriges Gesicht. Seine linke Schulter zuckte pausenlos. Ich zeigte auf ihn. »Warum reden wir zum Beispiel nicht darüber, dass seine komische Schulter die ganze Zeit ausflippt? Sag!« Triton streckte mir die Zunge raus. »Warum geht ihr mit ihm nicht noch mal zum Arzt?«

Mamas Blick ruhte einen Moment auf Triton, dann wandte sie sich wieder mir zu.

»Meine liebe Lil, wir werden zum Arzt gehen, und zwar schleunigst, keine Sorge, aber jetzt steht das gerade nicht zur Debatte. Es geht um dich. Du hast dich über Theos und mein Verbot hinweggesetzt, und so schön es auch für dich sein mag, einen Preis gewonnen zu haben, es ändert nichts an der Tatsache, dass du uns belogen hast.«

»Genau«, sagte Triton. »Das gehört sich nicht.«

Mama erhob sich. »Wer mit dem Frühstück fertig ist, steht schon einmal auf und packt seine Schulsachen.« Sie gab Maria, die gerade Schulbrote schmierte, ein Zeichen. »Kannst du bitte darauf achten, dass sie alles dabeihaben?«

Maria nickte. »Kein Problem.«

Ich sprang auf.

»Du nicht, Lil.«

»Aber ich muss zum Bus …«

Mama sah auf die Uhr. »Zwei Minuten hast du noch Zeit.«

Ich plumpste zurück auf den Stuhl und Mama setzte sich auch.

Die anderen verkrümelten sich, bis auf Arti, die noch nicht aufgegessen hatte, und Pan, der wie immer unter dem Tisch zu ihren Füßen lag.

»Lil«, begann Mama leise, »du hättest das nicht tun dürfen. Wir hatten ein klares Verbot ausgesprochen.« Sie klang jetzt nicht mehr traurig, sondern wütend.

Ich hielt den Kopf gesenkt. Wenn ich etwas nicht gebrauchen konnte im Moment, dann war es so eine scharfe Zurechtweisung.

»Hast du nichts zu sagen?«

»Aber, Mama, sie wollte bestimmt einfach nur mitmachen, das ist doch wirklich keine große Sache«, kam Arti mir wieder zu Hilfe.

Das tat gut und gab mir etwas Energie. »Ja, es ist doch nur ein Wettbewerb. Wieso stellt ihr euch so an?«, fragte ich trotzig.

»Ja, es ist nur ein Wettbewerb, aber trotzdem warst du zu jung, um teilzunehmen, und deshalb hatten wir es verboten. Du erinnerst dich?«

Mama kratzte mit dem Fingernagel über einen angetrockneten Fleck auf dem Esstisch.

»Ich habe gewonnen, Mama. Ist dir das total egal?«

Mama wischte energisch die weggekratzten Krümelchen weg. »Darum geht es nicht!« Sie sah auf die Uhr. »Es ärgert mich, dass du diesen Punkt nicht einsiehst. Ich dachte immer, wir hätten euch klare Regeln mitgegeben.«

Arti nahm ihre Müslischüssel und ging zum Spülbecken. »Darf sie jetzt nicht am Workshop teilnehmen?«

Mama erhob sich ebenfalls. »Natürlich nicht.«

Ich sprang hoch und stellte mich direkt vor Mama. Noch zwei Zentimeter, höchstens, dann war ich so groß wie sie. »Was!!!? Wie kannst du so gemein sein?«

Mama wich nicht zurück. »Lil, ich weiß, dass es dir ungerecht und hart erscheint, aber ich kann dir das nicht durchgehen lassen.«

Es klang fest und unumstößlich und gnadenlos. Viel härter als sonst. Seit Papa in Cambridge arbeitete, war mir das schon ein paar Mal aufgefallen. Als würde Mama für ihn mitentscheiden und dann doppelt so streng sein wollen.

Ich wandte mich ab und ging aus der Küche. Mein Gesicht glühte, meine Augen brannten, aber ich durfte jetzt nicht weinen. Es wäre sehr peinlich, mit verheultem Gesicht im Schulbus zu sitzen.

Im Hausflur warteten Triton, die Zwillinge und Maria. Pego war offenbar schon weg. Besser für ihn. Sonst hätte ich ihm vielleicht die Gurgel umgedreht. Nike hob die Schultern und lächelte mich an, Maria strich mir übers Haar, meine kleinen Brüder schnitten eine hilflose Grimasse. Keiner sagte ein Wort.

Ich schlüpfte in meine Chucks, ließ die Schnürsenkel offen, schnappte meinen Rucksack und ging ohne Gruß aus der Tür.

Mann, war ich sauer. Auf Mama, weil sie mir dieses furchtbare Verbot erteilt hatte. Auf Pego, weil er eine Petze war. Auf Helli, die mich verraten hatte. Und auf Dennis sowieso. Das alles zusammengenommen ergab ganz schön viel Wut. So viel wie noch nie. Ich wusste gar nicht, wohin damit, stapfte zur Bushaltestelle und kickte heftig gegen die Steinchen, die mir im Weg lagen, aber eigentlich hätte ich eine Axt gebraucht, zum Beispiel, um ganz viel Holz zu hacken. Oder ich hätte die vier Kilometer bis zur Schule joggen oder auf dem Skateboard fahren sollen, um mich irgendwie abzureagieren. Möglicherweise hätte auch lautes Schreien geholfen. Oder tot umfallen. Ja, die letzte Möglichkeit erschien mir gerade sehr attraktiv. Ich malte mir aus, wie mein Herz stehen blieb und ich genau an der Bushaltestelle wegsackte, direkt ins Dennis' Arme.

Aber als ich an der Bushaltestelle ankam, alberte mein Freund gerade mit ein paar Jungen aus dem Stadtteil herum und beachtete mich gar nicht. Oder er sah mich nicht, mit Bestimmtheit ließ sich das nicht erkennen. Meine Wut schlug augenblicklich in Traurigkeit um. Dennis stand da, und ja, er lachte. Er war in der Lage, fröhlich zu sein, obwohl wir uns erst gestern getrennt hatten. Dennis war auch nicht mehr mein Freund, wurde mir jetzt klar, sondern von nun an mein Ex.

Ich hielt mich am Rand der Bushaltestelle. Bestimmt hatte mein Ex mich in der Zwischenzeit längst bemerkt, aber er kam nicht zu mir. Pego hatte heute offensichtlich schon einen früheren Bus erwischt, denn ich konnte ihn nirgends entdecken. Zum ersten Mal seit langer Zeit fuhr ich allein zur Schule.

An der Haltestelle des Anne-Frank-Gymnasiums winkte meine neue Klassenkameradin Nurya. Sie schien auf mich gewartet zu haben und wirkte ganz aufgeregt. Irritiert blickte ich zu Dennis hinüber, der lässig vorbeischlenderte und mich dabei nur ganz kurz ansah und dämlich grinste. Hallo? Hatte er gestern nicht gesagt, wir könnten ja Freunde bleiben? Das musste eine sehr lose Freundschaft sein, wenn er noch nicht einmal vernünftig grüßte.

Ich hatte aber keine Zeit, mich weiter darüber aufzuregen oder schon wieder innerlich in Tränen auszubrechen, weil Nurya mich wie ein Überfallkommando in Beschlag nahm. Nurya, die genau den gleichen lockigen Haarschopf hatte wie ich, nur in Braun, die immer gut drauf war, immer lachte und deren Name, wenn sie selbst ihn aussprach, wie ein herrlicher, sonniger Sommertag klang.

»Lil, Lil! Herzlichen Glückwunsch! Das ist so wundervoll!«

»Was?«

Ich kapierte nicht richtig, was sie sagte, aber ich musste lächeln, denn Nuryas Lächeln war ansteckend. Sie ging erst seit ein paar Monaten in meine Klasse. Mit ihrer Familie war sie aus Syrien geflohen und vor einem Jahr in München angekommen. Sie sprach schon supergut Deutsch, nur manchmal verdrehte oder verwechselte sie Wörter. Wir wurden von der zum Schultor strömenden Menge erfasst und mitgezogen.

»Was meinst du denn?«, fragte ich.

»Du hast einen Zeichenwettbewerb gewonnen! Das ist so toll!«

Für einen klitzekleinen Moment flog bei mir die Sicherung raus. Ich verstand nicht. Dann verstand ich doch. Pego.

Helli. Einer von beiden. Oder beide. Das konnte doch nicht wahr sein!

Nurya strahlte mich an, aber jetzt konnte ich leider nicht zurücklächeln.

»Woher weißt du das?« Es klang wohl ganz schön schroff.

Nurya wich ein Stück zurück. »Oh. Ist es ein Geheimnis? Du guckst so dunkel.«

Ja, in mir drin fühlte ich mich auch ziemlich düster. Aber was ging das Nurya an? Und davon abgesehen konnte sie ja auch nichts dafür.

»Geheimnis … eigentlich nicht, aber ich wollte es jetzt auch nicht herumerzählen.«

Nurya nickte eifrig. Sie hatte ein rundes, freundliches Gesicht, und es kam mir immer so vor, als würden sich darin die Gefühle spiegeln wie in klarem Wasser. »Ist gut. Aber, Lil, du musst unsere Illustratorin werden, für den Kitty-Kurier.« Sie zupfte an meinem Ärmel.

Ich blieb stehen. Was redete sie da? Der Kitty-Kurier, unsere Schülerzeitung, wurde schon seit Jahren von Katharina, einer megabegabten Schülerin aus der Oberstufe, gestaltet. Ich meine, die konnte wirklich hammermäßig gut zeichnen.

Zum ersten Mal seit gestern Nachmittag musste ich lachen. »Du bist lustig, Nurya!«

»Nein, ich meine es ernst, alle meinen es ernst.«

Wir traten gerade durch das große Portal unserer Schule. Auf dem Schulhof war einiges los, wir hatten noch fünf Minuten bis Unterrichtsbeginn.

»Wie, ihr alle? Bist du auch beim Kitty-Kurier?«

Nurya blieb stehen und sah mich an. »Ja, klar, ich mache Layout. Und Katharina macht Abitur. Sie hat schon aufgehört bei uns. Wir brauchen dringend eine Illustratorin für die nächste Kitty, bitte, Lil! Ich habe schon mit den anderen geredet, sie alle wollen, dass du kommst.«

Konnte das stimmen? Wollten sie mich wirklich für die Schülerzeitung, die an unserer Schule einen superguten Ruf hatte?

»Aber woher wissen es die anderen denn schon?«

»Die wissen es von mir! Und ich weiß es von Dennis und der weiß es wahrscheinlich von dir.« Sie strahlte. »Ist doch gar kein Problem, wir sind eben schnell!« Nurya lachte wieder und unterstrich das Gesagte mit ausladenden Gesten. »Ich habe den drei wichtigsten Leuten eben gesimst, dass du einen Wettbewerb gewonnen hast, und das hat sie sofort überzeugt.«

Es war keine zwölf Stunden her, dass ich den Briefumschlag der *StyleIn* geöffnet hatte, und schon wurde ich zur Chef-Illustratorin der Schülerzeitung berufen! Ich sollte eine Abiturientin ersetzen! Das war wirklich sensationell und ich fühlte mich schwerst geehrt. Aber trotzdem. Wenn ich an die Zeichnungen von Katharina dachte, dann wusste ich, hier konnte ich überhaupt nicht mithalten.

»Danke. Das freut mich wirklich. Aber ich glaube nicht, dass ich das kann.«

»Unsinn! Natürlich kannst du!«

Ich dachte nach. Nurya wartete. Aus dem Augenwinkel sah ich Helli und Pego in einer Ecke des Schulhofs stehen. Mir fiel auf, wie erwachsen die beiden wirkten. Noch vor einem halben Jahr hatte Helli ausgesehen wie ein Kind und sich aufgeregt, dass sie noch keinen BH brauchte, aber inzwischen war sie nicht nur extraschnell gewachsen und sehr groß, sondern sogar ein bisschen kurvig. Schön kurvig, um ehrlich zu sein. Ich verstand, warum Pego sie anhimmelte. Sie war eines der hübschesten Mädchen der Schule. Aber leider nicht das zuverlässigste. Schlagartig wurde ich wieder sauer. Ich wandte mich ab, damit ich meinen Bruder und meine beste Freundin nicht mehr sehen musste. Nurya sah mich erwartungsvoll an.

»Ich kann das nicht so schnell entscheiden«, sagte ich.

»Aber, Lil, wir haben heute Nachmittag Redaktionssitzung. Wir brauchen dich! Komm doch wenigstens und schau hinein. Einmal.«

»Du meinst, ich soll es mir einmal ansehen?«

Nuryas Locken hüpften auf und ab. »Ja, ja, ja!«

Ich gab mich geschlagen. »Na gut. Ich komme.«

Die Schulglocke läutete zum Unterrichtsbeginn. Ich hätte gerne Helli in Ruhe zur Rede gestellt und ebenso gern von Dennis gewusst, woher er von dem Wettbewerb erfahren hatte, aber für das eine blieb keine Zeit, weil Helli schon auf ihrem Platz saß, für das andere war ich zu stolz und zu verletzt. Herr Rabe stand draußen vor der Tür und unterhielt sich noch mit dem Lehrer der Nachbarklasse. Ich machte das grimmigste Gesicht, zu dem ich fähig war, und bohrte mich damit in Hellis Gesichtsfeld.

»Es tut mir leid«, flüsterte sie. »Ich habe es außer Pego niemandem gesagt.«

»Das ist wirklich das Allerletzte!«

Helli schüttelte heftig den Kopf. »Ich dachte wirklich, Pego könnte ich es sagen.«

Herr Rabe betrat den Raum und ging in großen Schritten zum Pult. Damit lag unsere Auseinandersetzung für die nächsten fünfundvierzig Minuten auf Eis. Fünfundvierzig

Minuten, in denen ich mich bemühte, gleich zwei Personen nicht zu beachten, einmal meine beste Freundin und dann meinen Ex. Was praktisch unmöglich war, weil unsere Klasse nach dem ersten Halbjahr die Sitzordnung geändert hatte und Dennis mir seitdem gegenübersaß. Wenn ich zur Tafel sah, hatte ich ihn automatisch im Blick. Gäbe es Medaillen für geschicktes Aneinandervorbeisehen, er hätte heute Gold und ich wahrscheinlich Silber bekommen. Für ihn Gold, weil er es schaffte, ständig auf den Tisch zu gucken. An seiner Stelle hätte ich ja wenigstens ein Heft oder Buch aufgeschlagen, so sah es einfach nur dumm aus. Als sei er unfassbar müde oder als wolle er Löcher in die Tischplatte glotzen.

Schräg hinter Dennis saß Nurya. Jedes Mal, wenn unsere Blicke sich begegneten, setzte sie ein zufriedenes Grinsen auf. Ich musste lächeln. Helli sah es und verstand es wahrscheinlich falsch. Eilig kritzelte sie etwas auf einen Zettel, den sie dann unter mein Mäppchen schob. Ich wollte den Zettel ignorieren, aber dann kam mir das albern vor. Also warf ich einen Blick hinein.

»Tut mir wirklich leid! Ich hatte mich einfach sooooo gefreut für dich und dachte, Pego freut sich auch, und das tut er ja auch. Ich hab dann leider vergessen, ihm zu sagen, dass er es nicht weitersagen soll. Bitte sei mir nicht mehr böse.«

Ich schielte zu meiner HALF. Sie schob die Unterlippe vor und klimperte mit ihren langen braunen Wimpern. Ich drehte den Zettel um, schrieb auf die Rückseite: »Weiß Pego das mit Dennis?«, und schob ihn rüber zu Helli. Sie schüttelte den Kopf. Ich atmete auf. Wenigstens das.

»Okay«, flüsterte ich und lächelte. Helli lächelte zurück.

Dann versuchte ich, mich wieder auf den Unterricht zu konzentrieren, was mir aber nicht gelang. Andauernd schweifte ich ab. Wie auch nicht? Dennis direkt vor meiner Nase, der Wettbewerb, Ärger mit Mama, die Schülerzeitung. Meine Gedanken wirbelten von einem Problem zum nächsten und meine Gefühle stolperten hinterher. Dachte ich an Dennis, hätte ich sofort losheulen können, kam mir Mama in den Sinn, kroch Wut in mir hoch, und beim Gedanken an den Kitty-Kurier kribbelte es plötzlich in meinem Bauch, als sei eine Horde Spezialaprilkäfer dort unterwegs. Am liebsten wäre ich herumgesprungen, denn es hielt mich kaum auf dem Stuhl. Zum Glück hatten wir in den nächsten beiden Stunden Sport.

Nach der Schule schickte ich Maria eine Nachricht, dass ich später nach Hause kommen würde. Warum ich mich verspätete, sagte ich nicht. Ich war mir ja noch nicht mal sicher, ob ich die neue Grafikerin des Kitty-Kuriers werden wollte, also durfte ich das auf jeden Fall erst einmal für mich behalten.

Die Zeitungsleute trafen sich immer mittwochs direkt nach dem Unterricht in der Mediathek. Das war eine Mischung aus Bibliothek, Computer- und Klassenraum. In der Mitte stand ein großer Konferenztisch, so wie man sie manchmal im Fernsehen sehen konnte, wenn Politiker sich um den Klimawandel Gedanken machten oder um einen Krieg. Irgendwo auf der Welt herrschte immer Krieg, obwohl so viel verhandelt wurde. Das war nicht zu verstehen, fand ich.

Als ich die Mediathek betrat und die anderen an diesem großen Tisch sitzen sah, freute ich mich auf einmal riesig. Nurya, die mich durch die Tür schob, stellte uns vor.

»Hey, Leute, das ist Lil aus meiner Klasse. Sie ist ein Zeichengenie!« Sie kicherte.

Mein Kopf begann augenblicklich zu glühen. »Quatsch«, murmelte ich, aber ich weiß nicht, ob die anderen es hörten. Ich hatte auch keine Zeit, darüber zu grübeln, denn ich wollte schließlich mitkriegen, wer nun zu diesem Redaktionsteam gehörte. Da waren zwei Jungs aus der Achten, Max und Ado, die Nurya als Trendnasen bezeichnete, weil sie immer gute neue Themen fanden, wenn sonst keinem etwas einfiel. Sie grinsten mich schüchtern an, was mich irgendwie irritierte, denn sie waren ja älter als ich, und ältere Jungen waren meistens doch das Gegenteil von schüchtern. Neben ihnen saß Frau Bopsy, eine sogenannte Beratungslehrerin. Die hatte nichts zu entscheiden, durfte aber helfen, wenn wir sie darum baten, so erklärte es Nurya. Frau Bopsy gegenüber hockten zwei Mädchen aus der Oberstufe, Yuni und Lola. Yuni war aus der elften Klasse und seit Anfang des Schuljahres die Chefredakteurin des Kitty-Kuriers. Sie hatte die schönsten langen Haare, die ich jemals gesehen hatte, schwarz, glänzend und glatt.

»Hi, Lil, cool, dass du gekommen bist«, sagte sie. »Wir brauchen hier zwar kein Genie, aber eine gute neue Illustratorin.«

Ich knickte innerlich ein bisschen ein. »Ähm, ich bin auch kein Genie, wirklich nicht.«

»Schade«, kam es spitz aus einer Ecke hinter mir. Ich drehte den Kopf. Am meterlangen Bücherregal lehnte ein Junge aus der Neunten. Soviel ich wusste, ging er in Pegos Parallelklasse. Er sah mich an. Unter einem langen, strähnigen Pony blitzten seine Augen wie zwei Klingen. Ich wandte mich ab.

Nurya zog mich zu einem freien Platz. »Sie ist vielleicht kein Genie, aber sie hat einen Zeichenwettbewerb gewonnen.«

»Großartig«, sagte Frau Bopsy. »Was war denn das Thema?«

Ich räusperte mich. »Mode. Also Modedesign.«

Vom Regal her hörte ich ein abfälliges Schnauben. »Das können wir hier ja richtig gut gebrauchen.«

»Ich, äh … also, ich kann auch andere Sachen zeichnen. Nicht nur Mode.«

Lola, die total coole Sportklamotten trug und auffallende Augen hatte, die mal grau und mal blau leuchteten, rieb sich die Hände. »Klingt gut.«

»Weißt du überhaupt, woher der Name Kitty-Kurier stammt?«, fragte der unfreundliche Junge.

Ehrlich gesagt wusste ich es nicht. Obwohl ich seit fast drei Jahren an diese Schule ging. Meine Ohren wurden heiß und leuchteten sicher wie gekochte Garnelen. In solchen Momenten konnte ich echt froh um meine langen, dichten Locken sein.

»Nicht genau. Hat es was mit Anne Frank zu tun?«

»Hundert Punkte.«

Anne Frank war die Namensgeberin unserer Schule und ihr Tagebuch gehörte zum Pflichtprogramm des Deutschunterrichts in der siebten Klasse. Leider hatte ich noch nicht hineingeschaut in dieses Buch. Ich wusste, dass Anne schon lange tot war. Sie war ganz jung gestorben, das wusste ich auch. Im Krieg. Aber warum genau, das wusste ich nicht.

»Wir haben es auch erst am Ende der Siebten gelesen«, sagte Yuni. »Also, Anne Frank hat ihr Tagebuch Kitty genannt. Deshalb heißt unsere Schulzeitung Kitty-Kurier.« Sie wandte sich an den Jungen am Regal. »Paul, und du hockst dich jetzt am besten mal hin und hörst auf zu schwafeln.«

»Was denn?«, blaffte er. »Das war nur ein kleiner allgemeiner Kitty-Einstiegstest.«

Er ging zu seinem Platz, und es schien, als würde er die paar Meter absichtlich langsam abschreiten.

Lola rollte die Augen. »Lil, wenn du willst, dann machst du heute einfach mal ganz ohne Druck mit. Und während wir über die Themen für unsere nächste Kitty reden, kannst du auch gerne ein bisschen zeichnen, wenn du Lust hast.«

Ich nickte und kramte meinen Block aus dem Rucksack.

»Superwichtiges Thema für die nächste Kitty ist unser Schuljubiläum«, erklärte Lola nun. »Im Juni feiern wir fünfzig Jahre Anne-Frank-Gymnasium München. Da wäre es toll, wenn wir auch ein paar alte Bilder auftreiben könnten. Und etwas über die letzten fünfzig Jahre schreiben.«

Alle kritzelten eifrig mit.

Max meldete sich.

»Soll ich das übernehmen?«, fragte er.

Lola schüttelte den Kopf. »Lass uns erst einmal alle Themen sammeln, danach teilen wir auf, okay?«

Max nickte.

»Woher kriege ich denn alte Schulfotos von früher?«, wandte Nurya sich an Frau Bopsy.

»Wir haben ein Archiv, das darfst du sicher einsehen, und ich kann dir auch dabei helfen«, sagte die Lehrerin.

»Weitere Ideen für Themen der nächsten Ausgabe?« Lola sah in die Runde.

Ados Finger schnellte hoch. »Etwas Lustiges. Warum Katzen immer auf ihre Füße fallen zum Beispiel. Und andere physikalische Phänomene.«

Ich begann, eine Katze zu zeichnen.

»Weißt du denn genug darüber?«, fragte Lola.

Ado nickte. »Ich denke schon. Und es muss ja auch nicht lang sein. So kurze, witzige Geschichten …«

»… bei denen man trotzdem etwas lernt. Wenn man will …« Max grinste.

Yuni und Lola lächelten. »Klingt ganz gut. Okay. Weiter?«

Während ich versuchte, den Sturz einer Katze aus einem Fenster zu zeichnen, erörterten die anderen weitere Themen. Sportfest, Schüleraustausch mit Frankreich, Kino-Tipps und das Leben in einem Flüchtlingsheim. Nach und nach berieten sie dann, wer aus dem Team welche Geschichte übernehmen sollte. Dabei wurde viel gewitzelt und gelacht. Ich mochte die beiden älteren Mädchen, Yuni und Lola. Mit ihrer ruhigen und gleichzeitig humorvollen Art verbreiteten sie eine gute Atmosphäre. Der Junge aus der Neunten hielt sich zurück.

»Und nun mal zu dir, Paul«, sagte Lola. »Bist du mit einer neuen Kurzgeschichte dabei? Die letzte war einfach großartig.« Sie sah von einem zum anderen. »Ich würde sagen, das *muss* er einfach, oder?«

Die anderen murmelten allgemeine Zustimmung.

»Du darfst gerne auch etwas Gruseliges schreiben«, meinte Ado. »Das kann ich dann meiner kleinen Schwester vorlesen.«

Alle lachten, und obwohl mir ja seit gestern das Herz so unfasslich wehtat, lächelte ich auch. Man musste einfach schmunzeln, wenn man Ado reden hörte.

Paul hatte die Arme gekreuzt und lehnte sich mit dem Stuhl so weit zurück, dass er beinahe kippte. »Könnte ich schon machen.«

Yuni nickte. »Super. Hättest du auch Lust, die Geschichte zum Schuljubiläum zu übernehmen?«

»Wenn es die Titelgeschichte wird.«

»Ach, Mensch, jetzt sei nicht so überheblich.«

Paul zuckte die Achseln. »Man darf Überheblichkeit nicht mit Überlegenheit verwechseln.«

Yuni runzelte die Stirn. »Sagt wer?«

Pauls Stuhl kippte wieder nach vorn. »Der Chef von BAD.«

Yuni und Lola warfen sich einen Blick zu. Nurya schaute interessiert.

Ado gluckste. »BAD? Soll das eine Band sein oder was?«

Max lachte.

Paul streckte den Rücken. Er saß jetzt ganz gerade. »Das ist die größte Werbeagentur der Welt. Und mein Vater ist da Artdirector.« Er grinste mir ins Gesicht.

Ado hob die Schultern. »Oha, dann BADest du ja in Ruhm und Ehre.«

Max lachte wieder, die anderen begnügten sich mit einem Grinsen.

»Hört mal, es fängt an zu nerven!« Lola klopfte mit dem Bleistift auf den Tisch. »Lasst uns mal bei der Sache bleiben.« Sie blickte zu Paul. »Das Schuljubiläum ist wichtig, deshalb kann ich es mir als Titelgeschichte vorstellen. Wenn du sie schreiben könntest, wäre das toll. Alle einverstanden?«

Schade. Ich hätte gerne erfahren, was ein Artdirector ist. Irgendetwas Bombastisches musste es sein. Wahrscheinlich hatte es etwas mit Kunst zu tun, denn auf Englisch hieß Kunst »art«, das wusste ich. Ich nahm mir vor, bei Gelegenheit meine Mutter zu fragen, und strichelte die letzten Grasbüschel auf meine Katzenzeichnung.

Im nächsten Moment schnappte sich Nurya das Blatt. »Schaut her!«, rief sie und hielt meine Zeichnung hoch. »Ist das gut oder ist das supergut?«

Alle klatschten.
»Supergut«, sagte Lola.
»Wie in echt!«, bemerkte Max.

»Wie fandest du denn deine erste Sitzung mit uns?«, fragte Yuni, als wir fertig waren.

Ich wusste nicht genau, was ich sagen sollte. Das meiste hatte mir gefallen. Die Themen waren spannend, die Leute nett. Sogar der seltsame Vogel aus der Neunten war ganz witzig.

»Ich fand es gut«, antwortete ich. »Hat Spaß gemacht.«

»Super«, antwortete Yuni. »Und du hättest Lust, jeden Mittwoch dabei zu sein?«

Noch etwas war mir während der letzten Stunde durch den Kopf gegangen. Vielleicht konnte ich mit diesem Job Mama davon überzeugen, dass Zeichnen für mich nicht irgendein Hobby war, sondern eine ernst zu nehmende Arbeit. Mit etwas Glück würde sie dann möglicherweise ihre Entscheidung, was den Workshop betraf, wieder rückgängig machen. Noch hatte ich Zeit, der Termin für die Anmeldung war noch lange hin.

Ich sah von einem zum anderen und spürte, wie ich mal wieder bis zu den Haarwurzeln rot wurde. »Klar. Doch. Ja. Ich hätte Lust.«

Nurya hob die Hand und ich klatschte ab. »Cool.«

Die Redaktionssitzung hatte fast eineinhalb Stunden gedauert, und so war es schon fast halb sechs, als ich mit dem Bus nach Hause fuhr. Ganz schön spät. So würde es von nun an immer mittwochs sein. Hoffentlich machte Mama mir keinen Strich durch die Rechnung, weil sie vielleicht fand, ich sollte nach Hause kommen und ein Auge auf Triton oder die Zwillinge haben. Phhh, das musste dann eben Pego übernehmen. Oder Arti, die jetzt immerhin schon elf war. Ich wollte diesen Illustratorenjob machen, auch wenn es nur für den Rest dieses Schuljahres war. Zum Glück wusste noch niemand, dass wir nach den Sommerferien nach Cambridge umziehen würden, sonst hätten Yuni und Lola mich vielleicht gar nicht gewollt. Das hatte ich Pego zu verdanken, denn der bestand seit Monaten darauf, dass niemand aus der Familie ein Wort über England verlor. Angeblich weil er sonst im Boxklub nicht mehr für die wichtigen Wettkämpfe aufgestellt würde. Ich glaubte aber eher, insgeheim hoffte Pego immer noch, dieser Umzug würde doch platzen, warum auch immer. Davon ging ich aber nicht aus. Zum nächsten Herbst würden wir alle in Cambridge zur Schule gehen, das stand fest.

Aber bis dahin waren es noch mindestens vier Monate. Die wollte ich, so gut es ging, beim Kitty-Kurier nutzen. Vielleicht konnte ich auf diese Art Mama und Papa von dem Designworkshop überzeugen.

Außerdem hatte die neue Aufgabe noch einen weiteren Vorteil: Während der Redaktionssitzung vorhin hatte ich so gut wie gar nicht an Dennis denken müssen. Kaum waren meine Gedanken wie jetzt wieder sich selbst überlassen, kreisten sie ihn sofort wieder ein. Und mit ihnen kehrte auch die Traurigkeit zurück. Ich wusste, wie weh es tat, aber ich musste trotzdem mein Handy aus der Tasche ziehen und die alten Textnachrichten wieder lesen. Es war wie ein Zwang.

Der Bus stoppte an der nächsten Haltestelle. Mehrere Leute stiegen ein. Den braunen Haarschopf in der Menge erkannte ich sofort. Oh nein, ausgerechnet! Instinktiv rutschte ich tiefer, sodass ich fast hinter der Rückenlehne des vorderen Sitzes verschwand. Dennis stolperte die paar Stufen hoch, lachte, wandte sich um und … sprach mit einem Mädchen! Woher kannte ich es?

Ich kramte in meinem Gedächtnis und erinnerte mich schließlich an den Tag, als ich Dennis vom Tennisplatz abgeholt hatte.

Neben seinem Feld hatte dieses Mädchen gespielt, aber mit Sicherheit konnte ich es nicht sagen, denn die beiden waren zu weit entfernt, ich saß ganz hinten und sie standen vorne im Gang. Das Mädchen redete auf Dennis ein. Er lachte. Lachte er wirklich? Ich starrte zu ihm, als wollte ich ihn hypnotisieren.

Doch Dennis merkte nichts. Er redete und redete, und dann lachte und lachte er, und zwar so laut, dass ich es nicht nur sah, sondern auch hörte, und zwischendurch friemelte er an dem Reißverschluss der dunkelblauen Sweatjacke des Mädchens herum.

Jetzt ging in meinem Inneren die Sirene los. Alarmstufe Knallrot in der Herzgegend! Das war keine normale Unterhaltung von zwei Leuten, die zufällig gemeinsam nach dem Tennis nach Hause fuhren. Das sah aus wie ein Flirt! Dennis schüttelte seine Haare und dann tippte er dem Mädchen auf die Nasenspitze.

Die Nasenspitze! Eindeutig, er baggerte die an! Und sie baggerte wie verrückt zurück. Je länger ich den beiden zuschaute, desto sicherer war ich mir und desto mehr verschwand meine Traurigkeit. Stattdessen drängte sich ein anderes Gefühl in den Vordergrund. Reine, nackte Wut. Was hatte er gestern noch zu mir gesagt? Er wolle keine feste Beziehung. Ob er jetzt gerade mit dem anderen Mädchen flirtete, weil er eine lockere Beziehung suchte? Oh Mann, war ich sauer.

Ich überlegte mir gerade, was ich Dennis alles an den Kopf werfen wollte, wenn wir später zusammen ausstiegen, als er plötzlich beim nächsten Halt aus dem Bus hüpfte. Das Mädchen folgte ihm. Hatte er mich gesehen? Es wirkte nicht so, denn während ich im Bus langsam an den beiden vorbeifuhr, schlenderte Dennis seelenruhig lächelnd und vor Nettigkeit triefend den Gehweg entlang. So sah niemand aus, der sich gerade von der Exfreundin ertappt fühlte. Es sei denn, er war total abgebrüht. War Dennis das? Bisher hatte ich nichts davon bemerkt.

Ich gab dem unwiderstehlichen Drang nach, mir die Fingernägel abzukauen. Dafür würde ich mich später hassen, denn ich hatte mir die Nagerei vor drei Monaten zum ersten Mal seit Jahren vollständig abgewöhnt, aber mich packte plötzlich eine so riesenhafte Lust, etwas kaputt zu machen. Irgendwas! Es hätte auch das Sitzpolster unter mir oder mein Rock oder mein Shirt sein können, aber mit Fingernägelkauen kannte ich mich besser aus. Und es war weniger auffällig. Denn ich wusste sogar, wie es ging, ohne dass es anderen Menschen auffiel. Bis zu meiner Haltestelle hatte ich bereits zwei Nägel niedergemetzelt, bis zu unserer Haustür waren es dann vier. Futsch, dahin, kaputt, wie meine Beziehung zu Dennis.

So war das also mit den Trennungen. Sie liefen für jeden nach einem ganz eigenen Muster ab. Während mir das Herz zerriss, brachte sie Dennis auf dem schnellsten Weg in eine neue Beziehung.

Davon war ich eine Million Jahre entfernt. Bevor ich unser Gartentor aufstieß, schaute ich noch mal zu dem Mehrfamilienhaus am Ende der Straße. Es kam mir grau und unfreundlich und sehr weit weg vor. Und da begriff ich es. Dennis war mir so weit voraus, dass er praktisch schon hinter dem Horizont verschwunden war. Ich würde ihn nicht mehr zurückgewinnen.

Zu Hause traf ich niemanden an,
noch nicht einmal Pan.

Wahrscheinlich war Arti mit ihm unterwegs. Ich schnappte mir einen Joghurt aus dem Kühlschrank und verzog mich auf mein Zimmer. Dort suchte ich nach dem Buch, das wir für den Deutschunterricht lesen mussten, das Tagebuch von Anne Frank. Es war eine wahre Geschichte und nach der Sitzung mit dem Kitty-Kurier-Team wollte ich sofort damit anfangen.

Während ich den Himbeerjoghurt löffelte, blätterte ich durch die ersten Seiten. Ich stellte fest, dass Anne im selben Jahr geboren war wie Papas Mutter, Oma Liese. Anne wäre heute also sechsundachtzig Jahre alt gewesen. Doch sie war leider unfassbar früh gestorben, schon mit fünfzehn. Wie traurig. Ich dachte an die vielen Erlebnisse, die Oma Liese uns schon aus ihrem Leben erzählt hatte – solche Geschichten hätte Anne auch erzählen können, wenn sie hätte alt werden dürfen. Stattdessen wurde sie aber umgebracht, und das nur, weil sie nicht katholisch oder evangelisch, sondern jüdisch war.

Bevor man sie verhaftete und in eines dieser Lager brachte, wo die Juden während des Zweiten Weltkrieges gesammelt und dann ermordet wurden, hatte Anne sich zwei Jahre lang mit ihrer Familie versteckt. Zwei Jahre lang hatte sie keinen Fuß vor die Tür gesetzt! Im Versteck hatte sie dieses Tagebuch geschrieben. Wenn ich mich verstecken müsste, würde ich auf jeden Fall auch mein LLB mitnehmen. Nur konnte ich mir nicht vorstellen, wie man zwei Jahre lang in einer winzigen Wohnung bleiben sollte.

In dem Tagebuch waren auch Fotos von Anne. Auf den meisten musste sie so zwischen zehn und zwölf Jahre alt sein. Sie machte einen sehr fröhlichen und irgendwie auch ziemlich neugierigen Eindruck, und sie sah aus, als sei ihr Leben bis zu dem Tag, an dem sie sich verstecken mussten, ein richtig gutes gewesen. Ihr Tagebuch hieß tatsächlich Kitty. Jeden Eintrag begann Anne mit »Liebe Kitty!«.

Ich las, dass sie ins geheime Versteck nur so viele persönliche Dinge mitnehmen durfte, wie in ihre Schultasche passten. Mit einem Koffer voller Zeug wäre die Familie auf der Straße nämlich aufgefallen und das mussten sie unbedingt vermeiden. Aber wie soll man Sachen für Jahre in eine einzige Schultasche kriegen? Mein Rucksack wäre schon mit meinen acht LLBs total voll, denn natürlich müsste ich alle mitnehmen, ich brauche sie, unbedingt. Bis gestern hätte ich auf jeden Fall die grüne Schachtel mit Dennis' Zettelchen mitgenommen, aber heute war ich mir nicht mehr so sicher. Nicht nur, weil sie zu viel Platz wegnahm, sondern weil ich extrem sauer auf Dennis war und fand, seine Zettel hatten in einem Überlebensgepäck nichts verloren.

Über mir rumste es. Ich horchte auf. War Pego doch zu Hause? Es rumste noch einmal, gefolgt von lautem Gackern, das ich sofort erkannte. Schnell klappte ich Annes Tagebuch zu. Offensichtlich hatte Pego nach der Schule Helli mitgebracht. Ob ich mich jemals daran gewöhnen würde, dass sie nicht nur meine, sondern auch seine Freundin war?

Pego öffnete die Luke zu seinem Olymp. So hieß sein Zimmer, weil es sich an der höchsten Stelle des Hauses befand und der Olymp ja auch der höchste Berg Griechenlands ist. Und da wir April-Kinder alle nach antiken griechischen Göttern benannt sind, passte das, denn der Olymp ist in den griechischen Sagen außerdem der Sitz der Götter.

»Sieh an, die Göttin der Mode- und Klamottenwelt«, begrüßte Pego mich.

»Sei bloß still, blöde Petze«, fauchte ich.

Mein Bruder, der offenbar schon vergessen hatte, was am Morgen vorgefallen war, machte ein dummes Gesicht. »Tut mir leid, Lil. Ich hab nicht geglaubt, dass Mama so sauer reagieren würde.«

»Haha. Ich schon. Deshalb sollte es auch erst einmal geheim bleiben.«

Ich erspähte Helli in Pegos Hängematte. Sie grinste schuldbewusst. »Es tut mir leid, Lil. Vielleicht können wir es wiedergutmachen?«

Ich dachte kurz nach. »Ja. Sorgt dafür, dass Mama ihre Meinung ändert.«

»Geht klar«, sagte Pego wenig überzeugend.

Helli nickte knapp. »Und wie war die Sitzung beim Kitty-Kurier?«

Pego bat mich zwar nicht einzutreten, aber ich tat es trotzdem und krabbelte über den etwas kratzigen blauen Teppichboden bis zu meiner Freundin und zwängte mich neben sie.

»Ganz gut. Spannend.«

Mein Bruder warf sich auf die Matratze am Boden, die gleichzeitig sein Sofa und sein Bett und manchmal auch sein Trainingsplatz zum Hantelstemmen war. »Das heißt, du machst da jetzt mit?« Er rümpfte die Nase.

Ich brachte die Hängematte mit einem Tritt gegen Pegos Schreibtisch in Schwung.

»Ja, was dagegen?«

»Megaübelst.« Das war sein neues Lieblingswort. Übelst genügte nicht mehr.

»Ist doch super!«, rief Helli fröhlich und strahlte meinen Bruder an.

Der grinste wie ein Affe, dem gerade eine Banane geschenkt wurde. »Megaübelst cool, sag ich doch.«

Helli nickte. »Und was genau musst du illustrieren?«

»Alles Mögliche. Fallende Katzen, unser Schulfest …«

»Megaübelst interessant«, schnitt Pego mir das Wort ab. Und dann lächelte er plötzlich ganz liebenswürdig. »Da fällt mir etwas sehr Wichtiges ein, Schwesterherz.«

Schwesterherz. Wenn Pego so redete, war ich gewarnt, weil er in hundert Prozent aller Fälle etwas von mir wollte.

»Vergiss es«, sagte ich deshalb direkt.

»Liebstes Schwesterherz«, säuselte mein Bruder, und es klang so treuherzig, dass Helli laut loslachte. »Oh, Lil, größtes Zeichentalent unter der Sonne, bitte erlaube mir, dich etwas zu fragen«, schnulzte Pego weiter. »Bitte.«

»Hängt dein Leben davon ab?«, fragte ich.

»Unbedingt.«

»Ist mir trotzdem egal. Nicht ich schulde dir etwas, sondern du mir.«

»Bitte! Ich brauche eine Graffiti-Schablone für Kunst.«

Ich horchte auf. »Graffiti? Ihr nehmt Graffiti durch?«

Pego nickte.

»Genial.« Graffitis hatten mich schon immer fasziniert.

»Genial, wenn man es kann.« Pego sprang auf, zog seine Schultasche näher und beförderte ein Blatt zutage. Es war eine Zeichnung. Eine richtig miese Zeichnung. Helli und ich lachten.

»Meine Güte, das können Orion und Nike ja besser!«, sagte ich.

»Nicht witzig.« Pego schaute grimmig.

»Eher megaübelst«, lästerte Helli, und ich sah, wie Pego sich darüber ärgerte. Geschah ihm recht.

»Ich werde sitzen bleiben.«

Helli hörte auf zu kichern. »Echt?«

»Quatsch. Er will nur mein Mitleid, damit ich klein beigebe.« So schnell machte mein Bruder mir nichts vor.

»Schaut her.« Pego holte ein Heft aus seiner Tasche und schlug es auf.

»Du hast eine Sechs in Latein?«

»Gut erkannt. Und im Zeugnis eine Fünf. Das ist sicher. Wenn ich in Kunst eine Fünf kriege, was ebenfalls so gut wie sicher ist, dann bleibe ich hängen.«

»Niemand bleibt wegen Kunst sitzen.« Helli schüttelte den Kopf.

Mir war von all dem Hin-und-her-Schaukeln etwas schwindelig, deshalb ließ ich mich neben Pego auf die Matratze fallen.

»Zeig mal her.« Ich nahm ihm das Heft aus der Hand und blätterte zurück. In den beiden Arbeiten davor hatte er eine Fünf und eine Fünf minus geschrieben. Das sah also wirklich nicht gut aus. »Hoffentlich nehmen sie dich auf der englischen Schule mit diesen miesen Noten.«

Pego schnaubte. »Mit diesen miesen Noten! Megaübelst, wie du redest, Besserwisserschwester. Schlimmer als Mama! Und diese englische Schule ist mir so was von heißegal!«

»Aber was willst du machen, wenn du sitzen bleibst?«

»Kein Plan.« Pego verschränkte die Arme vor der Brust.

Helli rutschte nun auch von der Hängematte und ließ sich

zwischen Pego und mich plumpsen. Ihre Teddybäraugen sahen von einem zum anderen.

»Also, dann wäre es doch eine gute Idee, ihm bei der Graffiti-Schablone zu helfen, oder?«

Ich tippte mir an die Stirn. »Erstens habe ich das noch nie gemacht. Zweitens finde ich«, ich zeigte auf meinen Bruder, »du müsstest dich selber ein bisschen anstrengen.«

»Ey, was kann ich dafür, dass du Zeichentalent für zehn geerbt hast! ICH KANN ES NICHT!«

Das Zeichentalent für zehn schmeichelte mir, aber ich ließ es mir nicht anmerken. »Lehrer belohnen es auch, wenn man sich einfach nur anstrengt.«

»Nicht van Berg. Ihm ist das megaübelst furzegal.«

Helli seufzte. »Komm schon, Lil, du musst ja nur die Zeichnung machen, die Schablone kriegt Pego dann alleine hin, oder?«

Pego nickte.

Mein Handy klingelte. Es war Mama. Seit unserer Auseinandersetzung am Morgen hatten wir noch nicht miteinander geredet. Ich ging ran.

»Hallo, Mama.«

»Lil, ich schaffe es leider nicht, die Zwillinge vom Turnen abzuholen. Kannst du das bitte erledigen?« Sie klang gestresst.

Ich sah auf die Uhr. Es war zehn nach sechs, also würde ich in fünf Minuten vor der Turnhalle unseres Stadtteils stehen müssen.

»Okay. Wir regeln das hier.« Ich tat besser so, als sei etwas Gras über unseren Streit beim Frühstück gewachsen.

»Wie meinst du das?«

»Einer von uns holt die beiden ab.«

Mama atmete auf. »Danke. Ich bin gegen sieben zu Hause.«

Ich legte auf und sah Pego fest in die Augen. »Du holst in den nächsten vier Wochen die Kleinen ab, wann immer es nötig ist. Und jetzt gleich um Viertel nach sechs an der Turnhalle.«

Er zog eine Grimasse. »Du warst auch schon mal für weniger zu kriegen.«

Helli kicherte und ich musste auch lächeln. Früher hatten sie meine Gutmütigkeit ausgenutzt, auch Pego. Aber damit war es seit ein paar Monaten vorbei. Wenn Pego seine Zeichnung haben wollte, dann musste er auch etwas leisten.

»Nach der Petzgeschichte von heute hast du meine Hilfe eigentlich gar nicht verdient. Sei froh, dass ich dir ein Angebot mache.«

Pego gab Helli einen Kuss, dann sprang er auf und schlüpfte durch die Luke. »Wehe, du malst nichts megaübel Cooles für mich!« Dann war er weg.

Endlich. Jetzt konnte ich Helli von meiner Beobachtung im Bus erzählen. Wie Dennis mit dem fremden Mädchen geflirtet hatte. Helli wollte es erst nicht glauben und war schließlich genauso empört wie ich.

»Unfassbar. Das ist so verlogen.« Ihre Wimpern zitterten, als wären sie auch aufgebracht. Neuerdings machte Helli Tusche darauf, und darum wirkten sie länger als sonst, was sehr schön aussah.

»Der hat dich wirklich nicht verdient.«

Es tat gut, dass sie das sagte und mir den Rücken stärkte.

»Ja, blöder, beknackter Deppen-Dennis!«

Wir lagen auf Pegos Matratze, sahen uns an und lachten. Solange meine beste Freundin bei mir war, fühlte sich alles viel weniger schlimm an. Später, ohne sie, würden Zorn und Traurigkeit wieder zurückkehren, das wusste ich.

»Wie lange dauert es wohl, bis es überhaupt nicht mehr wehtut?«

»Was?«, fragte meine HALF.

»Das Verlassenwerden.«

Helli schaute nachdenklich, als sei sie kilometerweit weg. Ich dachte schon, sie würde nicht mehr antworten, als sie ihr Handy zückte und etwas tippte.

»Was?«, fragte ich.

»Warte.«

Sie ließ sich Zeit, offenbar arbeitete sie sich durch einen längeren Artikel. Schließlich legte sie das Telefon weg.

»Zwei Jahre.«

»Wie bitte?«

»Zwei Jahre braucht eine Wunde, um vollständig zu heilen. Bis die Narbe weiß ist.«

Ich versuchte, mir mein armes, ausgeblutetes Herz mit weißen Narben vorzustellen. Zwei Jahre, das war eine furchtbar lange Zeit.

»Ich will nicht so lange traurig sein.«

»Musst du auch nicht. Bis die Wunde wieder zu ist, das geht ratzfatz.« Helli grinste schelmisch.

»Monate?«

»Weniger.«

»Tage?«

»Mehr.«

»Wochen?«

»Denke schon.« Helli gähnte.

»Kann man das denn vergleichen, körperliche und seelische Wunden?«, fragte ich.

»Warum nicht?«

»Hm.«

Ich dachte über das nach, was Helli gesagt hatte. Hoffentlich hatte sie recht. Denn auch wenn es etwas Zeit brauchte, gut wäre ja überhaupt schon mal, wenn die Verletzung, die Dennis mir zugefügt hatte, wieder heilen könnte. Im Moment fühlte es sich nicht danach an, aber das wäre vielleicht auch zu viel verlangt. Schließlich waren gerade mal etwas mehr als vierundzwanzig Stunden vergangen, seit er mich verlassen hatte.

Missmutig schleppte ich mich durch die darauffolgenden Tage und das Wochenende. In der Schule bekam ich nur die Hälfte mit. Dennis ging mir äußerst gekonnt aus dem Weg. Manchmal, wenn eine Begegnung sich nicht vermeiden ließ, wie zum Beispiel an der Klassenzimmertür, grinste er einfach nur dämlich. Aber ich lächelte nicht zurück, im Gegenteil, ich übte mich jetzt im Blickgefecht, also Augenbrauen so dicht wie möglich zusammen und die Nase Richtung Oberlippe ziehen. Ich glaube, es wirkte. Bei unserer dritten Begegnung grinste Dennis nicht mehr, sondern schaute schnell weg.

Zu Hause lag ich meistens auf dem Bett und las in Anne Franks Tagebuch. Es gefiel mir mit jeder Seite besser. Da war ein Mädchen, das mit seiner Familie zwei Jahre lang in einem engen Versteck aufeinanderhockte, und in diese Situation konnte ich mich ganz gut hineinversetzen. In meiner Familie fühlte ich mich auch oft eingeengt.

Am Freitag nahm ich das Buch mit zur Schule, weil wir im Unterricht damit anfangen wollten. Leider fiel dann aber ausgerechnet Deutsch aus. Da kein Vertretungslehrer kam, gingen Helli und ich auf den Pausenhof und setzten uns auf unsere Lieblingsbank. Ich hatte meinen Zeichenblock dabei, weil ich endlich mit der Vorlage für Pegos Graffiti anfangen wollte, und Helli das Anne-Buch. Ein paar Jungs aus der Klasse spielten Fußball, Dennis war auch dabei. Ich setzte mich so, dass ich ihnen nicht zuschauen musste.

»Was hältst du von einem Boxhandschuh?«, fragte ich und setzte ein paar erste Striche aufs Papier.

»Joah, ganz gut.« Helli blätterte durch ihr Anne-Buch und besah sich die Fotos. Dann lächelte sie. »Aber mit einem Porträt unserer Schulpatronin würde Pego ganz sicher mehr Eindruck schinden.« Sie streckte mir das Titelbild entgegen.

»Stimmt, das wäre cool.« Ich radierte den Anfang des Boxhandschuhs weg. »Gute Idee, Helli!«

Wir setzten uns so, dass Helli lesen und ich trotzdem den Umschlag sehen konnte. Als es zur Pause klingelte, war mein erster Entwurf so gut wie fertig.

»Wahnsinn«, murmelte Helli. »Sie sieht aus wie echt.«

»Findest du?« Ich war mir da nicht so sicher, aber ich freute mich über ihr Lob.

Ein Schatten fiel auf den Zeichenblock. Wir hoben beide überrascht den Kopf. Direkt hinter uns stand Paul, der etwas schräge Neuntklässler vom Kitty-Kurier. Seine Augen waren von einem verwaschenen Blau, wie der Himmel an heißen Sommertagen. Sie blickten direkt auf meine Zeichnung. Er lächelte, aber instinktiv verdeckte ich den Block mit der Hand.

»Ist was?«, fragten Helli und ich gleichzeitig.

»Nö. Also, äh, ich wollte Sorry sagen, wegen gestern.«

Helli sah mich an. »Hab ich was verpasst?«

Paul lächelte unbeholfen. »Ich war irgendwie schlecht drauf. Tut mir leid.«

»Tja, besonders freundlich warst du nicht, das stimmt.«

»Nimm's nicht persönlich. Ich kann manchmal meine Klappe nicht halten.«

In der Tür zum Schulhof erschien Pego. Helli hob die Hand und winkte. Paul folgte ihrem Blick, nickte mir noch einmal zu und trollte sich. Wir schauten ihm hinterher.

»Da ist aber jemand interessiert!« Helli kicherte.

»Spinnst du? Der ist nicht interessiert. Jedenfalls nicht an mir. Falls es dir entgangen sein sollte, der war nur mittelfreundlich. Übrigens war er das auch letzten Mittwoch in der Redaktionssitzung.«

»Er ist beim Kitty-Kurier?« Helli winkte Pego zu, der im übelst coolen Rockstar-Gang den Hof überquerte.

»Ja. Kann toll schreiben. Erinnerst du dich an die Geschichte aus der letzten Kitty über diese Klassenfahrt der Neunten?«

»Die ist von ihm?«

»Ja. Er schreibt lustiger, als er redet, so viel steht fest.«

»Der ist verknallt in dich. Deshalb geht ihm der Humor flöten. Die Sorte kenne ich.«

»So? Woher kennst du die Sorte denn?«

Pego war ungefähr zehn Meter von uns entfernt stehen geblieben und quatschte mit ein paar Klassenkameraden.

»Aus *Stolz und Vorurteil.* Da ist es genauso. Ich sage dir, dieser Typ ist genau wie Mr Darcy.«

Ich musste lachen. »Mr Darcy? Aus welchem Jahrhundert ist das Buch denn?«

Helli zuckte mit den Achseln. »Zweihundert Jahre alt. Aber, Lil, die Geschichte ist groß! Ich liebe das Buch. Wir müssen unbedingt den Film zusammen ansehen.«

Helli hatte eine Schwäche für romantische, pompöse Filme, auch solche, in denen Leute in Kostümen aus längst vergangenen Zeiten herumliefen. Ich mochte eher so aktuelle Sachen.

»Hm. Ich glaube, Jungs von heute kann man nicht mit so Mittelaltertypen wie deinem Mr Darcy vergleichen.«

»Doch. Manche Dinge ändern sich nicht. Der da …«, sie zeigte auf Paul, der inzwischen am anderen Ende des Schulhofs angekommen war, »findet dich toll und zeigt dir das, indem er cool oder sogar unfreundlich tut. Glaub mir. Ich weiß Bescheid.«

Wann genau meine beste Freundin zur Kennerin der männlichen Seele geworden war, konnte ich nicht sagen. Vor Kurzem jedenfalls war sie in der Hinsicht noch komplett ahnungslos gewesen.

»Vielleicht lernst du ja in England einen echten Mr Darcy kennen«, neckte ich sie. Hellis Eltern hatten sie nämlich gegen ihren Willen auf einem englischen Internat angemeldet, aber bislang war noch keine Zusage eingetroffen.

»Sehr witzig. Erstens lehnt diese Schule mich hoffentlich ab, und wenn nicht, dann habe ich zweitens wenigstens meinen Mr Darcy schon im Gepäck.« Sie wies mit dem Kinn Richtung Pego, der jetzt seine Klassenkameraden stehen ließ und auf uns zusteuerte.

»Na, was wollte denn Pickel-Paul bei euch?« Er ließ sich neben uns auf die Bank fallen.

Helli prustete los. »Heißt er so?«

»Der hat doch gar keine Pickel.« Ich schüttelte den Kopf. Ehrlich gesagt fand ich, dass Paul sogar ziemlich hübsch war, zumindest wenn er lächelte.

»Ist doch egal. Es ärgert ihn aber schön.«

Jetzt musste ich auch lachen. »Ist aber gemein.«

Pego schnappte sich meinen Zeichenblock. »Gemein, gemein«, äffte er mich nach. »Es kann ja nicht jeder so anständig sein wie Miss Lil Correct April!« Er klappte den Block auf. »Was ist das?«

Ich zog den Block wieder näher zu mir. »Dein Graffiti.«

Pego ließ den Block so schnell los, dass er hinuntergefallen wäre, wenn ich ihn nicht festgehalten hätte.

»Tu das weg. Geht gar nicht.« Er machte ein übertrieben angewidertes Gesicht.

»Das ist Anne Frank!«, empörte ich mich.

»Das sehe ich. Anne Frank! Ich bin doch kein Weichei.«

Helli knuffte ihn in die Seite. »Du spinnst.« Sie wandte sich zu mir. »Siehst du, noch so ein Darcy-Typ. Er muss den starken Mann spielen, dabei wissen wir doch alle, wie zart und weich unser kleiner Pego ist …« Sie kitzelte ihn erst am Hals, und dann pikste sie ihn in Seite und Bauch, bis Pego lachend und abwehrend aufsprang.

Er zeigte auf Helli. »Du hältst dich besser raus!«

»Ich denke nicht daran.« Sie war auch aufgesprungen und traktierte ihn weiter mit einer neuen Kitzelsalve.

»Hilfe! Au! Lass los, nein, bitte, Helli …« Pego rannte los, aber Helli holte ihn ein, schnappte ihn am Gürtel seiner Jeans und schleifte ihn zurück.

»Wirklich, Lil, das kann nicht dein Ernst sein! Ich bin Boxer! Wie sieht das denn aus? Mach doch mal was Neues aus deiner Anne. Lass sie die Faust heben oder so.«

Helli ließ von ihm ab und sie setzten sich wieder. Wir betrachteten das Bild. Die Idee mit der Faust fand ich ganz gut. Vorgestern noch hätte sie mir wahrscheinlich nicht gefallen, aber ganz ehrlich, meine Gefühlslage hatte sich seitdem dramatisch verändert. Ich würde sagen, meine Hand war innerlich zur Faust geballt. Da passte mir Pegos Idee ausgezeichnet.

Ich blickte erst meinen Bruder, dann Helli an. »Was genau bedeutet denn die geballte Faust?«

»Wehr dich, Kumpel, lass dir nicht alles gefallen.« Pego verschränkte die Arme vor der Brust.

»Also, ich weiß nicht.« Helli machte ein skeptisches Gesicht. »Das Bild soll immerhin bei deinem Kunstlehrer gut ankommen. Mit Anne Frank bist du auf der sicheren Seite.«

Pego rümpfte die Nase. »Kann sein. Aber ich will meine Ideale auch nicht verraten, nur um mich bei dem megaübelsten Kunstlehrer aller Zeiten einzuschleimen. Eine Vier im Zeugnis reicht mir, auf den Friedensnobelpreis kann ich verzichten.«

Ich zog meinen Bleistift aus der Hosentasche und skizzierte eine Faust. Es klappte nicht auf Anhieb. Fäuste sind komplizierte Körperteile. Pego und Helli saßen Händchen haltend daneben und ließen mich machen. Beim dritten Versuch, genau zum Ende der Pause, hatte ich eine halbwegs passable Faust zustande gebracht. Ich schlug den Block zu.

»Bäm. Schon viel besser.« Pego gab Helli einen Kuss auf die Wange. »Gefällt's dir?«

Sie schüttelte den Kopf. »Geht so.«

Wir standen auf.

»Lass mich zu Hause noch einmal daran feilen«, sagte ich.

»Nein, ist perfekt so. Da mach ich gleich ein Shirt daraus.« Pego war schon seit ein paar Jahren Spezialist für selbst gemachte T-Shirts und neuerdings auch Sweatshirts. Auf dem von heute stand »Hellichter Tag«. Das war seine Art von Liebeserklärung an Helli. »Machst du mir eine große Kopie? Ihr vom Kitty-Kurier habt doch Zugang zum Kopierer.«

Was der alte Pegoist so alles wusste.

»Du könntest dir deine Kopie auch selbst machen. Im Kopierladen.«

Wir schlenderten durch den großen Schulkorridor. Pego legte den Arm um mich.

»Schwesterlein, für mich ist es eine extraüble Aktion, zum Kopierladen fahren und so weiter. Für dich ist es eine Sache von fünf Minuten.«

Wir standen am Treppenhaus. Pego musste nach oben, wir nach links zu unserem Klassenzimmer. Aus einem unbestimmten Grund zögerte ich immer noch.

»Mann, Lil, stell dich nicht so an!«

»Na gut. Ich frage Nurya, ob sie einen Schlüssel zur Mediathek hat.«

Am Wochenende skypten wir mit Papa. Er zeigte uns Bilder von dem neuen Haus in Cambridge. Wir hatten wie immer nach dem Essen schnell das Geschirr abgeräumt und uns an einem Ende unseres riesigen Tisches versammelt. Nacheinander hielt er mehrere Fotos hoch. Zuerst war der Garten an der Reihe. Er schien etwas größer zu sein als unser winziger Münchner Garten, aber im Grunde sah man nicht viel außer einem Stück Rasen, einer Terrasse und ein paar Büschen, aus unterschiedlichen Blickwinkeln fotografiert. Mama reagierte unerwartet begeistert.

»Wie romantisch. Schaut, die englischen Rosen!«

Pego rollte die Augen. »Oh Mann, und wo ist der Bus?«

»Welcher Bus?«, fragte Mama.

»Mit den Leuten, die das interessiert?«

Meine Geschwister lachten, Mama auch. Papa schüttelte den Kopf und zeigte noch ein Gartenfoto.

»Und guck, da ist ein guter Baum für eine Hängematte.« Orion gähnte und zeigte auf einen dürren Stamm im hinteren Gartenteil.

»Für eine Hängematte braucht es erstens mehr als diesen Stängel, du Zwergel, und außerdem immer zwei Bäume.« Pego gab Orion erst eine Kopfnuss und dann noch eine. »Eins, plong, zwei, plong! Jetzt kannst du deine Matte aufhängen.« Er fand das offenbar lustig, denn er lachte laut.

Orion schrie auf und brach in Tränen aus. »Au!«

Mama schnellte herum. »Pegasos! Was fällt dir ein?«

Papa bekam nicht so richtig mit, was vorging, zeigte einfach das nächste Bild, aber keiner beachtete ihn.

Orion ballte jetzt die Fäuste und trommelte wie wild gegen Pegos Brust. Der tat so, als würden ihn Orions Schläge kitzeln. »Huh, ha, oh nein, bitte, ich bin kitzelig …« Dabei lachte er sich schlapp.

Pan, der bisher ruhig zu Artis Füßen gelegen hatte, sprang auf, schüttelte sich und bellte.

»Platz!«, rief Arti.

»Pego, jetzt benimm dich!«, rief Mama.

»Zum Zeus!«, donnerte Papas Stimme, sehr laut, aber trotzdem etwas verzerrt. »Was ist denn bloß mit euch los?«

Wenn Papa nach Zeus, dem Chef aller griechischen Götter, rief, dann war das eine letzte Verwarnung. Er konnte sehr sauer werden, wenn wir dann nicht gehorchten. Dieses Mal aber beruhigten sich nicht alle sofort. Pan winselte, und Orion weinte immer noch, inzwischen aber sicher nicht mehr vor Schmerz, sondern aus Wut. Pego grinste, hielt aber die Klappe.

Wir sahen alle zum Bildschirm, niemand rührte sich, nur Tritons Schulter zuckte.

»Hundert Tritte auf einen fremden Hintern tun nicht weh«, sagte Papa streng.

Das war eines von Papas griechischen Sprichwörtern. Seine Spezialität sozusagen. Damit verwirrte und, was selten vorkam, amüsierte er uns, seit ich denken konnte. Sein Vorrat schien unendlich, leider. Wahrscheinlich seufzte Mama deswegen jetzt, ganz leise zwar, aber doch hörbar, wenigstens für uns. Vielleicht gingen ihr die Sprichwörter auch etwas auf die Nerven. Arti kicherte. Nike auch. Tritons Schulter zuckte noch heftiger.

»Was willst du uns denn damit sagen, Papa?«, fragte ich, weil das die Frage war, die unser Vater erwartete.

»Diese Weisheit gilt Pego, aber ihr anderen solltet sie euch auch gut merken: Was man nicht am eigenen Leib erfährt, das spürt man auch nicht.«

»Du meinst, ich werde mich nie wie ein kleiner Schwächling fühlen, weil ich eben keiner bin?« Pego grinste breit.

Orion wollte schon wieder auf ihn losgehen, aber Mama zog ihn an seinem Schlafanzug zurück.

»Du wirst dich nie wie ein jüngerer Bruder fühlen«, sagte Arti.

»Es sei denn, wir verprügeln dich alle zusammen«, rief Triton und schwenkte beide Fäuste. Orion ahmte ihn nach.

Bevor die nächste Rangelei entstand, ging Mama dazwischen. »Stopp. Genug jetzt. Ich habe noch andere Dinge zu erledigen und ihr Jüngeren gehört bald ins Bett.«

In diesem Moment zuckte Triton so heftig mit der Schulter, dass Mama ausweichen musste.

»Megaübelst. Irgendwann verrenkst du dir noch mal den Hals und brichst dir das Genick.«

Pego tat so, als würde er schon wieder Kopfnüsse verteilen,

und Triton duckte sich, aber dann begegnete er Mamas Blick und ließ die Hände sinken.

Arti und die Zwillinge kicherten.

Mama legte beide Hände auf Tritons Schultern. Manchmal beruhigte sein Zucken sich dann. Heute nicht.

»Kinder, lasst euren Bruder in Ruhe. Er kann nichts dafür.«

Pego tat so, als zuckte seine Schulter ebenfalls. Er fuchtelte mit den Armen und bewegte sich in eigenartigen Hüpfern um den Esstisch herum. »Ey, ich kann nichts dafür, schaut her! Es passiert einfach!«

»Triton und ich waren vor ein paar Tagen beim Neurologen.« Mamas Stimme war scharf wie ein Rasiermesser. Pego hielt inne.

»Meinst du, das ist der richtige Moment?«, hörten wir Papa sagen und wandten uns wieder zum Bildschirm.

»Ja, Theo, warum nicht? Mir scheint, hier herrscht Klärungsbedarf.« Und dann erzählte Mama uns, dass Triton wegen der Zuckungen bei einem Spezialisten war, der ihn gründlich untersucht hatte. Dafür hatte er ein Gerät an Tritons Kopf angebracht und damit die Gehirnströme gemessen. Am Ende kam dabei heraus, dass Triton diese Ticks nicht beeinflussen konnte. Sie passierten einfach.

»Und warum passieren sie?« Nike schaute so, als fürchtete sie, Triton könne plötzlich etwas noch Schlimmeres als Schulterzucken machen.

»Weil in seinem Gehirn irgendwas nicht hundertprozentig funktioniert.«

»Das hab ich schon immer gewusst!« Pego tippte sich mit dem Finger an die Stirn und lachte.

»Mein lieber Pegasos«, begann Papa, »es gibt Grenzen des

Geschmacks. Und wie du dich hier über deinen Bruder lustig machst, das ist äußerst geschmacklos.«

Ich musste Papa recht geben und tippte nun meinerseits an Pegos Stirn. »Bei DIR funktioniert was nicht da oben, das ist es.«

Pego wischte meinen Finger weg wie ein lästiges Insekt.

Triton musterte Pego wütend. »Ich bin schlauer als ihr alle zusammen.«

Selbst wenn er recht hatte, denn Triton war wirklich unfassbar klug und obergescheit, es nervte einfach, dass er sich damit ständig wichtigmachen musste.

Oh Mann, F.A.M.I.L.I.E.! Fürchterlich anstrengende, meistens idiotische Leute im Egowahn! Heute war mal wieder so ein Tag, an dem ich meine Leute am liebsten zur Adoption freigegeben hätte, alle miteinander.

Mama schien es ebenfalls zu reichen. »Theo, zeig uns die anderen Fotos, bitte. Und wer jetzt unsachliche Kommentare abgibt oder stänkert, darf sofort den Raum verlassen.«

»Okay, danke, Mama, ich wollte sowieso gehen. Mach's gut, Daddy«, sagte Pego übertrieben süßlich und stapfte Richtung Flur.

»Interessierst du dich kein bisschen für das neue Haus?«, rief Mama ihm hinterher.

»Nö. Ist mir schnurps!« Pego hechtete die Treppe hinauf. »Ich werde da sowieso nie wohnen, weil ich nämlich nicht nach Cambridge ziehe!«

Rums. Die Dachbodenluke knallte so heftig, dass sogar der Laptop auf dem Esstisch zitterte. Für ein paar Sekunden wackelte Papas Kopf, und wir verstanden nicht, was er sagte.

»Der spinnt ja wohl«, wisperte Nike.

Mama setzte sich auf einen Stuhl, stützte den Ellbogen auf

den Tisch und fuhr sich in einer erschöpften Geste über die Stirn. Um ihre Augen hatten sich feine Fältchen gegraben. Sie sah zu Papa, und ich konnte ganz deutlich erkennen, wie gerne sie ihn einfach am Kragen gepackt und leibhaftig in unsere Küche gezogen hätte.

»Schade«, sagte sie mehr zu sich als zu irgendjemand sonst. »Pego wird immer wilder. Ich hatte gehofft, seine neue Freundin würde eher einen beruhigenden Einfluss auf ihn haben.«

Ich spitzte die Ohren. Hatte sie tatsächlich Helli, die seit Jahren bei uns ein und aus ging, »seine neue Freundin« genannt? Und dann auch noch mit so einem abschätzigen Unterton?

»Hallo? Was soll das denn heißen?« Ich spürte, wie mein Puls schneller ging.

»Das wüsste ich auch gerne.« Arti schaute fragend zu Mama.

»Nichts. Lass uns weiter mit den Bildern machen.«

»Äh ja«, Papa begann wieder, auf seinem Schreibtisch zu kramen. »Schaut her …«, begann er, aber ich ließ ihn nicht ausreden.

»Mama! Darauf gibst du jetzt eine Antwort!« Meine Stimme klang viel schriller, als mir lieb war, aber schließlich ging es hier um meine beste Freundin. Und auch wenn mir diese neue Nähe zwischen Helli und Pego manchmal etwas unheimlich war, würde ich doch nie im Leben zulassen, dass jemand etwas Schlechtes über meine extratolle HALF sagte. »Wo sind wir denn? Du kannst doch nicht einfach behaupten, Helli hätte einen negativen Einfluss auf Pego. Denn das willst du doch wohl sagen!«

Mama seufzte und fuhr sich wieder über die Stirn. Sie sah

echt fertig aus. Mit Sicherheit war ihr das alles zu viel, mit Job, sechs Kindern und einem Hund. Ohne Ehemann. Aber trotzdem. Mal einfach so nebenbei meine Freundin beleidigen, das konnte ich ihr nicht erlauben.

»Lilaia, das war sicher nicht so gemeint«, versuchte Papa zu vermitteln.

Mama holte tief Luft, wie beim Tauchen. »Tut mir leid, Lil. Ich habe wirklich überhaupt nichts gegen Helli«, begann sie und hielt dann noch einmal inne, als würde sie nach den passenden Worten suchen, »aber im Moment herrscht doch ziemlich viel Unruhe. Was vielleicht auch mit dieser neuen Freundschaft zu tun hat. Und was ich abgesehen davon nicht verstehe, ist Folgendes: Helli wird im Sommer selbst nach England gehen.« Ich öffnete den Mund, aber Mama gebot mir zu warten. »Wieso also macht Pego so ein Theater? Wenn er hierbleibt, ist dieses Mädchen ab Herbst sehr weit weg. Das kann doch nicht in seinem Interesse sein!«

»Können wir jetzt endlich mal die Bilder vom Haus sehen?« Nike trommelte auf den Tisch. Orions Kopf lag direkt daneben auf der Tischplatte. Er hatte Mühe, die Augen offen zu halten, es war schon ziemlich spät.

»Ob Helli nach England geht, ist noch gar nicht sicher, dazu kannst du also nichts sagen.«

Ich sah erst zu Mama, dann zu Papa und wieder zurück zu Mama.

»Und Helli hat ja wohl nichts damit zu tun, dass hier Unruhe herrscht!« Ich stemmte die Arme in die Taille. »Also wirklich, das ist das Letzte.«

»Lil! Jetzt ist Schluss.« Papa hielt ein Foto hoch. »Ich wollte euch heute dieses Haus zeigen, aber es ist nicht möglich, drei Sätze am Stück zu reden, weil ständig jemand dazwischenfunkt. Mir reicht es nun!«

Ich schmollte und verschränkte die Arme.

Mama nickte. »Du hast recht, Theo. Her mit den Fotos.« Es sollte heiter klingen, aber in Mamas Stimme lag eine seltsame und seltene Mattigkeit.

Wir hörten, wie Pego die Treppe heruntergesprungen kam, in die Schuhe stieg und seine Jacke vom Haken nahm. »Muss noch mal weg!«

»Das wird offenbar zur Gewohnheit«, murmelte Mama.

»Was hast du gesagt?« Papa hielt sich das Foto vors Gesicht.

»Nichts. Unser Ältester hat sich gerade noch mal verabschiedet.«

Papa lugte hinter dem Foto hervor. »Um diese Zeit?«

»Tja ...« Dazu fiel Mama offenbar nichts ein.

Orion war eingeschlafen. Sein Kopf lag auf der Tischplatte, aus dem halb geöffneten Mund tropfte etwas Spucke. Sein Atem rasselte leise. Nike und Triton lachten.

Mama wischte die Spucke weg. »Wir lassen ihn schlafen und tragen ihn später hoch.«

Papa hielt nun der Reihe nach alle Fotos hoch, die er von dem englischen Haus gemacht hatte. Zuerst zeigte er die untere Etage. Eine Küche, die längst nicht so groß war wie unsere hier in München, ein Esszimmer mit dicken braunen Vorhängen und ein Wohnzimmer, das ziemlich riesig wirkte, eine Tür zum Garten hatte und außerdem einen Kamin. Bis auf einen einsamen Stuhl im Wohnzimmer waren nirgends Möbel.

»Fantastisch. Da können wir im Winter Feuer machen.« Mama lächelte.

Arti zeigte auf die Stelle vor dem Kamin. »Ich wette, das wird Pans neuer Lieblingsplatz.«

»Warum sind da so hässliche Gardinen?«, wollte Nike wissen.

»Die sind vom Vorgänger. Wir werden natürlich alle Wände neu anstreichen und eigene Vorhänge anbringen.« Papa hielt das nächste Foto hoch. Im Erdgeschoss befanden sich außerdem noch eine Toilette und ein kleiner Raum mit Fenster, den Mama sofort als Büro bezeichnete.

Es folgte der erste Stock. Hier gab es die versprochenen vier Kinderzimmer und ein Bad. Die Kinderzimmer waren nicht besonders groß, aber zwei hatten einen Erker.

»Oh, so eins möchte ich!« Arti zeigte auf den Erker.

»Das wird gerecht verteilt«, beeilte Triton sich zu sagen, »nicht wahr, Mama?«

Ich hätte mich auch gerne für ein Erkerzimmer gemeldet, aber aus mehreren Gründen brachte ich es nicht über die Lippen. Erstens war ich noch sauer auf Mama, zweitens konnte ich mich einfach nicht auf Cambridge freuen. Es fiel mir schwer, mich überhaupt über irgendwas zu freuen, und dieser Umzug nach England gehörte ganz gewiss nicht dazu.

»Es ist zu früh, hier irgendetwas zu verteilen.« Mama strich Triton über das stachelige blonde Haar. »Wir haben noch nicht einmal den Mietvertrag unterschrieben.«

»Schaut her, es geht noch weiter.« Papa hielt die nächsten Bilder hoch.

»Noch ein Stockwerk?« Nike drückte ihre Nase beinahe gegen den Bildschirm.

Triton zerrte sie zurück. »Du versperrst die Sicht.«

Unter dem Dach befanden sich zwei weitere Zimmer und noch ein Bad.

Papa zeigte auf das größere Zimmer. »Hier würden Orion und Nike hineinpassen und vielleicht auch zwei Hochbetten, um Platz zu gewinnen.« Es war definitiv ein toller Raum, ebenfalls mit einem Erker.

Nike strahlte. »Oh ja, juchhu!« Sie rüttelte an Orion. »Schau, unser Zimmer!« Er rührte sich nicht. Wenn Orion einmal schlief, konnte nebenan ein Feuerwerk hochgehen, genau wie bei Arti. Die beiden schliefen fester als Tote, sagte Pego immer.

»Ich denke, es wird noch nichts verteilt?« Triton runzelte die Stirn.

»Na ja, da die Zwillinge sich ein Zimmer teilen, steht ihnen das größte zu, das dürfte unstrittig sein.« Papa zwinkerte. »Und wir beide werden ebenfalls befördert, Lisa, und ziehen vom Keller unters Dach, direkt neben die Zwillinge.«

In unserem Münchner Haus befanden sich das Elternschlafzimmer und noch ein weiterer Raum, in dem Maria wohnte, im Keller.

»Grandios!«, rief Mama.

»Dann sind wir jetzt im Olymp?« Nike konnte gar nicht mehr aufhören zu grinsen und rüttelte wieder an Orion, allerdings ohne Erfolg.

Mama lächelte. »In gewisser Weise.«

Nike führte einen Freudentanz auf. Arti lachte und begann ebenfalls zu hüpfen. Sie nahmen sich bei den Händen und galoppierten durchs Esszimmer.

»Bumm, bumm, bumm, wir ziehen bald um!«, rief Nike, und Arti reimte drauflos: »Wir haben immer – die allercoolsten Zimmer!«

Triton verfolgte ihr kindisches Gehopse mit düsterem Blick, Orion schlief weiter seelenruhig, Mama und Papa lachten, und ich fand plötzlich, dass ich genug gesehen und gehört hatte. Ich verabschiedete mich schnell von Papa, Mama ließ ich links liegen. Unser Hühnchen war noch nicht fertig gerupft.

Als ich nach oben ging, kam gerade Maria zur Tür herein. Sie jobbte seit Kurzem in einem Café und hatte bei uns deshalb etwas andere Arbeitszeiten.

»Na.« Sie lächelte mich an und wies mit dem Kinn Richtung Esszimmer. »So spät noch am Skypen?«

Ich nickte. »Sag mal, kommst du dir in deiner Familie auch manchmal wie eine Außerirdische vor?« Maria hatte in Griechenland drei jüngere Geschwister, unsere Situation war also fast vergleichbar.

»Oh ja!« Sie lachte. »Aber glaub mir, das wird besser!«

»Gut. Und wann?«

Sie zwinkerte mir zu. »Wenn du ausziehst.«

Das war keine befriedigende Antwort. Ich war dreizehn, und bis ich auszog, würden noch Jahre vergehen.

Missmutig stieg ich die Treppe hinauf ins Bad. Während ich mich aus meinen Klamotten schälte und meine Gedanken unweigerlich wieder bei Dennis landeten, fragte ich mich, ob Verliebtheit vielleicht auch so etwas wie ein Tick war. Ein Fehler im Gehirn, der sich einfach nicht abstellen ließ. Bei Triton zuckte die Schulter, bei mir das Herz. Und jetzt, wo Dennis nicht mehr mein Freund war, tat es das trotzdem noch. Ich wünschte, es würde damit aufhören! Aber ich konnte nichts daran ändern. Ebenso wenig konnte ich ändern, dass Dennis mit einem anderen Mädchen anbandelte. Das Einzige, was ich konnte, war zucken und zugucken, wie mein Schmerz und meine Wut immer weiterwuchsen. Ich pfefferte meine Jeans in die Badezimmerecke und mein T-Shirt gleich hinterher. Wieso tat Dennis das? Wieso hatte er mich so plötzlich abserviert?

Auf dem Boden lagen auch Nikes und Artis Anziehsachen herum, denn wir Mädchen teilten uns ein Bad. Ich kickte auch diese Sachen in die Ecke. Dabei verhedderte sich mein Fuß in einer von Artis Unterhosen. Das machte mich komplett rasend. Ich trat auch die Badematten zusammen und riss die Klamottenberge vom Badewannenrand und schleuderte alles durch die Gegend und schüttelte dann schließlich meinen Fuß so wild, bis Artis Unterhose endlich abflog. Und dann natürlich genau in der Toilette landete. Verflixt! Schnell fischte ich das Teil heraus und warf es in die Badewanne. Ich klappte den Klodeckel runter, setzte mich und presste die Fäuste gegen die Augen, ganz fest, sodass ich nur noch stockschwarze Dunkelheit sah.

Dingding. Irgendwo meldete mein Handy eine WhatsApp. Ich ließ die Arme sinken, krabbelte zum Kleiderhaufen, wühlte, fand meine Jeans und angelte das Telefon aus der Tasche.

Es war eine Nachricht von Helli. »Ist Pego zu Hause? Er geht schon den ganzen Abend nicht an sein Handy.«

Komisch, ich hatte Pego bei Helli vermutet, aber wahrscheinlich war er dann doch zu einem seiner Kumpels gegangen. War mir aber auch egal.

»Nein, er ist nicht hier, bestimmt ist sein Akku leer«, tippte ich, schickte einen Kuss-Smiley hinterher und legte mein Handy auf die Ablage über dem Waschbecken.

Als mein Blick dabei den Spiegel streifte, erstarrte ich. Die Person da gegenüber kam mir beinahe fremd vor. Meine Locken sahen aus, als hätte ich in die Steckdose gefasst. Mein Gesicht war gerötet und verquollen. Und an meinen Augen konnte ich die allergrößte vorstellbare Traurigkeit ablesen. Darüber, dass es vorbei war, und darüber, dass ich mich wahrscheinlich nie wieder im Leben neu verlieben würde. Und dann sah ich noch etwas, was mich erschaudern ließ. Kleine rote Pünktchen. Auf der Stirn und auch seitlich an den Schläfen. Ich ging näher an den Spiegel und tastete die Stellen mit den Fingerspitzen ab.

Das durfte einfach nicht wahr sein! Das war doch wirklich das Allerallerletzte: Zu all dem Ärger, zu dem Kummer und dem Schmerz bekam ich jetzt auch noch Pickel!!!

Das Unheil kündigt sich manchmal durch eine Vollbremsung an.

Die nämlich machte unser Bus, als er sich am Montagmorgen der Schule näherte. Kurz vor der Haltestelle erfasste uns ein heftiger Ruck und schleuderte alle nach vorne. Ich landete mit der Stirn an meinem Vordersitz, was ganz schön wehtat. Andere erwischte es noch härter. Ich sah mich um. Hinter mir weinte ein Mädchen, weil es aus der letzten Bank in den Gang geflogen und dort aufgeprallt war. Vorne waren mehrere Schüler, die während der Fahrt im Gang gestanden hatten, übereinandergepurzelt, unter ihnen Dennis. Alle schrien durcheinander.

»Mann!«

»Aua!«

»Was ist los?«

Ich sprang reflexartig auf, um zu sehen, ob Dennis sich verletzt hatte, denn im Schock vergaß ich vorübergehend, wie wütend ich auf ihn war. Ich vergaß sogar, dass wir getrennt waren. So schnell kam ich jedoch nicht von meinem Platz weg, weil sich ein Riemen meines Rucksacks zwischen den Sitzen verheddert hatte. Während ich daran zerrte, machte der Busfahrer eine Durchsage.

»Alles in Ordnung, Leute. Nichts passiert.«

In diesem Moment tauchte ich aus meinem Schockzustand wieder auf, zurück an die Oberfläche der traurigen Wirklichkeit. Verstohlen beobachtete ich, wie Dennis auch ohne jede Hilfe auf die Füße kam. Aber dann tat er etwas

Unerwartetes. Er drehte sich um und sah direkt zu mir. Und dann, ja, dann lächelte er, gewohnt dreieckszahnmäßig und schief und auf jeden Fall erleichtert. Das tat gut und gleichzeitig weh. Innerhalb von Millisekunden dachte ich mit der aufschießenden kindischen Hoffnung, dass doch noch nicht alles verloren war, und ich wäre am liebsten zu Dennis hingerannt und ihm um den Hals gefallen. Aber erstens drehte er sich wieder weg, zweitens standen mehrere Kinder zwischen uns und drittens öffneten sich nun die Bustüren.

»Da ist jemand fast in den Bus gelaufen!«, rief ein Mädchen aus meiner Parallelklasse.

»Ja, das war knapp!«

»Schaut mal, da vorne ist irgendwas los!«, rief ein Fünftklässler, der seine Nase an die Scheibe presste.

Alle reckten die Hälse und strömten nach draußen, Dennis als einer der Ersten. Mit jedem Schritt entfernte sein brauner Schopf sich weiter, und als ich den Fuß auf den Gehweg setzte, war er schon am Schultor und hatte unseren kurzen gemeinsamen Augenblick im Bus mitgenommen.

Am Tor war irgendwas passiert, das sah ich jetzt auch. Eine Menge Schüler hatten sich an der Mauer versammelt. Sie wirkten total aufgekratzt. Der Pulk wurde immer größer, einige standen bereits auf der Straße, weil alle, die eben aus dem Bus gestiegen waren, nun ebenfalls stehen blieben und sehen wollten, was da abging. Und das, obwohl es regnete und die wenigsten einen Schirm dabeihatten. Nun war ich wirklich neugierig und zwängte mich durch die Leute, bis ich zum Kern der Gruppe vorstieß.

Was ich sah, versetzte mir den zweiten Schock des Tages, aber während der erste mich nur kurz durchgeschüttelt hatte, führte dieser hier zu einer Art innerer Explosion, die sich in grenzenloser Verwirrtheit ausdrückte. Für einen Augenblick wusste ich gar nichts mehr. Nicht, wer ich war, nicht, wo ich mich befand. Ich stand nur da, atmete heftig und versuchte, zu erfassen, zu verstehen, was ich gerade sah: An der Schulmauer prangte, überlebensgroß, mein Anne-Frank-mit-Faust-Bild! Meine Zeichnung als gigantisches Graffiti, dessen Farbe, ein dunkles Rot, noch ganz frisch leuchtete. Ich hörte Gemurmel und Kichern und spürte auch den Regen im Gesicht, aber ich konnte nichts tun und nichts denken außer der einfachen Feststellung, dass das mein Bild war.

Um mich herum lachten und alberten sie.

»Krass.«

»Cool.«

»Das gibt Ärger.«

Jemand fasste mich an der Schulter. Es war Helli. »Komm.«

»Helli …« Ich rührte mich nicht.

»Lil, komm …« Sie zog mich weg.

»Helli …«, stammelte ich. »Hast du das gesehen?«

Es regnete immer stärker. Während Helli und ich Richtung Hauptgebäude drängten, wehten uns scheußliche kleine Windböen beinahe über den Pausenhof. Normalerweise hätten wir das lustig gefunden, aber im Moment lag mein Humor auf Eis. Wir retteten uns in den Korridor und verzogen uns auf die Mädchentoilette, wo sich morgens vor dem Unterricht meistens niemand aufhielt. Durch den Spalt des kleinen Fensters heulte der Wind.

»Oh Mann, ist ja wie im Krimi.« Ich drückte das Fenster zu. »Helli, was hat das zu bedeuten?«

Meine HALF schüttelte ihre nassen Haare. »Keine Ahnung! Das ist so hart! Es ist DEIN Bild!« Sie blickte mich an. »Ich habe mich schon gefragt, ob du …?«

Ich fröstelte und stellte mich an den Heizkörper, der zum Glück ein wenig warm war. »Haha. Das ist absurd.«

Helli lachte, aber es klang nicht fröhlich. »Ich weiß. Total absurd. Aber wer war es?«

»Jemand muss meine Zeichnung geklaut haben.« Ich öffnete meinen Rucksack, suchte nach dem Skizzenblock und klappte ihn auf. Meine Zeichnung war noch da.

»Das gibt es doch nicht! Wieso … ich verstehe nicht …«

»Es ist haargenau dasselbe Bild. Jemand muss es doch geklaut haben.«

Da schnallte ich es. »Die Kopie!«

Helli sah mich an. »Stimmt, die Kopie. Aber die hast du doch Pego gegeben.«

»Genau.«

Wir starrten uns an.

»Hast du Pego gestern Abend noch erreicht?«, fragte ich.

»Nö. Garantiert ist sein Akku leer. Hast du ihn heute Morgen gesehen?«

»Kurz. Er ist vor mir aus dem Haus. Zum Training, weil die erste Stunde bei ihm ausfällt.«

»Traust du ihm das zu?«, fragte Helli.

Ich dachte an Pegos megaschlechte Laune in der letzten Zeit und die Beleidigungen, die er uns gestern an den Kopf geworfen hatte.

»Also, ausgesucht höflich und fröhlich ist er nicht gerade im Moment. Und er macht auch kein Geheimnis daraus, dass er Graffiti gut findet. Ich weiß nicht. Vielleicht.«

Hellis Augen blitzten. »Das ist alles nur wegen diesem blöden Cambridge!«

Es klingelte zur ersten Stunde. »Hat er dir gegenüber etwas angedeutet?«

Helli schüttelte den Kopf. Wir schnappten unsere Rucksäcke und machten uns auf den Weg zum Klassenraum.

Dort war das Graffiti Gesprächsthema Nummer eins. Nurya raste in einem Affenzahn auf uns zu, aber im gleichen Augenblick bog auch Herr Rabe um die Ecke und scheuchte uns an die Plätze.

Schweigend verteilten sich alle. Erst jetzt fiel es mir ein. Heute stand Stillarbeit an. Das war fast so anstrengend wie eine Klassenarbeit, wurde aber nicht benotet, sondern nur nach Herrn Rabes speziellem Sternchen-System bewertet. Als er das letzte Woche angekündigt hatte, waren Dennis und ich noch ein Paar gewesen. Inzwischen aber hatte sich meine Welt einmal gedreht und ich hatte nicht ein einziges Mal an Mathe gedacht.

»Auch egal«, murmelte ich und holte mein Schreibzeug aus dem Rucksack.

Herr Rabe verteilte die Blätter. Ich überflog die Aufgaben.

Vier von sechs konnte ich lösen, bei den restlichen war ich mir nicht sicher. Ich machte mich an die leichteste. Zwischendurch blinzelte ich zu Dennis hinüber. Er kratzte sich mit dem Füller am Kopf.

In diesem Moment dröhnte eine Stimme durch den Lautsprecher des Klassenzimmers. »Eine Durchsage für die Klasse 7g. Die Schülerin Lilaia April möchte sich bitte umgehend im Büro der Schulleitung melden.«

Ich ließ meinen Stift sinken und hob den Kopf. In der Klasse herrschte absolute Stille. Ich starrte in das staunende Meer der Gesichter, einige wirkten überrascht, andere eher neugierig.

Herr Rabe legte seine Zeitung weg und räusperte sich.

»Nun, Lilaia … Ich denke, unter diesen Umständen musst du die Stillarbeit unterbrechen.«

Sofort setzte in der Klasse ein Flüstern und Tuscheln ein. Wahrscheinlich versuchten ein paar Verzweifelte, die Pause für die Matheaufgaben zu nutzen.

Ich schob den Stuhl zurück und stand auf. Mein Blick streifte Helli. Sie machte ein sorgenvolles Gesicht und formte mit den Lippen »Viel Glück«. Als ich zur Tür ging, sah ich, wie Dennis seinen Daumen hochhielt und mir zuzwinkerte. Ich hätte gern gelächelt, aber dazu war ich viel zu aufgeregt.

Die letzte Durchsage lag lange zurück und war eine allgemeine Feuerwehrübung gewesen, die sowieso jedes Jahr stattfand. Ansonsten waren Durchsagen eine echte Rarität. Und heute rief man *mich* ins Zimmer der Schulleitung. Umgehend. Es konnte also nicht warten, und deshalb konnte es auch nichts Gutes heißen, das war so sicher wie ein Donner nach dem Blitz.

Auf dem Weg zum Büro unserer Direktorin versuchte ich, mir auszumalen, was mich erwartete. Ob sie Pego auch gerufen hatten? Da bei ihm die erste Stunde ausfiel, konnte er ja noch nicht in der Schule sein. Wahrscheinlich wartete man deshalb nur auf mich. Diese Vorstellung fand ich extrem beunruhigend und ich hätte gerne den Ausgang genommen und wäre verschwunden.

Stattdessen aber ging ich brav den langen Schulkorridor entlang, an dessen Ende das Büro der Direktorin lag. An den Fensterscheiben rechts hingen Abertausende von Wassertropfen. Es hatte aufgehört zu regnen und der vorhin noch düstere Himmel öffnete sich und zeigte ein paar hellblaue Flecken.

Ich versuchte, das als Hoffnungsschimmer zu werten, atmete ganz tief ein und klopfte an die Tür der Direktorin.

Frau Schneider saß hinter dem Schreibtisch. »Lilaia, komm rein und setz dich«, sagte sie knapp und wies mit der Hand auf einen der beiden Stühle, die vor dem Schreibtisch standen.

Ich hockte mich auf die Kante und legte die Hände in den Schoß.

Frau Schneider stand auf und ging ein paar Schritte bis zum Fenster. Sie zeigte nach draußen. »Hast du DAS gesehen, Lilaia?«

»Ja.« Meine Stimme klang nicht gerade selbstbewusst.

»Ein paar Kinder haben behauptet, dass du die Urheberin dieses …«, sie suchte nach Worten, »… möglicherweise ganz gut gezeichneten, aber abscheulichen und niederträchtigen Bildes bist! Stimmt das?«

Was sollte ich sagen? Es war mein Bild, das stimmte. Aber doch nicht mein Graffiti! Aber wenn Pego es war, dann trug ich vielleicht auch zum Teil die Verantwortung. »Ich war es nicht«, sagte ich leise.

»Was soll das heißen? Willst du sagen, jemand anderes ist es gewesen?«

Darauf konnte ich nichts erwidern. Wen sollte ich beschuldigen, meinen eigenen Bruder? Von dem ich ja auch noch nicht einmal sicher wusste, dass er es war?

»Ich war es nicht, wirklich«, wiederholte ich, aber es klang noch schwächer als beim ersten Mal.

Frau Schneider kam zurück zum Schreibtisch und setzte sich. Sie beugte sich vor und sprach leise und drohend.

»Meine liebe Lilaia, weißt du, was?« Sie presste Daumen und Zeigefinger beider Hände zusammen und hielt sie hoch.

»Ich habe für Graffitis nicht so viel übrig! Und wenn sie noch so gut gezeichnet sind. Und ich glaube dir nicht. Mit deinem faden ›Ich war es nicht‹ wirst du nicht davonkommen. Das hier wird Folgen haben!«

Ich hätte sehr gerne meine Fingernägel bis zur Wurzel weggeknabbert, aber ich begnügte mich damit, an der Unterlippe zu nagen.

Frau Schneider lehnte sich zurück. »Hast du eine Vorstellung davon, wie sehr dein Bild unserer Schule schadet? Wie sehr es das Ansehen unserer Schulpatronin in den Schmutz zieht?!«

Sie sprang auf, ging wieder zum Fenster, so als müsste sie sich überzeugen, dass das Graffiti noch da war. Und tatsächlich, als sie jetzt aus dem Fenster blickte, ging sie förmlich in die Luft.

»Etwas Schlimmeres kann einer Schule gar nicht passieren!«, donnerte sie. »Das ist ein barbarischer Anschlag auf unseren guten Ruf. Unsere Schulpatronin ist ein Symbol des Friedens. Und nun das! Eine Faust!«

Und so ging es noch eine Weile weiter. Sie ließ richtig Dampf ab und währenddessen schrumpelte ich auf die Größe eines Radiergummis zusammen. Schade nur, dass ich keiner war, denn dann hätte ich mich selbst wegradieren können. Oder ich wäre flummimäßig hinausgehüpft und hätte das Graffiti von der Wand gerubbelt. Aber ich stand erst auf und ging mit gesenktem Kopf zurück zu meiner Klasse, als Frau Schneider mich nach einer langen Predigt, in der sie die Arme gebeugt und die Handinnenflächen wie ein Priester nach oben hielt, endlich entließ, nicht ohne mich daran zu erinnern, dass ich mit sehr ernsten Folgen zu rechnen hatte und im Übrigen auch meine Eltern informiert würden.

Während ich über den langen Flur zurückschlich, wurde mir abwechselnd heiß und kalt. Seltsamerweise musste ich nicht weinen. Vielleicht, weil wegen Dennis mein Vorrat an Tränen aufgebraucht war. Vielleicht aber auch, weil mich erstens diese Trennung und jetzt dann noch diese schlimme Anschuldigung irgendwie versteinerten. Ich hätte um unser Klassenzimmer am liebsten einen Bogen gemacht wie um einen Elektrozaun, aber wo sollte ich hin? Ich musste zurück zum Unterricht, Mathe fertig schreiben. Aber Himmel, was sollte ich den anderen sagen?

Das Schicksal ersparte mir zum Glück die Rückkehr in die Klasse. Bevor ich bei der 7g ankam, ertönte die Schulglocke. Ich machte direkt kehrt und verdrückte mich in eine Ecke des Pausenhofs. Hier würden wenigstens nicht alle gleichzeitig auf mich einstürmen.

Als Erste entdeckte mich Helli, die meine Lieblingsplätze kannte und deshalb einen Riecher dafür hatte, wo auf dem Schulgelände sie mich finden konnte. Ich hockte hinter unserer Bank am Zaun.

»Ey, Lil, ich habe mir schon Sorgen gemacht.« Helli setzte sich neben mich. »Wie war es? Was hat sie gesagt?«

»Ach, Helli, es war schrecklich! Schlimmer als die schlimmste Moralpredigt, die Frau Schneider je gehalten hat. Sie hat mich so richtig zur Schnecke gemacht, ach was, Schnecke, zu einem Schneckenpups oder weniger als einem Schneckenpups.«

Angesichts der mitleidvollen Miene meiner Freundin hätte ich jetzt doch gerne ein bisschen geweint, aber es funktionierte immer noch nicht.

Helli legte den Arm um mich. »Und jetzt?«

»Und jetzt wird das Folgen haben! So hat sie es genannt.«

Helli schluckte. »Sie halten eine Konferenz ab, nachher. Ich habe es beim Hinausgehen gehört.«

Ich reckte den Hals und suchte den Schulhof ab. »Sag mal, wo steckt Pego eigentlich?«

Helli zuckte mit den Schultern. »Ich möchte wirklich wissen, wer …«

Der Rest des Satzes blieb ihr im Hals stecken, weil plötzlich Paul aus dem Kitty-Kurier-Team vor uns stand. Ich hatte ihn nicht kommen sehen und fragte mich, ob er zufällig oder gezielt vorbeigeschlendert kam.

»Hi, Lil, voll krass, das Graffiti. Hätte ich dir gar nicht zugetraut.«

Helli scheuchte ihn weg. »Lass sie.«

Paul ignorierte Helli. Er beugte sich zu mir. »Also, ich finde es hammergenial. Es ist toll, es hat Stil. Das ist Kunst.«

Ich schaute hoch. Paul lächelte freundlich. Er schien es wirklich ernst zu meinen. Ich hätte gerne gesagt, dass es nicht mein Graffiti war, aber andererseits war es ja meine Zeichnung, und überhaupt, das war alles zu kompliziert. Also sagte ich einfach nur: »Danke.«

»Wenn ich irgendwas für dich tun kann …« Paul lächelte wieder. Seine Zähne waren perfekt nebeneinander aufgereiht wie bei einem künstlichen Gebiss, nur dass sie echt waren und schneeweiß.

»Okay.«

Helli blies genervt die Wangen auf.

Pauls Lächeln fiel in sich zusammen wie dünner Blätterteig. Sein Blick wurde fast traurig. »Schon gut. Bin weg.«

Helli und ich schauten ihm hinterher.

»Und ob der verknallt ist«, sagte meine HALF. Sie kniff

die Augen zusammen, als könnte sie auf die Art noch klarer sehen, was für sie ohnehin ausgemacht schien. »Ich hab's ja gesagt. Hast du das Lächeln gesehen? Der hat dich angeschmachtet!«

»Quatsch! Du liest zu viel *Stolz und Vorurteil*! Überall siehst du Verliebte.«

Helli kreuzte die Arme vor der Brust. »Welchen Grund sollte er ansonsten haben, hier aufzukreuzen, hm?«

»Mir egal. Irgendeinen. Vielleicht, weil er das Graffiti mag. Oder einfach so. Vielleicht aus Schadenfreude.«

»Das klang nicht nach Schadenfreude. Der ist dein Fan.«

Die Pause war vorüber und auf dem Pausenhof drängten sie zurück ins Gebäude. Ich stand auf und klopfte mir den Staub von der Jeans. Helli reichte mir ihre Hand und ich zog sie hoch. Sie wandte sich zum Gehen, aber ich hielt sie an der Schulter fest.

»So, meine liebe HALFie. Weißt du, was wir jetzt machen?«

Helli schaute verdutzt. »Farbe kaufen und Graffiti übermalen?«

Für einen Moment griff ich die Idee auf. Was für ein genialer Plan! Darauf war ich noch gar nicht gekommen. Stattdessen hatte ich mir gewünscht, ein Radiergummi zu sein, damit ich die Wandmalerei ausradieren konnte. Dann aber fiel mir etwas ein.

»Nein! Wir finden heraus, wer es war.«

Seufzend hakte Helli sich unter und wollte mich zum Eingang ziehen. »Los, es hat geläutet.«

Ich blieb stehen. »Helli! Wir müssen Pego finden. Und zwar jetzt!«

»Wie meinst du das?«

»So wie ich es sage. Ich werde ihn suchen. Jetzt. Und du kommst mit.«

»Lil, Pego kann sonst wo sein.« Helli entzog mir ihren Arm.

»Das glaube ich nicht. Er ist entweder im Boxverein oder zu Hause.«

»Er kann irgendwo in der Stadt in einem Café sitzen.«

»Nein. Tut er nicht.«

»Tut er doch.«

»Ich kenne ihn länger.«

»Ich kenne ihn besser.«

»Ph!« Jetzt wurde es mir zu bunt. »Dann gehe ich alleine.« Wütend stampfte ich über den Schulhof. Am Schultor wandte ich mich noch einmal um. Endlich setzte sich Helli in Bewegung und galoppierte hinter mir her.

»Lass uns zum Verein fahren«, keuchte sie.

»Heißt das, du WEISST, dass er noch dort ist?«

Helli machte ein zerknirschtes Gesicht. »Er hat mir eine Nachricht geschickt, vorhin.«

»Mensch, warum sagst du das nicht früher?«

Hellis Gesicht zerknitterte noch mehr. »Weiß nicht. Pego wollte nicht, dass es jemand weiß.«

»Es wird echt immer schöner!« Jetzt regte ich mich wirklich auf. Ich zerrte Helli auf die Straße, vorbei an der blutroten Anne Frank, den Gehweg entlang bis zur Bushaltestelle.

Sie schaute ängstlich zur Schule zurück. »Und wenn wir Ärger kriegen?«

»Was heißt hier ›wenn‹? Hast du es noch nicht kapiert? Ich HABE Ärger, Helli, und zwar ganz großen. Und deshalb will ich jetzt wissen, ob Pego etwas damit zu tun hat.«

Der Boxverein war ein langes, schmales, eingeschossiges Gebäude und sah eher wie eine Fabrikhalle aus. Ich war erst einmal dort gewesen, letzten Herbst zu Pegos Halloweenparty, und ich muss sagen, auch ohne Gruselkostüme flößten mir einige Jungs ein wenig Angst ein. Nicht dass sie unfreundlich oder grob oder so waren, aber es herrschte doch irgendwie ein rauer Ton, verziert von einer dicken Schicht Coolness. Und so konnte uns natürlich auch der blonde Junge mit dem Bubigesicht, der dazu aber Muskeln hatte wie ein Profiboxer, nicht die schwere Stahltür aufhalten, als Helli und ich hinter ihm in die Trainingshalle schlüpfen wollten. Er ließ sie einfach direkt vor mir zukrachen, und ich konnte gerade noch rechtzeitig meine Hand zurückziehen, sonst wäre sie zwischen Tür und Türrahmen zerquetscht worden. Ich finde einfach, alle Menschen sollten sich gegenseitig die Tür aufhalten. Man geht hindurch, sieht, dass jemand folgt oder entgegenkommt, und übergibt die Klinke. Was ist schon dabei?

»Mann!«, schrie Helli, nachdem wir die Tür wieder aufgewuchtet hatten, und meinte den stoffeligen Blonden. »Kannst du nicht aufpassen?«

»Zicke!«, rief der und hatte es dabei nicht mal nötig, sich nach uns umzudrehen.

Helli öffnete den Mund und wollte etwas hinterherrufen, aber ich knuffte sie in die Seite. »Lass. Keine Energie vergeuden, Helli.«

Wir liefen zum Trainingsfeld nahe des Eingangs. Ein säuerlicher und gleichzeitig stechender Geruch stieg mir in die Nase. So rochen Jungs, die länger nicht geduscht hatten.

»Puh.« Am liebsten hätte ich mir eine Atemmaske übergezogen.

Helli schien es nicht zu stören. Sie beobachtete die trainierenden Sportler. Da standen zwei, die wie verrückt eine Boxbirne bearbeiteten, ein paar andere machten Liegestütze und ganz rechts trainierten welche mit Hanteln, so wie Pego das zu Hause auch immer tat.

»Siehst du ihn?«

Helli schüttelte den Kopf. »Lass uns weiter hinten schauen.«

Pego stand im Trainingsring. Er trug seine knallrote, glänzende, schlabberige Boxershorts, ein rot-weißes, ärmelloses Shirt und seine volle Ausrüstung, also Boxerschuhe, Mundschutz, Handschuhe und ja, sogar den Kopfschutz. Offenbar lief gerade ein Kampf. Komisch. Helli und ich schauten uns an.

»Verstehst du das?«, fragte ich.

Sie schüttelte den Kopf.

»Warum müssen die nicht in der Schule sein?«

»Weil sie älter sind und schon einen Abschluss haben?« Helli zog die Nase kraus.

Ich musste lachen. »Diese Babys? Niemals.«

Das konnte ich mir wirklich nicht vorstellen. Pego gehörte seit seinem fünfzehnten Geburtstag zur Kategorie der Junioren, und ich vermutete, die meisten hier waren ungefähr in seiner Altersklasse.

Mein Bruder sah uns nicht. Er befand sich im Kampf und hatte nur Augen für seinen Gegner, einen breitschultrigen Typen, dessen Oberarme glänzten, als hätte er sie eingeölt. Die beiden tänzelten umeinander herum, und immer wieder schnellte einer der dick gepolsterten Fausthandschuhe hervor und versuchte, den anderen zu treffen.

Beim Anblick der Handschuhe sackte mein Herz wieder auf den Grund meiner Seele. Die Erinnerung an den frühen Morgen, das Graffiti und die Predigt von Frau Schneider kehrten heftig wie Faustschläge zurück. Ich hätte am liebsten nach Pego gerufen. Endlich taumelte sein Gegner und ging zu Boden, rappelte sich aber schnell wieder hoch. Gleich bekam er von Pego noch eine verpasst, einen linken Haken, der ihn zurück in die Seile warf. Das wiederholte sich noch einige Male und dann war es zum Glück vorbei. Und zwar ohne dass Pego einen härteren Schlag hätte einstecken müssen.

»Wow, er ist gut. Das wusste ich nicht«, murmelte ich.

Helli stand der Mund halb offen vor Bewunderung. »Ich auch nicht. Aber ich hab's geahnt.« Sie zwinkerte. Dann hob sie den Arm und winkte.

Pego, der in den Seilen des Rings hing, lässig hin und her schaukelte und dabei an einer Trinkflasche nuckelte, hielt inne. Kriegte ganz schmale Augen. Spuckte seinen Mundschutz in die noch freie Hand. Dann grinste er schief, aber nicht richtig überzeugt.

Wir hatten bisher ziemlich abseits gestanden und näherten uns nun. Pego sah von mir zu Helli und dann wieder von Helli zu mir, und ich erkannte, wie sehr ihm das nicht passte. Einerseits schien er sich über Helli zu freuen, andererseits hätte er mich am liebsten in die nächste Erdumlaufbahn geboxt, damit ich schön weit weg meine Kreise ziehen könnte.

»Hi.« Das klang ziemlich schüchtern und gar nicht nach HALFie-Helli.

»Soll das eine Überraschung sein?« Pego lächelte Helli kurz an, sah dann aber sofort wieder rüber zu mir.

»Komm mal runter, wir müssen mit dir reden, Bruder.«

»Komm mal wieder, wenn du weniger Zeit hast, Schwester.«

»Pego, ohne Witz, bitte!« Hellis Stimme klang jetzt fest.

Pego hob die Augenbrauen, friemelte dann seinen Kopfschutz ab und fuhr sich durch die nass geschwitzten lockigen Haare. Bevor er aus dem Ring sprang und in Rockstar-Art auf uns zukam, wechselte er noch ein paar Worte mit seinem Trainer. Ich verstand nur »cool« und »Alter« und »wird laufen«. Der Trainer klopfte Pego auf die Schulter. Hier war offensichtlich jemand sehr zufrieden mit ihm.

Pego wischte sich mit einem Handtuch den Schweiß vom Gesicht.

»Sag mal, ich denke, du hattest nur die erste Stunde frei?«, meckerte ich los. »Es ist gleich zehn Uhr.«

Pego kratzte sich am Kopf. »Hab Besseres zu tun.«

»Heißt das, du schwänzt?«

»Heißt das, du schwänzt?« Pego äffte mich nach. Er blickte zu Helli. »Ich habe für den Kampf am Samstag trainiert. Total wichtiger Fight. Ging nicht anders.«

»Pego, es ist etwas passiert. Lil hat krassen Ärger.« Helli zupfte an dem Handtuch, das er sich locker über die Schulter geworfen hatte.

»Ja. Jemand hat dein Graffiti, also meine Zeichnung als Graffiti an die Schulmauer gesprayt.«

Pego lachte. »Fett.«

»Ja, voll fett «, rief ich jetzt so laut, dass ein paar der Boxer zu uns herübersahen. »Ich sollte ja nur ein Bild für Kunst zeichnen, aber da ist wohl was total schiefgegangen. Sie verdächtigen mich!«

Pego hob die Hände, als wollte er damit mein Gejammer abwehren.

»Okay, okay, reg dich ab.« Er nahm das Handtuch, wischte sich wieder übers Gesicht und legte es sich dann über den Kopf. Sagte nichts. Ein paar Sekunden stand er so da.

Helli zupfte an seinem Trikot. »Pego?«

Er rührte sich nicht unter seinem Handtuchschleier. Helli und ich sahen uns an.

»Na gut, na gut. Dann bin ich es halt gewesen«, brummte Pego plötzlich.

Helli zog ihm das Handtuch weg. »Wie? Was? Was heißt das?«

Pego zuckte mit den Achseln. »Die sollen sich nicht so aufregen. Ein Graffiti, was ist das schon? Ist doch übelst cool!«

Im ersten Moment glaubte ich Pego nicht so richtig. Klar, einerseits hatte ich damit gerechnet, schließlich hatte nur er die Kopie meiner Zeichnung, aber etwas an ihm war trotzdem seltsam.

Er ging Richtung Umkleiden. Helli war komplett bedient. Sie kriegte sich gar nicht wieder ein und schimpfte in einem fort über Pegos Leichtsinn, während wir auf dem Hallenboden saßen und warteten, dass mein Bruder duschte und sich umzog. Ich konnte sie nicht beruhigen. Wie auch? Pego hatte sich in letzter Zeit verändert. Er lehnte sich gegen alles auf, er legte sich mit jedem an. Na ja, fast jedem. Zu Helli und seinen Kumpels war er nett.

Endlich kam Pego mit tropfnassen Haaren aus der Umkleide. Die Schnürsenkel seiner Sneaker waren noch offen.

»Los, wir fahren zur Schule!« Er gab Helli und mir je eine Hand und zog uns hoch. Dann warf er die Sporttasche über seine Schulter und stapfte zum Ausgang.

Die Fahrt im Bus legten wir mehr oder weniger schweigend zurück. Jeder von uns grübelte vor sich hin. Ich knabberte an den mir verbliebenen Fingernägeln, Helli saß mit gekreuzten Armen und gerunzelter Stirn neben mir und blickte stur geradeaus. Normalerweise hätte sie sich neben Pego gesetzt, aber irgendetwas stimmte nicht zwischen den beiden. Ohne dass Helli es ihm ins Gesicht gesagt hatte, schien Pego ihre Verärgerung zu spüren, deshalb hielt er wahrscheinlich Abstand und saß zwei Reihen vor uns. Seinen Gesichtsausdruck konnte ich nicht sehen, aber mir fiel auf, dass er nicht auf dem Handy herumdaddelte. Das passierte selten.

Als wir an der Schule ankamen und auf das Graffiti zuliefen, blieb Pego kurz stehen.

»Megaübelst, Lil, echt megaübelst.« Er grinste. »Weltklasse. Das ist doch mal ein Bild!«

»Du redest Unsinn«, schnaubte Helli, noch bevor ich etwas antworten konnte. »Das nervt gerade, wirklich. Weil du nicht kapierst, dass die in der Schule leider keinen Spaß verstehen.«

Pego wollte den Arm um Helli legen, aber sie schüttelte ihn ab.

»Ich gehe jetzt zurück ins Klassenzimmer.« Sie guckte streng. »Ihr müsst das in Ordnung bringen.«

»Mann, Helli, wie wäre es, wenn du zu uns hältst?«

»Wie wäre es, wenn ihr keinen Scheiß baut?« Hellis Stimme ging nach oben.

Ich schubste Pego durch den Eingang. »Los jetzt, bringen wir es hinter uns.«

Selbstbewusst klopfte Pego an Frau Schneiders Tür.

»Herein!«

Mein Bruder schnitt eine Grimasse, dann aber setzte er eine beinahe feierliche Miene auf und drückte die Klinke.

Die Direktorin schien überrascht. Ernst, aber nicht unfreundlich bot sie uns einen Platz an. Pego war ein Vorbild an Coolness und Lässigkeit, das musste ich ihm lassen. Er stotterte nicht, er schwankte nicht, seine Stimme war so klar wie die Luft nach einem Gewitter. Er ließ sich auf dem einen der beiden Stühle vor dem Schreibtisch nieder, stellte seine Sporttasche ab, und zwar, anders als zu Hause, ohne dabei Lärm zu machen. Dann kam er ohne Umschweife zur Sache.

»Das Graffiti ist von mir.«

Es war also wahr. Bis jetzt hatte ich irgendwie daran gezweifelt, aber so, wie Pego es sagte, klang es unumstößlich.

Frau Schneider faltete die Hände und legte sie auf dem Schreibtisch ab. Sie sah Pego in die Augen. Dann sah sie zu mir. Dann wieder zu Pego.

»Du bist …?«

»Pego April. 9a.«

Etwas in ihr regte sich, sie schaute weiterhin einfach nur in Pegos Gesicht, aber ich sah, wie sie nachdachte und sich gerade vorzustellen versuchte, wer wir zwei waren.

»April … genau, also du bist Lilaias Bruder.«

Wir nickten.

»Und du erzählst mir nun, diese Wandmalerei da draußen geht auf deine Rechnung?«

»Ja«, gab Pego knapp zurück.

»Heute Morgen ist es noch deine Schwester gewesen.«

Ich räusperte mich. »Das habe ich nie gesagt.«

Frau Schneider runzelte die Stirn. Sie sah wieder zu Pego. »Vielleicht war es eine Familienaktion? Einer zeichnet das Original, der andere pinselt es auf die Wand?«

»Nein!«, riefen wir beide gleichzeitig im Brustton der Überzeugung.

»Aha.« Sie nahm einen Stift, kritzelte etwas in ein Notizbuch und klappte es dann zu. »Kannst du mir verraten, warum du das gemacht hast, Pegasos April?« Sie sprach leise und lauernd, wie jemand, der sehr misstrauisch und auf der Hut war.

Pego kratzte sich hinter dem Ohr. »Ehm, ja, aus keinem besonderen Grund, ich meine, das Bild ist cool, ich finde es cool und ja, ich finde, unsere Schule kann ruhig einen modernen Anstrich vertragen.«

Frau Schneider beugte sich vor. Sie saß ganz still und fixierte meinen Bruder, wie eine Katze, bevor sie sich auf die Beute stürzt.

»Willst du damit sagen, dass diese zur Faust erhobene Hand eines Mädchens, das in einem Konzentrationslager umgekommen ist und das nicht rein zufällig, sondern zu unserem großen Stolz die Namenspatronin der Schule ist, dass diese plumpe Geste der Gewalt MODERN sein soll?«

Pego öffnete den Mund, aber Frau Schneider hob die Hand.

»Und willst du außerdem sagen, dass hier jeder zu jeder Zeit einen Pinsel oder eine Schablone zur Hand nehmen und an die nächste Wand sprühen oder klecksen darf, was immer er gerade cool und modern findet? Was würdest du denn sagen, wenn deine Schwester zum Beispiel auf die Idee käme, die Wand in deinem Zimmer mit einem riesengroßen Bild zu verzieren, das du total uncool findest?«

Pego hob die Schultern. »Weiß nicht. Gäbe Ärger, vermutlich.«

Jetzt nickte Frau Schneider. »Richtig. Gäbe vermutlich

Ärger. So wie hier.« Sie erhob sich. »In einer Stunde werden wir im Kollegium darüber befinden. Du bist bis auf Weiteres vom Unterricht suspendiert, Pegasos.«

Vor der Tür rieb Pego sich die Hände. »Megaübelst. Ich bin suspendiert!«

»Was heißt das?«

»Kann nach Hause gehen, haha.«

»Wie, nach Hause?«

»Na, vorerst muss ich nicht in den Unterricht. Fett.«

Da es ohnehin jeden Moment zur Pause läutete, ging ich nicht zurück zu meiner Klasse, sondern mit Pego auf den Schulhof.

»Sag mal, machst du dir keine Sorgen?«

Pego warf seine Sporttasche in den Staub. »Ph! Ist mir schnurps. Hab sowieso keinen Bock mehr auf den Betrieb hier.«

»Aha. Und auf was hast du Bock?«

Pego ballte die Fäuste und fuchtelte mir in seiner typischen Pegoisten-Art vor der Nase herum. »Boxen, was sonst!«

»Du hast sie nicht mehr alle!«

Pegos Faust streifte mich am Arm. Nicht richtig fest, aber fest genug, um wehzutun.

»Au! Spinnst du?«

Seine Augen funkelten. »Sei du lieber still, Lil! An deiner Stelle würde ich den Ball ganz flach halten!«

Ich rieb mir die schmerzende Stelle am Arm. »Was? Wie meinst du das? Bist du übergeschnappt?«

Die Schulglocke verkündete das Ende der fünften Stunde. Pego schnappte sich seine Tasche.

»Bestimmt nicht. Aber ich verdufte jetzt mal. Nicht dass

die mich hier noch als Helden feiern.« Er grinste schief, wandte sich zum Gehen, drehte sich dann aber noch mal um. »Besten Gruß an die schöne Helena. Mein Akku ist voll, sie soll sich melden.« Er warf mir eine Kusshand zu, die sicher nicht mir, sondern meiner besten Freundin galt. Und dann marschierte mein Bruder gewohnt rockstarmäßig und mit betont erhobenem Kopf vom Schulhof.

Angst hat die Eigenart, das Gehirn in Brei zu verwandeln.

Vor ungefähr zehn Minuten hatte bei uns das Telefon geklingelt, und Triton, der rangegangen war, hatte nach Mama gerufen. Seither herrschte Stille im Haus. Über mir hockte Pego im Olymp, das wusste ich, nebenan spielten Orion und Triton mit ihren Playmobilfiguren. Ich saß auf meinem Bett und war zu nichts in der Lage, außer den Atem anzuhalten, die Ohren Richtung Tür zu spitzen und in halbminütigem Abstand auf mein Handy zu gucken.

Auf meinem Schoß lag LLB Nummer acht, das ich kurz nach den Osterferien begonnen hatte. Normalerweise zeichnete ich fast täglich, und wenn es nur ein klitzekleines Bild abends vor dem Einschlafen war, manchmal wirklich nicht größer als eine Briefmarke. Zeichnen ist für mich wie für andere Tagebuchschreiben, und normalerweise kann ich dabei alles um mich herum vergessen, oder noch besser, ich kann alles Mögliche: Lateinvokabeln lernen, nach Lösungen für Probleme suchen, gezielt über ein Thema nachdenken oder auch einfach nur gedanklich schweben. Ich liebe diesen Zustand, weil ich mich dann frei und leicht fühle. Seit der Trennung von Dennis funktionierte das nicht mehr. Ich hatte überhaupt keinen Draht – nicht zum Stift, nicht zum Papier, nicht zu mir selber.

Und nun kam noch die Angst hinzu. Auch wenn Pego der Übeltäter war.

Auch wenn es Pego offenbar nicht kratzte, mich machte

der Gedanke, dass sie in der Schule wegen uns eine Konferenz einberufen hatten, fix und fertig. Bis zum heutigen Tag hatte ich keinen einzigen schriftlichen Klassenbucheintrag oder Tadel kassiert. Ehrlich gesagt hatte ich mich dafür nicht besonders anstrengen müssen. Ich bin einfach kein aufmüpfiger, wilder oder verrückter Typ. Oh ja, lebhaft kann ich schon sein und auch furchtbar wütend, wie zum Beispiel letztes Jahr, als Konstantin aus meiner Klasse mich wegen Dennis vor allen anderen blamierte – dem habe ich eine Abreibung mit dem nassen Schwamm verpasst! Aber das war nun im Moment mein Problem: Ich hatte nichts gegen meine Schule und die Schule hatte mir nichts getan und gegen Anne Frank hatte ich sowieso nichts. Ich gab Pego und Paul recht, das Graffiti war super gelungen, und schön fand ich es auch. Aber ich war ja sowieso schon immer ein Graffiti-Fan. Trotzdem, ich hatte jetzt einfach Angst, dass dieses Bild mir richtig großen Ärger bringen würde.

Ich betrachtete meine Fingernägel. Sie waren allesamt bis zum Gehtnichtmehr runtergekaut.

Arti kam ins Zimmer gestürmt, gefolgt von Pan und Nike.

»Ihr sollt runterkommen, Pego und du!«

Das klang offiziell. Mit Sicherheit hatte es mit dem Anruf zu tun. Ich atmete tief ein und klappte mein LLB zu. Jetzt war es also so weit.

»Mami ist ganz rot am Hals«, sagte Nike, die auf mich wartete, während Arti bereits die schmale Stiege hinauf zu Pego polterte. Ich schälte mich langsam aus meinem Bett. Solange Pego nicht zu hören war, wollte ich der Wahrheit auch nicht ins Gesicht sehen.

»Am Hals?«

Nike tippte sich mit dem Finger an mehrere Stellen unterm Kinn. »Ja, hier und hier und hier. So komische Flecken.«

Das hatte ich vor ein paar Jahren schon einmal gesehen, und zwar als wir auf einem Jahrmarkt in Regensburg für zwei Stunden geglaubt hatten, wir hätten die Zwillinge verloren. Sie waren nirgends zu finden gewesen. Der Rummelplatz lag direkt an der Donau, einem riesigen Fluss. Mama und Papa haben es erst im Nachhinein zugegeben, aber sie hatten die ganze Zeit Angst, Nike und Orion, die damals höchstens drei waren, könnten in den Fluss gefallen sein. Und genau da hatte Mama diese roten Flecken am Hals gehabt, jetzt erinnerte ich mich genau. Na super. Das klang vielversprechend.

»Mit wem hat sie gesprochen?« Ich räumte mein LLB umständlich in die Schachtel unterm Bett, um noch etwas Zeit zu schinden.

Nike zuckte mit den Achseln. »Sie hat in ihrem Schlafzimmer telefoniert.«

Jetzt schlitterte mein großer Bruder die Stiege herunter. Wir stießen im Flur zusammen. Er trug sein obercooles Boxergesicht zur Schau, reglose Miene und lässiger Blick, als würde ihn das alles nicht interessieren. Pego schnalzte kurz mit der Zunge, als wäre ich sein kleines Pony, das gefälligst hinter ihm herzutraben hatte, und sprang dann ohne ein Wort in drei Sätzen die Treppe hinunter.

Mama erwartete uns im Wohnzimmer. Wahrscheinlich, weil man dort die Tür richtig schließen konnte. Unser Esszimmer ging nämlich direkt in die Küche über und die wiederum in den Flur, getrennt nur durch eine Schiebetür, die immer offen stand. Deshalb ließ sich dort nicht ungestört oder ungehört reden. Nike und Arti waren schon bereit für den großen Lauschangriff, das konnte ich an ihren Gesichtern ablesen. Aber Mama hatte sie in den Flur verbannt. Oh Mann, das machte alles einen sehr ernsten Eindruck und mein Mut schrumpfte direkt auf Erbsengröße.

Pego ließ sich gegenüber von Mama, die auf dem Sofa saß, in den großen Sessel fallen, ich blieb sicherheitshalber erst einmal stehen. Vielleicht würde ich direkt wieder nach draußen rennen wollen, möglich war das auf jeden Fall, denn jetzt, wo ich Mamas Gesicht sah, rechnete ich mit dem Schlimmsten. Nike hatte recht, die Flecken unter Mamas Hals waren alarmierend und sahen aus wie eine schwere Hautkrankheit. Was mir außerdem auffiel: Die Ader an ihrer Schläfe war irgendwie dicker als sonst und leuchtete lilablau.

»Eure Direktorin hat vorhin angerufen. Ihr wisst, weshalb?« Mamas Ton war eisig.

Pego lehnte sich im Sessel zurück und schob die Hände in die Hosentaschen. »Glaube schon.«

Mama sah zu mir. Ich nickte.

»Großartig.« Sie holte Luft. »Nun, mein Sohn, was du vielleicht noch nicht weißt: Du bist, wenn wir Pech haben, bald kein Schüler des Anne-Frank-Gymnasiums mehr.«

Pego öffnete den Mund, dann biss er sich auf die Lippen.

»Aha, jetzt sagst du nichts?«

»Ähm, du meinst …«

Es hatte ihm wirklich die Sprache verschlagen. Mir sowieso. Meine Knie fühlten sich wie Gummi an. Ich ließ mich auf den Fußboden sinken.

»Sie haben eine Androhung zur Entlassung ausgesprochen, Pego! Verstehst du das? Wenn du dir noch eine Kleinigkeit zuschulden kommen lässt, dann wirst du rausgeschmissen!«

Sah ich da wirklich ein winziges Lächeln in Pegos Gesicht? Das konnte doch nicht sein. Ja, doch. Die Nachricht erschütterte ihn nur einen kurzen Moment, jetzt hatte er sich schon wieder im Griff.

»Was soll's.«

Mama sprang vom Sofa auf. Mit dieser Reaktion hatte sie anscheinend nicht gerechnet.

»Pego! Das geht gar nicht! Was ist das für eine Einstellung? Verstehst du nicht, worum es hier geht?!«

»Die sollen sich nicht so anstellen.«

»Tun sie aber. Und ich sage dir, ich finde die Reaktion der Schule auch übertrieben. Aber die Sache ist nicht so einfach. Einerseits es ist nur ein Graffiti. Andererseits darfst du nicht einfach eine Schulmauer besprühen. Und schon gar nicht mit diesem Motiv!«

Jetzt drehte sie sich wieder zu mir. »Ist das auf deinem Mist gewachsen?«

Ich schaute zu Boden.

»Lil! Pego ist im Zeichnen eine Null. Also mach mir nichts vor.«

»Eine Null«, äffte Pego sie nach. »Danke, Mama.«

»Du hast gerade überhaupt keinen Grund, hier empfindlich zu reagieren, verstanden?«

Pego zog eine Grimasse.

»Ich hab's gezeichnet, aber mehr oder weniger in seinem Auftrag …«, gab ich zu.

»Ph«, machte Pego. »Von wegen. Ich habe nie etwas von Anne Frank gesagt!«

Die Wohnzimmertür quietschte. Mama hob den Kopf.

»Ruhe dahinten an der Tür! Auf eure Zimmer«, donnerte sie. Wir hörten eilige Trippelschritte im Treppenhaus. Mama seufzte und wandte sich wieder an mich.

»Du hast es also gezeichnet. Mit welcher Absicht?«

»Ich sollte Pego in Kunst helfen.«

»Weil ich da eine Null bin.«

Mann, der hatte Nerven. Mama war schon derart megagereizt, doch Pego kratzte das irgendwie nicht. Im Gegensatz zu mir konnte er sehr viel Spannung ertragen.

»Lil, ich hätte mehr von dir erwartet.«

»Mehr was?«, motzte Pego. »Mehr Zeichentalent? Oder mehr Hirn als von mir?«

»Pego, du bist unerträglich, weißt du das?«, fuhr sie ihn an. »Mehr Vernunft! Mehr Vernunft und auch Verantwortungsgefühl als von dir.«

»Mama, das Bild, es ist eigentlich wirklich nicht schlecht. Vielen Leuten gefällt es«, versuchte ich einzuwenden.

»Darum geht es nicht!«

»Geht es wohl.« Pego sah kurz zu mir rüber.

»Nein. Es geht um eine beschmierte Mauer! Und um die Namenspatronin eurer Schule. Kinder, warum ausgerechnet Anne Frank? Das Mädchen ist im Konzentrationslager gestorben. Die kann man doch nicht mit einer Faust an die Schulmauer sprühen!«

»Halt. Heißt das, sprühen ist okay, solange es nicht die arme Anne Frank ist?«, fragte ich.

»Nein. Sprühen ist nicht okay. Weil man das mit fremdem Eigentum einfach nicht macht.«

Pego hob die Schultern. »Und wennschon. Ich will sowieso Boxer werden.«

Mama warf ihre langen braunen Haare zurück und setzte sich wieder. »Pego, du gehst in die neunte Klasse! Bis jetzt hast du nicht einmal einen Mittelschulabschluss.«

»Ist mir egal. Ich brauche nur meine Fäuste.« Pego zog die

Hände aus den Hosentaschen und tat so, als ginge er zum Angriff über.

Mama lachte, ohne dass es fröhlich klang. »Gott, diesen Quatsch kann sich doch kein Mensch anhören!«

»Du spinnst«, sagte ich.

Mein Bruder blitzte mich an. »Das musst du gerade sagen.«

Ich wusste nicht, was er meinte. Ich verstand ihn sowieso nicht und musste Mama recht geben. Pegos Haltung war mir völlig schleierhaft. Ich an seiner Stelle wäre todunglücklich gewesen.

»Was hat Frau Schneider sonst noch gesagt?«, fragte ich.

Mama sah auf die Uhr. »Wir haben morgen einen Termin. In der Schule. Ihr beide, Theo und ich.«

»Papa?« Pego zog die Oberlippe kraus. Seine lässige Fassade bröckelte etwas.

»Ist schon unterwegs und kommt gegen elf an.«

Pego nagte an seiner Unterlippe. Dann sprang er plötzlich auf.

»Megaübelst.« Er hatte es auf einmal eilig. »Bist du fertig?«

Mama antwortete nicht. Sie wirkte erschöpft. Pego bedachte mich mit einem seltsamen, ironischen Grinsen und ging dann Richtung Tür, wo er mit einem lauten »Buh« Arti und Nike aufscheuchte. Sie rannten kreischend nach oben.

»Ab in die Zwergenschule!«, rief Pego.

Dann hörten wir die Haustür ins Schloss krachen.

In meinem Kopf summte es wie in einem Bienenstock. Als würden tausend Stimmen leise miteinander diskutieren. Zwischendurch setzte sich immer wieder eine lautere Stimme durch. »Wenn sich Pego jetzt nicht benimmt, dann kann er von der Schule fliegen«, hallte es in endlosem innerem Echo. Ich versuchte, mir immer wieder vorzustellen, das Ganze sei nicht passiert und ich gerade mitten in unserem Garten aus einem blöden Traum aufgewacht, aber es funktionierte nicht. Die Zeichnung, das Graffiti, der Rauswurf aus der Schule, all das war leider Wirklichkeit.

Nach Sturm und Regen am Vormittag war der Himmel aufgerissen und die Sonne herausgekommen. Nun schien sie mit einer Strahlkraft, die sie normalerweise Ende April noch gar nicht besaß, fast so, als wollte sie mir zusätzlich schön einheizen. Unter anderen Umständen hätte ich das genießen, die Hängematte aus dem Gartenhaus holen und darin mit meiner *StyleIn* gemütlich und träge dahinschaukeln können. So aber hockte ich am Beetrand und rupfte Unkraut, denn dazu hatte Mama mich verdonnert. Typisch. Pego machte sich aus dem Staub, mich erwischte es mal wieder. Wütend feuerte ich ein ausgerissenes Büschel Löwenzahn in den Garteneimer. Puh, es war wirklich heiß. Ich schälte mich aus meiner Sweatjacke. Als ich mein rot-weiß geringeltes T-Shirt darunter entdeckte, verdüsterte sich meine Stimmung noch mehr.

Das Dennis-Shirt. Ich hatte es letzten Herbst mit Helli zusammen gekauft, weil Dennis ein ähnliches in Blau hatte. Bis vor Kurzem war es mir immer wie ein Glücksbringer vorgekommen. Ich will nicht sagen, dass es Dennis und mich zusammenbrachte, aber in jedem Fall verband es uns. Den ganzen Winter hindurch hatte ich es unter Pullis oder Sweatjacken getragen. Es war zwar nur ein T-Shirt, aber es war auch ein Symbol – für mein allererstes großes Verknalltsein. Und das ließ sich nicht so einfach abstreifen und auswaschen wie ein Kleidungsstück. Gefühle ließen sich überhaupt nicht waschen, die welkten eher. Wie eine Blume, was ziemlich lang dauerte, es sei denn, es handelte sich um Mohn. Meine Zuneigung zu Dennis war aber nicht wie Mohn, sondern wie eine große, starke Sonnenblume. Die brauchten sehr, sehr lange, bis sie welkten.

Nike, Arti und Pan jagten über den schmalen Weg, der den vorderen Teil unseres Gartens mit dem hinteren verband. Ich hockte immer noch im Gras und zupfte lustlos Ahornkeimlinge heraus, die hier überall sprossen, obwohl unser Ahornbaum mindestens zwanzig Meter entfernt vor dem Haus an der Straße stand. Pan begrüßte mich freudig, schnupperte überall herum und leckte mir schließlich die Wange.

»Oaaarr, Pan, lass das!« Ich kraulte unserem Hund das Fell und gab ihm einen Kuss auf die Stirn. Diese Stelle mochte ich am liebsten.

Meine Schwestern ließen sich rechts und links neben mich ins Gras fallen.

»Wo wart ihr?« Ich gab Pan einen letzten Kuss und schob ihn sanft weg.

»Gassi.«

»Ihr wart doch höchstens fünf Minuten weg.«

»Ja, nennt sich Speed-Gassi.« Arti, die kurze Hosen trug, rubbelte sich mit der flachen Hand über ihre grünen Grasknie. Obwohl sie schon elf war, rutschte sie immer noch gerne auf dem Boden herum, drinnen wie draußen. Am liebsten mit Pan.

»Ist dir das nicht peinlich?«, fragte ich.

»Was?«

»Mit so babygrünen Knien herumzulaufen. Nicht mal Nike sieht so aus.«

Wir schauten auf Nikes saubere Knie.

»Mir doch egal.« Arti schlang die Arme um Pan, der sich neben sie gelegt hatte und hechelte. »Hast du Durst, mein Schatz?« Sie hielt unserem Hund ihre Wangen hing, damit er sie abschlecken konnte. Im Gegensatz zu mir liebte Arti das. Sie ließ sich sogar über Mund und Nase lecken und das fand ich nun echt eklig.

»Lil, was ist mit Pego?« Nike riss ein Büschel Gras aus und ließ es über ihren Kopf rieseln.

»Ihr habt doch sowieso mitgehört, ihr scheinheiligen Schnüfflerinnen.« Ich kitzelte Nike mit einem Ahornkeimling hinterm Ohr. Sie kicherte.

»Gar nicht wahr!«

»Besser scheinheilig als gar keinen Schimmer.« Arti riss nun ihrerseits eine Handvoll Gras aus und bewarf mich damit. »Jetzt sag, los!«

»Hat Mama nichts erzählt?«

Meine Schwestern schüttelten den Kopf. Nikes Haare waren inzwischen fast so lang wie Artis. Darauf war sie sehr stolz. Überhaupt versuchte sie in letzter Zeit, Arti in möglichst vielem zu gleichen. Auch die beinahe identische kurze blaue Hose trug sie. Nur Vegetarierin hatte sie bis jetzt noch nicht werden wollen, aber wahrscheinlich kam das noch.

»Mami ist weggefahren. Einkaufen.«

Ich reckte mich, um das Unkraut am hinteren Beetrand zu rupfen. »Pego fliegt von der Schule und Papa fliegt gerade über den Ärmelkanal. Heute Abend ist er hier.«

»Wie?«

»Was?«

»Wohin fliegt Pego?« Nike kräuselte die Oberlippe. »Er war doch eben noch hier.«

Arti hörte auf, Pan zu kraulen. »Welcher Kanal?«

Ich erzählte den beiden ausführlich, was passiert war, die Sache mit der Zeichnung, dem Graffiti und angedrohten Schulrauswurf. Und Pegos gleichgültige Reaktion darauf.

Arti spuckte in die Handfläche und versuchte noch einmal, sich die Knie sauber zu rubbeln. »Ich kann Pego verstehen. Schule macht einfach keinen Spaß.«

»Mir schon!«, quäkte Nike.

»In der ersten Klasse fand ich es auch noch gut.« Arti klang plötzlich traurig.

Nike schaute verunsichert zu mir. Sie vertrug es im Moment schlecht, anderer Meinung zu sein als Arti.

»Ich bin in der Siebten und mag Schule, lass dir also keinen Schmarren erzählen.«

Nike lächelte erleichtert. »Kann Pego ohne Schule Boxer werden?«

Das hatte ich mich auch schon gefragt. »Weiß ich nicht.«

Arti betrachtete zufrieden ihre gesäuberten Knie. »Bestimmt.«

Dingding, mein Handy meldete eine Nachricht. Ich erstarrte. Sie kam von Dennis, das erkannte ich an der Melodie. Nur seine Nachrichten machten Geräusche wie eine alte Ladentür. Arti und Nike kannten den Ton natürlich auch, sie hatten ihn in den vergangenen Monaten oft genug gehört. Ich tat so, als hätte ich keine Eile nachzusehen, und ließ mein Handy in der Hosentasche.

»Was sagt eigentlich Dennis dazu?«

Ich musste schlucken. Seit Tagen fürchtete ich die Dennis-Frage. Früher oder später musste ich meiner Familie von unserer Trennung erzählen, das wusste ich. Aber solange ich es nicht tat, stellten sie mir erstens keine dummen Fragen, und zweitens fühlte es sich wenigstens zu Hause noch ein bisschen wie früher an. Solange meine Geschwister Dennis noch für meinen Freund hielten, war er es vielleicht auch. Na ja, nicht wirklich. Aber in meiner Fantasie. »Was sagt er wozu?«

»Zum Graffiti.«

»Ähm, ja … keine Ahnung, hab ihn noch nicht gefragt.« Ich stand auf und klopfte mir ein paar Grashalme von der Hose.

Arti musterte mich misstrauisch. »Wo ist er eigentlich? Er war eine halbe Ewigkeit nicht hier.«

Artis Blick war schwer zu ertragen. Sie hatte ein untrügliches Gespür für versteckte Botschaften. Und auch jetzt ließ es sie nicht im Stich. Wie eine Klavierstimmerin, die einen nur ganz leicht kratzigen Ton genau heraushörte, kapierte Arti gerade, dass bei mir etwas nicht stimmte. Obwohl mein Handy eben Dennis-Dingding gespielt hatte.

Ich wandte mich ab. »Er hat viel zu tun.«

»Habt ihr eine Krise?«

»Wie kommst du darauf?« Ich weiß auch nicht, warum ich ihr diese dumme Gegenfrage stellte. Vielleicht, um die Endgültigkeit unserer Trennung noch ein paar Sekunden länger hinauszuzögern.

Nike verfolgte unseren Dialog mit offenem Mund. »Was heißt Krise?«

»Probleme.«

»Hä? Was für Probleme denn? Lil ist doch nicht verheiratet!«

Jetzt schob meine jüngste Schwester die Augenbrauen so dicht zusammen, dass sie sich berührten. Sie war der einzige Mensch, der das konnte, und ihr Gesicht sah dabei fast aus wie das einer niedlichen Zeichentrickfigur. Ich seufzte und wuschelte ihr durch die Haare.

»Also gut. Irgendwann erfahren es ja doch alle.« Ich sprach leise. »Aber erzählt es nicht herum.«

Diese Bitte war bei meinen Geschwistern vollkommen zwecklos, das wusste ich. Trotzdem. Versuchen konnte ich es ja. Zum Glück gab ich hier kein Staatsgeheimnis preis, sondern nur eine persönliche Angelegenheit. Arti und Nike nickten.

»Wir sind nicht mehr zusammen.«

»Oh.« Nike schob die Unterlippe vor, woraus ich schloss, dass sie Dennis mochte. Wenn ich jetzt nicht aufpasste, löste ich mich gleich in Tränen auf.

Arti machte eher ein nachdenkliches Gesicht. »Und warum?«

Alles Weitere ging meine Schwestern nichts an, fand ich. Außerdem kannte ich den wirklichen Grund nicht. Das bildete ich mir wenigstens ein.

»Einfach so halt.«

Ich schnappte den Unkrauteimer und ging Richtung Biotonne, die hinter dem Gartenhaus stand. Nachdem ich den Grünabfall entsorgt hatte, holte ich mein Handy aus der Hosentasche.

»Hab gehört, was passiert ist. Wenn du irgendwie Hilfe brauchst, dann sag Bescheid.«

Er wusste es. Krass, wie schnell Nachrichten sich verbreiteten. Schon als es um meinen Wettbewerb ging, hatte mich die Geschwindigkeit erschüttert, mit der die Neuigkeit bei Nurya und dem Kitty-Team gelandet war. Jetzt hatte die Nachricht von Pegos Beinahe-Rausschmiss offenbar auch schon die Runde gemacht. Wahrscheinlich, weil mein Bruder es an Helli oder seine Kumpels gefunkt hatte oder an alle gleichzeitig. Es war wirklich einfach, innerhalb von Sekunden grenzenlos viele Leute zu informieren.

Die Biotonne müffelte, also steckte ich mein Handy wieder ein und ging zurück zu meinen Schwestern.

Arti hatte die Hängematte geholt und schaukelte nun darin, Pan lag ihr zu Füßen im Schatten. Nike war nicht mehr da. Ich stand etwas unschlüssig herum.

»Willst du mit dazu?« Arti rückte ein Stück.

Ich zwängte mich neben sie. Wir lagen Seite an Seite in der Hängematte und schaukelten.

Ich schloss die Augen.

»Ist es schlimm?«, fragte Arti.

Es klang aufrichtig, und ich fand es süß, dass sie das fragte. Trotzdem hatte ich keine Lust zu antworten. Also brummte ich nur irgendetwas. Die Antwort lag ja auch auf der Hand. Natürlich war es schlimm. Alles war eine einzige Katastrophe gerade. Und mittenrein fragte nun Dennis plötzlich, ob ich Hilfe brauchte.

Was sollte ich dazu sagen?

Ich brauchte Hellis Rat, also rief ich sie an.

»Hi, Helli.«

»Hallo.« Das klang ziemlich unfreundlich.

»Oh, du klingst mies gelaunt.«

»Habe auch allen Grund.« Noch unfreundlicher.

»Bist du sauer auf mich?«

»Allerdings.«

»Ist Pego bei dir?«

»Ja.«

»Und auf den bist du nicht sauer?«

»Doch. Ich bin wütend auf euch beide. Wie kann man es nur so vermasseln?«

»Das frage ich mich doch auch die ganze Zeit! Aber es ist nun mal passiert.«

Helli schnaubte. »Ja, es ist passiert, und mein Freund geht bald nicht mehr auf meine Schule, weil er nämlich von der Schule fliegen WILL, glaube ich! Und meine Freundin hat eine dämliche Zeichnung gemalt. Und Pego freut sich auch noch darüber. Da werde ich mich ja wohl aufregen dürfen!«

Ich hielt den Hörer zu, weil ich den Eindruck hatte, Hellis Brüllen könnte bis ins untere Stockwerk zu hören sein, wo meine Geschwister vor dem Fernseher saßen. Mama holte gerade Papa vom Flughafen ab.

»Ich war von Anfang an gegen diese dämliche Faust auf dem Bild, aber auf mich gibt ja niemand etwas!«

Ich hörte, wie Pego im Hintergrund grummelte, verstand aber nicht, was er sagte.

»Ich kann es nicht rückgängig machen, Helli, versteh das doch.«

»Ach, ein blöder Scheiß ist das!«

»Es tut mir leid. Du glaubst gar nicht, wie leid es mir tut. Aber ehrlich … den Obermist hat doch Pego gebaut mit diesem Graffiti. Ich kann doch nicht wissen …«

Mein Bruder, der offenbar mithörte, schaltete sich ein. »Lil, pass mal auf, was du laberst!«

»Sag mal, hast du den Lautsprecher an?«

»Warum nicht?«

Für einen Augenblick blieb mir die Spucke weg. Ich rief Helli an und meine beste Freundin stellte einfach auf Mithören.

»Warum? Weil es so etwas wie eine Privatsphäre gibt zwischen uns. Die niemanden etwas angeht, auch nicht Pego. Beziehungsweise schon gar nicht Pego!« Klar, mein Bruder hielt sich im selben Zimmer auf wie Helli, das war mir bewusst. Aber wie er da ganz selbstverständlich über Lautsprecher mithörte, das ging mir zu weit. »Du bist so was von unfair, weißt du das? Erstens motzt du MICH an, obwohl ich mit dem Graffiti nichts zu tun habe, und zweitens respektierst du meine Privatsphäre nicht. Vielen Dank, Helli!«

»Jetzt reg dich nicht so auf, es geht hier immerhin um ein Thema, das alle betrifft. Warum sollte Pego da nicht mithören?«

»Weil ich DICH angerufen habe, nicht euch. Weil du hättest fragen müssen, ob er mithören darf.«

»Weißt du, was? Du nervst gerade voll und ich will gar nicht mit DIR reden! Tschüs!«

Ich starrte mein Handy an. Das war doch wirklich das Allerletzte. Da hatte meine beste Freundin Pego mithören lassen. Eine Frechheit. MEINE Freundin! Als wäre ihr das total egal, wenn jemand anderes unsere Gespräche mitbekommt. Das war privat! Und dann auch noch einfach aufgelegt! Wieso machte sie das?

Ich musste bei nächster Gelegenheit unbedingt noch einmal mit Helli reden, denn auch die Sache mit dem Wettbewerb stand noch ein bisschen zwischen uns. Im Moment kam es mir so vor, als würde sie die Ideale unserer Freundschaft verraten. Sie hatte wirklich aufgelegt. Okay, das war schon ein paarmal passiert, aber normalerweise rief dann eine von uns innerhalb der nächsten sechzig Sekunden wieder an. Dieses Mal nicht, das wusste ich gleich. Oder vielleicht doch?

Ich setzte mich an meinen Schreibtisch und wartete. Eine Minute. Zwei. Mein Blick fiel auf den Brief der *StyleIn* an meiner Pinnwand. Bis Anfang Juni musste ich dort Bescheid sagen, ob ich beim Designworkshop mitmachte oder nicht. Das war zum Glück noch ein bisschen hin. Ich schaute wieder auf mein Handy. Helli rief nicht an. Ich hätte platzen können vor Enttäuschung und Ärger.

Stattdessen aber öffnete ich den Chat von Dennis. Seine letzte Nachricht klang nett. Er bot mir seine Hilfe an. Natürlich wäre mir lieber, er hätte geschrieben, wie sehr er mich vermisste. »Wenn ich dir helfen kann«, das klang freundschaftlich, aber nicht sehnsüchtig. Und ich hatte auch noch sehr gut die Szene mit dem Mädchen im Bus vor Augen. Ich brauchte mir also nichts vorzumachen. Wenn Dennis Sehnsucht nach mir hätte, dann würde er einfach vor der Tür stehen. So war es immer gewesen. Er war ein Vorbeikommer. Wieso auch nicht, wenn man fast nebenan wohnte?

Jetzt aber kam er nicht, sondern schickte eine freundliche Nachricht. Könnte er mir denn helfen? Ich dachte darüber nach, aber mir fiel beim besten Willen nichts ein. Vollständig ablehnen wollte ich sein Angebot aber nicht, denn vielleicht war es so etwas wie eine Tür. Ob eine Hintertür zurück zu dem, was zwischen uns war, oder eine Vordertür zu etwas Neuem, das ließ sich jetzt nicht sagen. Hoffentlich war es keine Falltür. Ich merkte jedoch, dass mein Zorn auf Dennis nachließ, und ehrlich, das tat ganz gut. Und deshalb wollte ich diese Tür jetzt nicht zuschlagen, sondern irgendetwas antworten. Also öffnete ich den Chat noch einmal.

»Danke. :-) Alles halb so wild ;-) Melde mich, wenn ich was brauche.«

Die halb wilde Anspielung konnte ich mir nicht verkneifen. Ob er sie verstand? Vielleicht erinnerte er sich gar nicht, was er im Kastanienbaum zu mir gesagt hatte.

Ob Helli mir zu dieser Antwort geraten hätte? Leider hatte ich sie das ja nicht fragen können. Beim Gedanken an das Telefonat vorhin ging mein Puls direkt wieder hoch. Die ließ mich ganz schön hängen, ausgerechnet jetzt, wo es mir mies ging.

Ich musste dringend noch einmal mit ihr reden, morgen in der Schule. Wir kannten uns seit dem Kindergarten. Damals wohnte Helli noch in unserem Stadtteil und wir gingen schon mit anderthalb in dieselbe Kita. Ich konnte erst seit Kurzem laufen, und Mama erzählte immer, gleich am ersten Tag sei ich hinter Helli hergewatschelt und sie hinter mir. So etwas prägt. Ich kannte sie besser als meine Geschwister, besser als jeden anderen Menschen auf der Welt. Wir erzählten uns alles. Fast alles.

Pego und Papa trafen sich erst beim Frühstück am nächsten Morgen. Den Rest der Familie hatte Papa schon am Vorabend gesehen und mit mir außerdem ein kurzes Gespräch unter vier Augen in seinem Büro geführt. Darin hatte ich ihm noch mal alle Ereignisse aus meiner Sicht geschildert. Jetzt saßen wir alle um unseren großen Tisch und löffelten Müsli, als Pego in gewohnter Hechtsprungmanier die Treppe herunterpolterte.

»Moin.« Pegos Haare waren total verstrubbelt. Er grinste schief.

Im Gegensatz zu sonst umarmten Papa und er sich nicht. Papa schaute einfach nur von der Zeitung auf und nahm die Lesebrille ab. »Guten Morgen, mein Sohn. Ich hatte eigentlich erwartet, dich gestern Abend noch anzutreffen.«

Pego schnappte sich eine Schüssel und schüttete Cornflakes hinein.

»Ja, sorry, ich hatte eine Verabredung, die konnte ich nicht mehr absagen. Du bist ja sehr spontan gekommen.«

Mama schüttelte den Kopf. Sie schielte hinüber zu Maria, die in der Küche stand und unsere Brotdosen füllte. Aber die hatte Kopfhörer auf den Ohren und summte vor sich hin. Ich überlegte, ob sie das aus Rücksichtnahme tat. Mit Sicherheit hatte sie irgendetwas von unserer aktuellen Schulkrise erfahren, normalerweise erzählte Nike ihr alles.

»Nun, der spontane Anflug muss dich nicht wundern, oder?«

Pego setzte sich auf seinen Platz und goss Milch in die Schüssel. »Hm. Weiß nicht. Was soll das bringen?«

Papa legte die Brille auf der Zeitung ab. »Das ist eine gute Frage, Pegasos. Was glaubst du denn, was es bringen könnte beziehungsweise sollte?«

»Keine Ahnung. Ihr wollt die Sache wahrscheinlich ausbügeln …?«

Papa runzelte die Stirn. »Bügeln, mein lieber Sohn, wirst hier höchstens du. Wenn du nämlich ohne Schulabschluss einen Job machen musst. In einer Wäscherei zum Beispiel. Dort wird auch gebügelt. Das ist eine sehr schlecht bezahlte, dafür aber umso anstrengendere Tätigkeit.«

»War nur ein Sprachbild, Papa«, motzte Pego. »Du stehst doch auf Sprüche und Metaphern und so.« Er schob sich einen Löffel Cornflakes in den Mund.

»Was sind denn Metaphern?« Nike stapelte die leeren Müslischalen ineinander.

»Wenn man etwas glattbügelt, ohne ein Bügeleisen in die Hand zu nehmen«, sagte ich. Wir hatten das Thema erst letztens in Deutsch durchgenommen. »Also, in dem Fall heißt bügeln dann so viel wie in Ordnung bringen.«

»Und abspülen?« Nike nahm die Schalen und trug sie zu Maria.

»Was meinst du damit?« Orion folgte Nike mit den Müsli- und Cornflakespackungen. Sie hatten in dieser Woche Abräumdienst.

»Gibt es auch Metaphern zu abspülen?«

Papa lächelte. »So etwas Ähnliches. Man kann ein schlechtes Gewissen reinwaschen zum Beispiel. Ganz ohne Wasser.«

»Oder deine Hoffnungen im Klo runterspülen!«, sagte Pego.

Die Kleinen lachten.

Mama machte ein ernstes Gesicht. »Hoffentlich musst du deine Träume und Hoffnungen nicht begraben, Pego.«

Pego zuckte mit den Achseln. »Ganz bestimmt nicht. Ich habe die letzten zehn Kämpfe gewonnen. Billy hält große Stücke auf mich.«

»Siehst du, Nike, noch zwei Metaphern. Hoffnungen begraben. Und große Stücke auf jemanden halten.«

Nike setzte sich auf Papas Schoß und nahm sein Gesicht zwischen ihre kleinen Hände.

Dann sah sie zu Pego hinüber. »Und welche großen Stücke sind das?«

Pego war nun auch mit Frühstücken fertig. »Ph, was glotzt ihr so? Große Stücke eben. Ich schätze, er vertraut mir.« Er schob seine Schüssel Richtung Orion, damit der sie wegräumen konnte. »Im Gegensatz zu euch.«

Mama und Papa wechselten einen Blick.

Ich schaute auf die Uhr. »Wir müssen.«

Nike sprang von Papas Schoß, und bis auf Pego erhoben

sich alle, schnappten Brotdosen und Trinkflaschen, bedankten sich bei Maria und stopften alles in die Schultaschen.

»Viel Spaß in der Schule!«, rief Maria. Es klang so fröhlich, dass ich mich fragte, ob sie tatsächlich Bescheid wusste. Vielleicht hatte Nike vergessen, es ihr zu erzählen. Oder Maria gestern nicht mehr angetroffen.

Ich stieg in meine Chucks und öffnete die Haustür. Obwohl es noch früh am Morgen war, schien bereits die Sonne. Es würde ein herrlicher Tag werden, zumindest wettermäßig. Um neun Uhr erwartete uns Frau Schneider. Ich fuhr deshalb jetzt mit dem Bus zur Schule, damit ich die erste Stunde nicht verpasste, Mama, Papa und Pego kamen mit dem Auto nach. Später am Nachmittag war dann auch die nächste Redaktionssitzung des Kitty-Kuriers.

Ich war schon in der Tür, als mir einfiel, dass mein Handy noch auf dem Esstisch lag. Schnell rannte ich zurück und steckte es ein. Auf dem Weg zur Bushaltestelle checkte ich die Nachrichten. Nichts. Weder von Dennis noch von Helli.

Wir trafen uns auf dem Pausenhof,
Mama, Papa, Pego und ich.

Schon von Weitem sah ich, dass Mama meinen Bruder dazu verdonnert hatte, zu duschen und sich umzuziehen. Pego sah frisch geföhnt aus und im Gegensatz zu sonst waren seine Haare gekämmt. Außerdem trug er sein rostbraunes T-Shirt mit der fetten Aufschrift »Chillen con carne«. Mama hatte ihre schwarze Lieblingsjeans und eine weiße Bluse an. Papa kam im Anzug. Das wirkte sehr förmlich, aber immerhin war es seine normale Arbeitskleidung. Das wussten die meisten natürlich nicht, und so wurde meine Familie ganz schön angegafft, als sie quer über den Schulhof auf mich zukam.

»Ey, Pego, was geht ab?«, rief ein Junge aus der 9a.

»Bundesverdienstkreuz, was sonst«, antwortete mein Bruder.

Ich fragte mich, woher er die Nervenstärke nahm, so etwas in diesem Moment zu sagen.

Die anderen lachten. »Hahaha. Viel Glück!«

Kurz bevor wir das Zimmer der Direktion betraten, strubbelte ich Pego durch die gekämmten Haare. »Damit du aussiehst wie du selbst.«

Pego wollte schon die Fäuste heben, aber dann wirbelte er auch noch mal durch seinen braunen Schopf. Mama und Papa warfen sich einen Elternblick zu, sagten aber nichts. Dann klopfte Mama an die Tür.

Vor Frau Schneiders Schreibtisch standen heute vier Stühle. Pego und ich nahmen in der Mitte Platz, Mama und Papa rechts und links von uns.

Im Prinzip ging es die ganze Zeit um Pego. Von meiner Zeichnung redete niemand, was ich unter anderen Umständen als Beleidigung aufgefasst hätte, heute jedoch war ich ganz erleichtert. Frau Schneider machte uns noch einmal klar, dass Pego das Ansehen der Schule beschmutzt habe. Das hätte sie sich eigentlich schenken können, denn Mama und Papa waren ja sowieso ähnlicher Meinung, und wir Kinder hatten die Moralpredigt ja schon gehört, ich sogar zweimal. Pego habe eine sehr empfindliche Grenze verletzt, betonte sie. Die Schule könne Vandalismus nicht dulden. Pego war stumm wie ein Fisch, ich ebenso, aber nicht, weil wir komplett eingeschüchtert gewesen wären. Ich fand, ich hatte alles zu dem Thema gesagt. Pego schwieg wahrscheinlich aus einem anderen Grund. Es schien ihn nicht zu interessieren, im Gegenteil, mir drängte sich schon seit einer Weile der Verdacht auf, er legte es tatsächlich auf einen Rauswurf an.

Mama räusperte sich. »Mit Sicherheit spielt es aber doch auch eine Rolle, dass unser Sohn sich bisher noch nichts hat zuschulden kommen lassen, nicht wahr?« Sie sah hinüber zu Papa, der mit ernster Miene zustimmend nickte. »Er hat über die Stränge geschlagen, zweifellos, aber er ist nun wirklich kein Vandale.«

»Ich gehe sogar davon aus, dass Pegasos dieses Graffiti, so wie die meisten jungen Leute, tatsächlich als etwas Künstlerisches betrachtet und in bester Absicht gehandelt hat«, fügte Papa hinzu. »Auch wenn das Graffiti-Motiv an sich natürlich etwas problematisch bleibt.«

Frau Schneider blickte direkt zu Pego. »Nun, hast du in

bester Absicht gehandelt, Pegasos? Wolltest du die Schule einfach nur um ein schönes Bild bereichern?«

Die Frage war Pego offensichtlich peinlich. Er kratzte sich hinterm Ohr. »Na ja, also ja, ich finde, das ist ein cooles Bild, ja, und ich dachte, es passt.«

»Es passt? Inwiefern?« Frau Schneider hob die Augenbrauen.

»Als Aussage.« Pego hob kurz die Faust, grinste, ließ dann aber gleich wieder die Hand sinken. »Anne Frank hätte sich bestimmt gerne gewehrt.« Plötzlich klang er schüchtern.

Mama lächelte zu Pego hinüber. »Das glaube ich auch. Möglicherweise hätte sie sich nicht mit Fäusten gewehrt.«

»Wer kann das schon wissen?«, fragte Pego.

»Moment, Moment.« Frau Schneider beugte sich vor und legte die Handinnenflächen aneinander, noch so eine Predigergeste von ihr. »Willst du damit sagen, es ging dir um Anne Frank?«

Papa schaltete sich ein. »Werte Frau Schneider, ich denke, es wäre ratsam, wenn wir nicht allzu viel in dieses Graffiti hineininterpretieren. Das Motiv ist schlecht gewählt, aber soweit ich weiß, ist es ein Bild für den Kunstunterricht bei Ihrem Kollegen van Berg. Leider ist mit Pegasos dann der jugendliche Leichtsinn durchgegangen. Aber es bleibt im Grunde doch ein Bild für den Kunstunterricht, nicht wahr?« Gestern Abend hatte Papa noch etwas anders geklungen, aber ich schätzte mal, er sagte das jetzt, um Pego vor der Schulleiterin in Schutz zu nehmen, was ja sehr nett von ihm war.

»Es bleibt ein ganz und gar problematisches Graffiti an unserer Schulmauer, Herr Professor April.« Frau Schneider schnappte nach Luft.

Mama nickte. »Da haben Sie recht, und wir wollen Ihnen aus diesem Grund anbieten, dass wir selbstverständlich die Kosten für eine Reinigung der Mauer übernehmen.«

»In diesem Zusammenhang möchten wir Sie jedoch gleichzeitig bitten, das Ausmaß Ihrer Strafe noch einmal zu überdenken, Frau Schneider«, schickte Papa hinterher. »Pego ist fünfzehn Jahre alt. In diesem Alter macht man manchmal Dummheiten. Ihm deswegen die Entlassung von der Schule anzudrohen, halten wir für unangemessen. Und, wie gesagt, bisher ist Pegasos noch nicht negativ aufgefallen.«

Frau Schneider spitzte die Lippen. Mit flinkem, kritischem Blick musterte sie mitleidlos meinen Bruder. »Nun ja, das stimmt, einmal abgesehen von einer doch recht hohen Anzahl an Fehlstunden.« Sie blätterte in ein paar Papieren auf ihrem Schreibtisch. »Hier … allein im vergangenen Monat zwölf Stunden … mehrheitlich die ersten oder die letzten beiden Schulstunden des Stundenplans.« Die vielen feinen Fältchen um ihre Augen zeigten deutlich ihre Missbilligung. »Frau April, die Klassenlehrerin hatte deswegen ja auch schon mal telefonischen Kontakt zu Ihnen aufgenommen.«

Mama räusperte sich. »Ja«, begann sie zögernd, »es tut mir leid, zu einem Gespräch mit der Klassenlehrerin ist es noch nicht gekommen, wir hatten Terminschwierigkeiten.«

Pego zappelte auf seinem Stuhl herum. Ich hätte gerne etwas zu seiner Verteidigung gesagt, aber beim allerbesten Willen fiel mir nichts ein. Papas Gesicht verriet, wie überrascht er von dieser Neuigkeit war. Es entstand eine Pause, die sich wie Kaugummi in die Länge zog.

»Tja, wir haben das etwas schleifen lassen in letzter Zeit und werden ab sofort darauf achten, dass Pego zuverlässig am Unterricht teilnimmt«, sagte Papa säuerlich.

Frau Schneiders Stirn runzelte sich noch ein kleines bisschen mehr.

»Gut.« Sie erhob sich. »Ich werde Ihre Bitte noch einmal im Kollegium erörtern. Bis auf Weiteres«, sie sah Pego scharf an, »bleibst du vom Unterricht suspendiert.« Sie gab Mama und Papa die Hand. »Der Neuanstrich der Mauer ist für morgen früh um sieben Uhr dreißig anberaumt, ich lasse die Rechnung des beauftragten Fachbetriebes an Sie weiterleiten.«

»Was ist Vandalismus?«, fragte ich, als wir zu viert den Schulkorridor entlanggingen, Mama, Papa und ich voraus, Pego ein Stück hinter uns.

»Blinde Zerstörungswut«, erklärte Mama, »aber ganz ehrlich, ich finde das übertrieben. Das ist eine schlimme Anschuldigung. Was meinst du, Theo?«

Papa ging schweigend neben uns her.

»Theo?«

Jetzt hielt Papa inne. »Tja, das ist ein schmaler Grat. Für die einen ist es Kunst, für die anderen ein zerstörerischer Akt. Tatsache ist, dass es gesetzlich verboten ist. Man darf nicht einfach fremdes Eigentum besprühen. Und in unserem Fall macht es wenig Sinn, darüber zu streiten, ob es Vandalismus ist oder nicht, weil die Schulleitung am längeren Hebel sitzt.«

»Ich finde es nicht zerstörerisch. Er hat ja nichts kaputt gemacht«, sagte Mama.

Papa antwortete nicht.

Er sah erst Mama kopfschüttelnd an und blickte sich dann nach Pego um. »Über ein anderes Thema müssten wir allerdings dringend sprechen.« Wir blieben stehen und warteten, bis Pego uns eingeholt hatte. »Zwölf Fehlstunden in nur einem Monat! Und du wusstest Bescheid, Lisa?«

Mama hob die Hände. »Ja, Theo, stell dir vor. Aber nachdem ich mich vor ein paar Wochen mit Pego darüber unterhalten hatte, dachte ich, die Sache sei geklärt.« Sie blickte zu Papa. »Weißt du, wie viel Zeit mich das kostet, wenn ich tagsüber auch noch zum Gespräch mit der Klassenlehrerin soll?«

Papa wog bedächtig den Kopf hin und her. »Hm. Könnte allerdings ebenfalls als eine Art Schwänzen betrachtet worden sein. Ich meine, immerhin hatte man dich um ein Gespräch gebeten.«

»Man hatte uns beide gebeten, Theo. Du bist auch ein Elternteil, erinnerst du dich? Arbeitest da in schönster Ruhe in Cambridge vor dich hin und erwartest, dass ich hier alles alleine hinkriege.«

Papa schwieg. Dann sah er zu Pego. »Nun, mein Sohn, erkläre dich. Woher rühren diese ganzen Fehlstunden?«

Pego nagte an seiner Unterlippe. »Ja, Mensch, die paar Stunden. Sorry! Ich musste trainieren. Die Wettkämpfe …«

»Sag mal, Pego, spinnst du? Für Wettkämpfe lässt du die Schule sausen? Hast du irgendetwas missverstanden?« Papas Stimme durchschnitt die Korridorstille. »Du kannst nicht einfach in der Schule fehlen!«

Mama legte Papa die Hand auf die Schulter. »Ruhig, mein Lieber. Jeder kann dich hier hören.«

»Das ist mir so was von egal!« Papa warf trotzdem kurz einen Blick nach hinten, wie um sich zu vergewissern, dass niemand in der Nähe war. Aber wer konnte das schon wissen. Hier waren überall Türen und mögliche Lauscher, das war eine Schule. Ich hätte es auch besser gefunden, wenn wir so unauffällig wie möglich zurückgegangen wären. Für mich waren es zum Glück nur noch wenige Meter mit meiner streitenden Familie, dann würde ich rechts abbiegen und zurück in meinen Klassenraum gehen.

»Ich muss mich schon sehr wundern!«, rief Papa jetzt.

»Ja, ich wundere mich auch, aber lass uns das bitte zu Hause besprechen.« Mama beschleunigte ihren Schritt, denn offenbar wollte sie jetzt auch so schnell wie möglich weg.

Papa senkte die Stimme, sodass man ihn kaum verstand. »Gut. Hier ist der falsche Ort, aber wir müssen das noch einmal grundsätzlich klären.«

»Dein megaübles Cambridge ist der falsche Ort«, zischte Pego. »Ich will da nicht hin!«

»Und deswegen baust du HIER Mist, oder was? Wo ist da der Sinn?« Wieder wurde Papa lauter.

»Ach, lasst mich doch in Ruhe!« Pego setzte sich wieder in Bewegung, ich folgte ihm langsam. Mama und Papa kamen heftig diskutierend hinter uns her.

»Da siehst du mal, wozu das alles führt!«, wetterte Mama, inzwischen auch ein paar Tonlagen höher.

»Mann, könnt ihr euch nicht zu Hause streiten?« Mir ging die Zankerei total auf die Nerven. Mama warf mir einen grimmigen Blick zu.

In diesem Moment klingelte es zur Pause. Innerhalb von Sekunden waren wir umringt von Schülern. Schnell drängten Pego und meine Eltern zum Ausgang. Ich begleitete sie nun doch weiter, da ich auch erst einmal auf den Schulhof wollte.

Plötzlich hörten wir hinter uns lautes Gejohle. »Votet für Pego! Votet für Pego!«, hallte es über die Köpfe hinweg durch den Korridor.

Wir drehten uns um.

Ungefähr zwanzig Meter hinter uns standen Finn und Jasper, Pegos Freunde.

»Votet für Pego!«, riefen sie. »Los, Leute, traut euch, votet für Pego!«

»Was meinen sie damit?«, fragte ich meinen Bruder, während Finn und Jasper auf uns zukamen.

»Facebook«, antwortete Pego knapp.

»Ey, Alter, du wirst gefeiert, schau es dir an im Netz. Schon zweitausend Likes!« Jasper und Finn strahlten von einem Ohr zum anderen, klopften Pego fest auf die Schulter und verschwanden dann wieder in der Menge, bevor Mama oder Papa ihnen eine Frage stellen konnten. »Leute, votet für Pego! Schaut auf Facebook!«

»Was hat das zu bedeuten?«, fragte Papa.

Pego zuckte mit den Achseln. »Es gibt nichts Schlechtes, an dem nicht auch etwas Gutes ist.«

Mama lachte plötzlich. »Ich fasse es nicht. Er schlägt dich mit deinen eigenen Sprüchen, Theo, merkst du das?«

»Sicher merke ich das, ich bin ja nicht beschränkt«, knurrte Papa. »Was genau ist denn das Gute, lieber Sohn?«

»Eine Aktion im Netz. Für das Graffiti.«

Papa schüttelte den Kopf. »Da kommt der Kamm am Knoten an.«

Das war ein weiteres seiner griechischen Lieblingssprichwörter und hieß so viel wie »Jetzt reicht es«.

»Ich habe nichts damit zu tun!« Pego drückte die Tür nach außen auf.

Meine Eltern steuerten Richtung Parkplatz. Ich hielt Ausschau nach Helli und entdeckte sie hinten auf unserer Lieblingsbank. Neben ihr saß Nurya. Ich fragte mich, ob Helli von Pegos Fehlstunden gewusst und es mir gegenüber verschwiegen hatte.

Mein Bruder hob die Hand und schaute sehnsüchtig zu ihr hinüber. Sie winkte zurück, machte aber keine Anstalten aufzustehen.

Pego seufzte. »Megaübelst, das alles.«

Da musste ich ihm recht geben. Wir verabschiedeten uns. Ich erinnerte meine Eltern noch an meine Redaktionssitzung, die um einen Tag vorverlegt worden war, dann jagte ich quer über den Schulhof. Auf halber Strecke stellte sich mir plötzlich Paul in den Weg. Wenn ich keine Vollbremsung gemacht hätte, wäre ich mit voller Wucht in ihn hineingelaufen.

»Ey, pass doch auf!«

»Pass du aber auch auf, Zeichengenie.« Er grinste sein Zahnpastawerbelächeln.

Wir standen dicht beieinander, und er kam so nahe, dass ich seine Kaugummimarke erraten konnte.

»Ihr wart bei der Schulleitung?«

Ich nickte. »Ja, alle zusammen.«

Sein Lächeln schrumpelte ein bisschen. »Pego auch? Wieso?«

»Weil er das Graffiti gesprüht hat.«

Jetzt schrumpfte Pauls Grinsen vollends zusammen. »Was? Ich dachte, du …?«

»Falsch gedacht.«

Weiter hinten rief Helli nach mir. Ich ließ den verdutzten Paul stehen und rannte zu meiner Freundin.

»Was wollte der denn mal wieder?« Helli saß wie meistens schräg auf der seitlichen Banklehne und ließ die Beine baumeln.

Ich zuckte mit den Schultern. »Ist halt neugierig. Wie die meisten Leute.« Ich nickte Nurya zu, die auf der Rückenlehne thronte.

»Hi, Lil!«, rief Nurya fröhlich. »Wie war euer Termin?«

»Hm. Ja. Weiß nicht.«

»Was hat die Priesterin gesagt?«

Nurya wandte den Kopf zu Helli. »Priesterin? Wer ist das?«

Helli winkelte die Arme an und drehte die Handflächen nach oben, so wie Frau Schneider es immer tat. Sie grinste.

Nurya schaute unsicher von Helli zu mir. »Direktorin?«

Helli klatschte in die Hände. »Sehr gut.«

Unsere Blicke trafen sich kurz. Ich wäre jetzt gern mit ihr allein gewesen. Die Auseinandersetzung von gestern lastete noch auf mir.

»Meine Eltern haben angeboten, die Reinigung der Mauer zu bezahlen. Morgen wird sie neu angepinselt.«

Helli lächelte und Nurya schaute erleichtert. »Gut. Das ist gut, oder? Also ich mag Fäuste nicht. Aber ich mag das Bild von Anne.«

»Ich mag Lils Bild total, aber die Faust finde ich auch blöd.« Helli sprang von der Banklehne und kam einen Schritt auf mich zu. »Und Pego?«

»Papa hat gefragt, ob sie die Androhung der Schulentlassung rückgängig machen können. Daraufhin hat Frau Schneider vorgerechnet, wie oft er in letzter Zeit die Schule geschwänzt hat.«

Nuryas Augen wurden kugelrund. »Geschwänzt?« Sie schnitt eine Grimasse.

Helli und ich lachten.

»Schwänzen ist, wenn du einfach nicht zur Schule gehst, ohne Grund.« Ich blickte zu Helli. »Hast du davon gewusst?«

Sie schaute nicht auf.

»Na ja, meistens hab ich's schon mitgekriegt. Aber ich konnte es ihm sowieso nicht ausreden. Im Moment tut er alles für den nächsten Kampf. Und nach dem Kampf ist vor dem Kampf. Es nimmt kein Ende.«

Ein Mädchen aus der sechsten Klasse näherte sich. Sie war Syrerin wie Nurya. Die beiden riefen sich auf Arabisch etwas zu.

Nurya sprang auf. »Lil, heute ist Kitty, nicht vergessen.«

»Ich weiß.«

»Okay, bis später.« Sie ging zu dem Mädchen und hakte es unter.

Helli und ich sahen den beiden nach.

»Bist du noch sauer?«, fragte sie.

»Hm«, brummte ich. »Ein bisschen schon.« Ich schaute meiner besten Freundin in die Augen. »Weißt du, es kommt mir so vor, als wäre unsere Freundschaft, die ja schon viel älter ist, weniger wichtig als du und Pego. Das nervt.«

»Stimmt aber nicht, Lil. Wirklich.«

»Aber dann musst du auch meine Geheimnisse respektieren und darfst Pego nicht einfach am Telefon mithören lassen.«

Helli senkte den Kopf. »Tut mir leid. Das war blöd.«

»Ja. War es.«

Helli legte den Arm um meine Schultern. »Sei nicht sauer. Bitte.«

Wir schauten uns an und dann lächelten wir beide.

»Okay.«

Helli kicherte erleichtert. »Meinst du, sie ziehen diese Drohung mit dem Rauswurf zurück?«

Ich zuckte mit den Schultern. »Ehrlich gesagt, ich habe kein gutes Gefühl.«

»Wegen der Fehlstunden?«

»Ja, aber auch, weil Pego sich gar nicht selbst dafür einsetzt. Er tut so, als sei es egal. Sonst reißt er immer seine große Klappe auf, aber hier lässt er alles irgendwie passieren.«

»Ja, das regt mich auch auf.«

Wir starrten eine Weile vor uns hin.

»Was hältst du von der Facebook-Aktion?«

»Hm. Ganz cool. Du?«

»Weiß nicht. Muss es mir zu Hause erst einmal anschauen.«

Den ganzen Nachmittag über hatte ich das Gefühl von einem nahenden Gewitter. Da braute sich etwas zusammen, ich wusste nur nicht, was. Während der Kitty-Sitzung war das Graffiti Thema Nummer eins. Die Meinungen darüber gingen auseinander. Viele fanden es toll und mutig und richtig, ein paar wenige hielten es für eine feige Aktion. Manche, so wie Helli, fanden Anne Frank gut, aber die Faust unpassend. Über Pegos angedrohten Schulverweis regten sich alle auf, vor allem Paul. Er sagte, es sei total spießig von der Schule, ein tolles Kunstwerk derart niederzumachen.

Nach dem Redaktionstreffen war ich auf dem Weg zur Bushaltestelle noch einmal am Graffiti vorbeigegangen und zum ersten Mal konnte ich es mir allein und in Ruhe anschauen. Mein Bild, so rot, so leuchtend und kraftstrotzend. Wenn ich ganz ehrlich zu mir selbst war, musste ich eingestehen, dass es mir gefiel. Ja, auch mit Faust. Es war provozierend und natürlich wollte ich der armen Anne Frank nichts anhängen. Aber vielleicht hätte es ihr ja sogar gefallen. Denn es strömte Kraft aus. Morgen wäre davon nichts mehr da. Ich machte ein Foto mit dem Handy und fuhr nach Hause.

Am Himmel türmten sich schwarze Wolken. Vielleicht war wirklich ein Gewitter im Anmarsch, vielleicht war es aber auch der Weltuntergang. Meine Gefühlslage hätte jedenfalls dazu gepasst. Ich ging seit Neuestem ohne meinen Freund durchs Leben, meine Eltern verweigerten die Teilnahme am coolsten Workshop der Welt, und mein Bruder flog mit hoher Wahrscheinlichkeit von der Schule, weil ich ihm ein Bild gemalt hatte, das mir gefiel, aber das offensichtlich unsere Schulpatronin beleidigte. Schlimmer konnte es eigentlich nicht kommen. Dachte ich.

Zu Hause suchte ich den alten Laptop, den Pego, Arti und ich uns teilten, fand ihn nach langem Suchen unter Artis Bett und verzog mich in meine Zimmerhälfte. Finn und Jaspers Facebook-Eintrag war unter dem Namen »Anne Faust« zu finden. Unter dem Foto des Graffitis stand ein kurzer Text: »Wollt ihr, dass ein genialer Graffiti-Künstler von der Schule fliegt? Nein! Zeigt mit euren Likes, dass ihr hinter Pego steht! Unterstützt unsere Aktion! Unterstützt Pego!«

Die Aktion hatte schon 2.249 Likes. An unsere Schule gingen ungefähr achthundert Schüler. Ob Frau Schneider auch davon erfahren hatte? Sie sah nicht so aus, als würde sie sich für Facebook interessieren, für soziale Medien hatte sie wahrscheinlich genauso wenig übrig wie für Graffitis. Oh Mann, wie mich das alles aufregte. Ich war hin- und hergerissen zwischen Schuldgefühl und Trotz. Denn im Innersten mochte ich mein Bild. Nicht allein, weil es meins war, bestimmt nicht. Miese Bilder von mir gab es seitenweise – oder eigentlich gab es sie nicht mehr, weil ich sie zerriss und in den Papiermüll schmiss. Die allermeisten meiner Entwürfe gefielen mir nicht, aber oft, wenn ich länger daran arbeitete, kam am Ende doch noch etwas Gutes dabei heraus. Anne Frank sah aus wie Anne Frank, das machte mich schon etwas stolz. Leider war das genau der Knackpunkt. Hätte ich sie weniger gut getroffen, hätte sie wie ein x-beliebiges Mädchen ausgesehen, und dann würde sich die Schulleitung vielleicht nicht so aufregen.

Ich schnappte mir das Anne-Frank-Tagebuch und blätterte darin. Bis auf die letzten dreißig Seiten hatte ich es durchgelesen. Was hätte Anne zu dem Graffiti gesagt? Sie schrieb ja sehr offen über ihre Gedanken und Gefühle und sie war streitlustig. Ständig lag sie sich mit den anderen Versteckbewohnern in den Haaren, vor allem mit ihrer Mutter. Aber ist ja auch klar, wenn man für zwei Jahre zu acht in ein paar winzigen Zimmerchen ausharren muss. Wir Aprils waren auch acht, achteinhalb mit Pan und mit Maria sogar neuneinhalb. Wenn ich mir vorstellte, wir alle wären Tag und Nacht immer zu Hause und müssten dabei auch noch mucksmäuschenstill sein und keiner dürfte jemals raus und dieses Zuhause wäre außerdem höchstens halb so groß wie unser echtes, dann gäbe es hier jede Sekunde Streit. Und nicht nur Wortgefetz, ganz klar, sondern Fäustewirbel und Klopperei vom Feinsten.

Aber Anne als ganz normales Mädchen in Freiheit, was hätte die wohl zu meinem Bild gesagt? Hätte sie den Facebook-Eintrag geliket? Nach allem, was ich jetzt über sie wusste, dachte ich, ja, sie hätte das getan. Sie war mutig und auch forsch und immer geradeheraus. Hätte Anne sich vielleicht sogar für das Graffiti eingesetzt? Auch in dieser Frage konnte ich natürlich nur spekulieren, aber mein Gefühl sagte mir, sie hätte es zumindest versucht. Weil sie alles andere als feige war und sich nicht einschüchtern ließ.

Warum trauten wir uns nicht, das Graffiti zu schützen? Ein paar aus dem Kitty-Team hatten das Bild für gut und richtig befunden, die meisten aus meiner Klasse auch. Sogar Mama und Papa hielten die Reaktion von Frau Schneider für übertrieben. Und Papa hatte einmal gesagt, jemand, der weiß, dass er widersprechen kann, weiß auch, dass er zustimmt, wenn er nicht widerspricht. War es dann nicht sogar meine Pflicht, gegen das Überstreichen zu widersprechen? Wer hatte recht? Vielleicht beide Seiten? Konnte etwas gleichzeitig richtig und falsch sein? Wie fand ich das heraus? Ach, es war so kompliziert und ich mir überhaupt nicht sicher, was ich selbst für das genau Richtige halten sollte.

2.259 Likes. Je mehr Unterstützer der Eintrag bekam und je länger ich darüber nachdachte, desto wütender wurde ich. Ich holte den Laptop ein Stück näher zu mir. Wenn ich … 2.260 Likes … wenn ich nun einen Aufruf an alle Unterstützer wagte? Und sie bat, gemeinsam das Graffiti zu beschützen? Die Idee bestürzte mich richtig. Warum war ich nicht früher darauf gekommen? Es wäre doch vielleicht möglich, sich offen und deutlich für das Graffiti einzusetzen und es auf diese Weise vor der Zerstörung zu retten. Zumindest den Teil, der unproblematisch war, also Annes Kopf. Die Faust könnte man später sauber überstreichen, sodass nur noch das Porträt unserer Schulpatronin übrig blieb.

Plötzlich war ich sehr aufgeregt. Ich fürchtete mich und gleichzeitig wünschte ich es mir so sehr. Schnell wählte ich Hellis Nummer, aber sie ging nicht ran. Pego war nicht zu

Hause, er steckte wahrscheinlich im Verein oder bei Helli. Auch er ging nicht ans Telefon. Mist. Die Zeit drängte. Morgen früh um halb acht sollten die Malerleute kommen, um das Graffiti zu überstreichen. Wenn ich überhaupt noch irgendjemanden erreichen wollte, dann musste ich schnell handeln.

Ich tippte auf die Anne-Faust-Seite einen Text: »Liebe Leute! Wer sich für das Graffiti einsetzen will, kommt morgen früh um sieben Uhr vors Anne-Frank-Gymnasium. Die Schulleitung will die Mauer streichen. Lasst uns das verhindern! Wir haben das Recht, uns dagegen zu wehren. Bitte teilen!«

Ich klickte auf »Posten«.

Kam nun das Gewitter, das ich heute Morgen schon hatte heraufziehen sehen?

Am Abend kam es mehr oder weniger spontan zu einer Familiensitzung. Wir hatten gerade eine Quiz-Show im Fernsehen geschaut, als Triton fragte, warum Papa eigentlich mitten in der Woche zu Besuch kam. Es war schon ziemlich spät, beinahe Schlafenszeit für die Jüngeren. Maria hatte einen ihrer Café-Tage und war nicht dabei. Die Kleinen hockten mit Pan auf dem Teppich, Papa und Mama in den Sesseln, Pego machte sich neben mir auf der Couch breit. Er verschränkte die Arme vor der Brust, um zu signalisieren, wie wenig Lust er auf das Thema hatte. Ich legte mein Handy neben mich aufs Sofa, denn ich wollte Facebook im Blick behalten. Bisher hatte mein Aufruf 178 Likes.

»Die sind aber kurz, Papi!« Nike zeigte auf Papas Frisur, die kürzer war als sonst. Er hatte sie am Nachmittag schneiden lassen. Normalerweise sah man bei Papa, dessen Haar, so wie Pegos, dunkelbraun und leicht gewellt war, nie die Ohren. Heute schon.

Papa schaltete den Fernseher ab. »Stimmt, mein Schatz. Das war Absicht. Dann muss ich nicht so oft nachschneiden lassen.«

»Sieht komisch aus«, sagte Orion.

»Komisch wie lustig oder komisch wie seltsam?«, wollte Papa wissen.

»Seltsam und lustig.«

»Seltsam komisch.« Triton lachte. Die Zwillinge kicherten.

Papa lächelte, aber dann wurde er ernst. »Ihr Lieben, es ist wunderschön, euch außerplanmäßig alle miteinander zu sehen, und ich merke daran, wie sehr ihr mir alle in Cambridge fehlt.« Er blickte von einem zum anderen. Bei Pego blieb sein Blick hängen. »Aber es ist vielleicht ein guter Moment, um auf Tritons Frage zu antworten. Denn der Anlass für meinen Überraschungsbesuch ist leider alles andere als erfreulich.«

Pego sah starr geradeaus. Ich schaute auf mein Display. 180 Likes.

»Wir waren heute zu viert bei der Schulleitung«, sagte Mama.

»Warum zu viert?« Arti, die hingebungsvoll über Pans Vorderläufe streichelte, schaute hoch.

»Tja, weil Pego der Übeltäter ist, Lil die Urheberin und wir beide die Erziehungsberechtigten sind.«

»Welche Uhr hat Lil denn gehoben?«, fragte Nike.

Mama lächelte ein bisschen gequält. »Ein Urheber ist eine Person, die etwas verursacht hat. Oder die, wie in diesem Falle Lil, ein Bild gemalt hat. Mit dem Pego dann Unsinn angestellt hat.«

Papa sah auf die Uhr. »Um es kurz zu machen: Die Direktorin ist ziemlich wütend. Sie wollen Pego vielleicht von der Schule werfen, das habt ihr ja bereits mitgekriegt.«

»Aber wir haben sie gebeten, die Strafe nach Möglichkeit rückgängig zu machen.« Mama schaute zu Pego hinüber. Der stierte immer noch ins Leere.

Triton zog eine seltsame Grimasse. An manchen Tagen war sein ganzes Gesicht in Bewegung. »Wieso sollten sie das tun?«

»Tja. Gute Frage. Wahrscheinlich stellt Frau Schneider sie sich auch gerade.« Mama und Papa sahen sich an.

»Immerhin bezahlen wir die Reinigung der Mauer«, sagte Papa.

Pego sah mich schräg von der Seite an. In dem Moment wusste ich, dass er genau wie ich an unseren Aufruf dachte. Spontan krabbelten zweitausendfünfhundert Spezialaprilkäfer in meinem Inneren los. Mama und Papa wollten bestimmt nicht, dass ich mich mit anderen Schülern vor die Mauer stellte. Denn bei Frau Schneider waren sie ja einverstanden gewesen mit dieser Reinigung und bestimmt betrachteten sie das auch als eine Art Abmachung. Was würden sie also sagen, wenn sie von meiner Facebook-Aktion erfuhren? Ich checkte unauffällig mein Handy. 181 Likes. Himmel. Sie durften es unter gar keinen Umständen erfahren.

»Ich will überhaupt nicht auf die blöde Schule zurück!«, motzte mein Bruder.

»Pego, was redest du denn da? Du musst die neunte Klasse hier abschließen, damit dich die englische Schule nimmt, das ist doch sonnenklar.«

»Mann, wie oft soll ich es noch sagen: Ich werde Boxer. Ich brauche keinen Schulabschluss.«

»Halt!« Papa hob die Hand. »Diese angedrohte Schulentlassung ist übertrieben, das finde ich auch. Ich billige dein Graffiti nicht, Pego, aber jeder Mensch macht Fehler. Wenn du deinen einsiehst und daraus lernst, dann ist die Angelegenheit für uns damit erledigt. Aber nun ärgerst du uns mit deiner komplett ablehnenden Haltung zum Schulbesuch allgemein. Und schwänzt den Unterricht. Das geht doch nicht!«

»Pego könnte doch direkt nach Cambridge ziehen, wenn sie ihn auf der Anne Frank nicht mehr haben wollen. Mitten im Schuljahr kann man doch auch nach England wechseln, oder?« Triton blickte triumphierend in die Runde. Alle starrten ihn an. »Coole Idee, was?«

»Du kriegst gleich einen K.-o.-Schlag für deine Idee«, brüllte Pego. »Ich gehe nicht nach Cambridge, nicht im Herbst und schon gar nicht JETZT! Ich muss trainieren, und zwar täglich. Die Schule hält mich nur auf. Warum kapiert ihr das nicht?«

»Wir kapieren es, aber wir erlauben es nicht, basta!« Jetzt wurde auch Papa lauter. »Wo sind wir denn?«

»Wo sind wir denn?«, äffte Pego ihn nach. »Wir sind in einem freien Land. Ich brauche kein blödes Abi, ich brauche erst recht keinen Doktortitel und am allerwenigsten den Professor wie du! Ich hab das nicht nötig. Ich bin Boxer!«

Papa schüttelte den Kopf.

184 Likes. Es hielt mich kaum auf dem Sofa. Am liebsten wäre ich aufgestanden, auf die Straße gerannt und hätte alle Klingelknöpfe in der Nachbarschaft gleichzeitig gedrückt. Ich musste mich irgendwie bewegen!

Mama schien es ähnlich zu gehen, aber wahrscheinlich aus einem anderen Grund. Sie stand auf und ging im Wohnzimmer umher. »Wie sicher ist denn, dass du als Boxer Karriere machst, Pego? Welche Gewissheit hast du, dass das klappt?«

»Ich schaffe das. Billy sagt, ich werde groß.«

»Wie viele Profiboxer hat Billy denn schon *groß*gezogen?«

Pego hob die Schultern. »Ph. Keine Ahnung. Ich jedenfalls schaffe es.«

»Klar. Und wann geht so ein Boxer in Rente? Was willst du machen, wenn du mit dreißig Jahren fertig bist mit der Karriere?«

»Pah, mit dreißig, bis dahin habe ich so viel Kohle angehäuft, das reicht bis zum Ende meines Lebens.«

Papa schaute, als hätte Pego ihm in den Magen geschlagen. »Was ist nur aus unserem vernunftbegabten ältesten Sohn geworden?«

Mama ging nicht darauf ein. »Pego, mein Schatz, du hast genau zwei Möglichkeiten. Erstens: Du gehst hier zur Schule. Zweitens: Du gehst in Cambridge zur Schule. Punkt.«

Pego stampfte wütend mit dem Fuß auf. Ich schaute auf mein Handy. 200 Likes. Waaaaas? Ich schaute noch einmal. Tatsächlich. Jetzt sprang ich auch auf wie eben Mama. Pan erschreckte sich und bellte.

»Schsch«, machte Arti und zog ihn näher zu sich. »Ihr spinnt doch alle.«

Ich stieg über meine Geschwister hinweg und ging zwischen Bücherregal und Klavier auf und ab. Niemand beachtete mich.

»Ich will nicht zur Schule. Ihr könnt mich doch nicht zwingen!«

»Doch«, blökte Triton.

»Still, Zwerg!«

Mama setzte sich wieder. Offenbar machte es sie noch

nervöser, wenn jemand neben ihr hin und her tigerte. »Triton hat recht. Wir können. Nein, falsch.« Sie sah Pego in die Augen. »Wir müssen.«

Papa nickte. »Schon mal etwas von Schulpflicht gehört?«

»Interessiert mich nicht.«

»Ach, Pego, jetzt stell dich nicht dumm. Die Schulpflicht ist gesetzlich geregelt.«

»Was heißt gesetzlich?«, fragte Nike.

»Das Gesetz ist so etwas wie eine Spielregel. Jeder muss sich daran halten.«

»Und wer sich nicht daran hält, wird bestraft«, ergänzte Triton.

Das Handy in meiner Hosentasche schien zu vibrieren. Das stimmte natürlich nicht, aber ich musste es herausziehen, weil ich es nicht mehr aushielt. Immer mehr erhobene Daumen. Auf Facebook tummelten sich offenbar viele Anne-Frank-Schüler.

»Genauso ist es«, sagte Papa.

Pego presste die Lippen aufeinander und schaute niemanden an.

Jetzt wurde auch Orion hellhörig. »Welche Strafe kriegt Pego denn?«

»Nicht Pego. Seine Eltern. Wir werden bestraft.« Mama sah auf die Uhr. »Puh, es wird Zeit für euch Mäuse. Schon neun Uhr.«

»Warte, nein … ich kann jetzt sowieso nicht einschlafen!« Triton zappelte, aber dieses Mal nicht wegen der Ticks, sondern vor Aufregung, glaube ich. »Welche Strafe, Mama?«

Papa räusperte sich. »Wer sein Kind nicht zur Schule schickt, muss eine hohe Geldstrafe zahlen. Und manchmal sogar ins Gefängnis.«

»Waaas?«

»Echt?«

»Boaaah.«

Plötzlich waren alle hellwach. Pegos Lippen wurden immer schmaler. Wir sahen zu ihm. Er hob den Blick und schaute trotzig zu Papa. »Ist das wahr?«

»So wahr ich hier sitze. Du hast in Bayern per Gesetz zwölf Jahre Schulpflicht.« Papa seufzte. »Die wir dir leider nicht ersparen können, lieber Pego.«

Täuschte ich mich oder glitzerten da Tränen in Pegos Augen? Er sah zu Boden und schwieg.

»Wir müssen also entweder am Anne-Frank-Gymnasium oder tatsächlich schon jetzt in Cambridge eine Lösung finden«, sagte Mama und versuchte, beruhigend zu klingen. »Ein Schulwechsel in München für nur drei Monate macht keinen Sinn. Obwohl, wenn es gar nicht anders geht …«

Pego schluckte. Für einen Moment waren alle, was sehr selten vorkam, ganz still. Nur Pan schnaufte.

Mama berührte Pego am Knie. »Pego, mein Flügelpferd …« So hatte sie ihn als kleinen Jungen immer genannt. »Wenn du in drei Jahren immer noch Profiboxer werden willst, dann steht dir alles offen. Niemand von uns hält dich auf.«

Pego stand langsam auf. Atmete aus, von tief unten. »Alles klar«, sagte er leise, stieg über die Zwillinge, Arti, Pan und Triton hinweg und kam direkt auf mich zu. »Du hättest doch besser selbst zu deinen Schandtaten gestanden«, zischte er. Dann verließ er das Wohnzimmer.

»Was hat er gesagt?«, fragte Nike.

»Weiß ich nicht.« Ich wusste es wirklich nicht. Ich meine, ich hatte gehört, was er sagte, aber ich verstand nicht. Der tickte wohl nicht richtig. Ich hatte von Anfang an zugegeben, dass ich das Bild gemalt hatte. Was konnte ich dafür, dass es hier Schulpflicht gab?

Mama klatschte in die Hände. »Leute. Ab in die Betten. Auf dem schnellsten Weg.«

Murrend rappelten die Kleinen sich hoch.

Arti blieb neben Pan liegen. »Man könnte doch aus dem hässlichen Graffiti ein schönes Graffiti machen.«

»Genau die Idee hatte ich auch schon«, pflichtete ich ihr bei.

Papa hob eine Augenbraue. Das tat er immer, wenn er eine Idee nicht gut fand. »Das Graffiti kommt weg, ihr zwei, und zwar morgen.«

»Schade. Ich hätte es gern gesehen.«

»Ich auch.«

»Ich auch.«

»Ich auch.«

Mama und Papa lachten. »Gesehen habt ihr es doch, oder?«

»Nur auf dem Foto.« Orion gähnte. »Voll gemein.«

Mama schob ihn Richtung Tür. »Ja, voll gemein, wie immer.«

Nike tapste hinter ihnen her.

»Ich fände Anne mit Freunden ein schönes Graffiti. Viel schöner als mit Faust.«

Mein Handy summte. Ich hatte es auf Vibration gestellt. Eine Nachricht von Helli. »Gerade Facebook gesehen. Ist ja der HAMMER!«

Ich schaute nach den Likes. 231.

»Na, meine Lil, du bist ziemlich ruhig heute Abend«, hörte ich Papa sagen.

Ich schob mein Handy zurück und versuchte ein Lächeln. »Hm. Ich habe so viel für die Schule im Kopf.«

Das war nicht gelogen. Immerhin hatte das Graffiti mit der Schule zu tun.

»Musst du noch Hausaufgaben machen?«

»Ähm, ja … nein … nur Vokabeln lernen.«

»Na, wenigstens willst du nicht auch die Schule schmeißen«, sagte Papa scherzhaft.

Zu seinen Füßen gähnte Arti und streckte sich. »Aber ich. Ich würde sie gerne schmeißen.« Sie reichte Papa eine Hand. Er zog sie hoch und zu sich auf den Schoß. »Liebste olympische Göttin, mein kluges Kind …«, er gab ihr einen Kuss auf die Wange. »… du hast noch mindestens vier Jahre Zeit, dann darfst du hier den Aufstand proben.« Er strich ihr die langen, fast schwarzen Haare zurück und gab ihr noch einen Kuss. »Aber du hast ja heute erlebt, wie wenig es bringt. So oder so müsst ihr diese Schuljahre absitzen.«

Arti schob die Unterlippe vor. »Weißt du, was ich manchmal denke?«

Papa schüttelte den Kopf.

»Vielleicht wird es in England besser.«

Mein Handy brummte wieder. »Ich gehe hoch«, sagte ich. »Gute Nacht.«

»Gute Nacht, Lilaia.«

Arti umarmte Papa. »Gute Nacht. Wie lange bleibst du noch hier?«

»Leider nur bis morgen. Ich habe übermorgen eine ganz wichtige Sitzung in Cambridge.«

Leise tappten Arti und ich die Treppe hinauf. Ich schaute auf mein Handy. Eine Nachricht von Helli. »Pego kommt morgen früh nicht. Finde ich auch besser! Ist voll fertig und megatraurig, scheint heftig gewesen zu sein bei euch. Wir sehen uns um sieben!«

Helli hatte also vor zu kommen. Dann wären wir schon mal zu zweit.

Im Haus war es ganz still, und auch Arti schlief längst, als ich später noch einmal mein LLB herauskramte. Ich schlug die letzte Seite auf, wo mir eine ganze Reihe von Flatterröcken bunt und sommerlich entgegenleuchtete. Ein hellblauer aus mehreren Lagen Tüll gefiel mir besonders. Ich musste wieder an den Workshop in Berlin denken und daran, dass ich dringend nähen lernen wollte. Dann könnte ich mir so etwas selbst machen. Vielleicht hätte ich in England mehr Zeit dazu.

Jetzt nahm ich meinen Bleistift und zeichnete die Schulmauer und das Graffiti. Das Foto hatte ich im Handy. Zwischendurch checkte ich immer wieder mal Facebook, aber die Anzahl der Likes blieb seit einer halben Stunde konstant auf 238. Ich entschied, das Handy auszuschalten, dieses ständige Nachsehen machte mich wahnsinnig. Dann fiel mir ein, dass ich es am nächsten Morgen ja als Wecker brauchte, weil ich eine halbe Stunde früher rausmusste. Also schaltete ich es wieder an, stellte aber auf Flugmodus. Auf die Art klingelte der Wecker trotzdem.

Was würde Mama denken, wenn ich so früh das Haus verließ? Ich konnte ihr nicht die Wahrheit sagen, aber lügen wollte ich auch nicht.

Mein Bild war fertig. Selbst wenn sie nun morgen das Graffiti überpinselten, aus meinem LLB würde es nicht mehr verschwinden. Ich setzte noch ein Datum darunter. Normalerweise machte ich das nicht, ich signierte nur mit meiner

Wasserlilie, aber heute schien mir das Datum doch irgendwie bedeutsam.

Dann löschte ich das Licht. Und hoffte, dass mir am nächsten Tag eine gute Ausrede einfiel.

Zum Glück kam ich um die Ausrede herum.

Zumindest vorerst. Alle schliefen noch, als ich am nächsten Morgen aufstand, mich anzog, frühstückte und danach auf Zehenspitzen das Haus verließ. Damit sich niemand Sorgen machte, legte ich einen Zettel auf die Kommode im Flur: »Muss heute früher los (hab ich gestern vergessen zu sagen). Lil.« Das war nicht gelogen. Oder jedenfalls nicht so richtig.

Draußen war es kühl. Ich eilte an den Vorgärten unserer Nachbarn vorbei. Der Geruch von feuchtem Gras hing in der Luft. Ich fröstelte, knöpfte meine Jeansjacke zu und beschleunigte meine Schritte. Wenn ich mich beeilte, würde ich den Bus um sechs Uhr fünfundvierzig schaffen.

Hinter mir erklang ein vertrautes Geräusch. Ein Skateboard. Ich musste mich nicht umschauen, um mit einhundertprozentiger Gewissheit zu sagen, wer es war. Mein Kopf war schlagartig so leer, dass man den Wind durch seine Höhlungen blasen hörte. Fast fühlte es sich so an wie zu der Zeit, vor mehr als einem halben Jahr, als Dennis und ich uns kennenlernten. Damals hatte sich auch vollkommene Leere in meinem Hirn breitgemacht, waren ganze Stürme hindurchgefegt und hatten jeden klugen oder klaren Gedanken mitgenommen. Ich glaube, es gibt so etwas wie vorübergehende Idiotie. Es ist wie eine spontane Erkrankung, wahrscheinlich kann selbst der klügste Geist davon betroffen sein. Sie tritt auf in Momenten großen Erschreckens oder des Schocks. Innerhalb von Sekunden erfasst eine Lähmung das Gehirn und hindert den Betroffenen am Denken.

Ich war gerade dabei, in die vorübergehende Idiotie zu gleiten. Es muss an der Zwickmühle gelegen haben, in der ich steckte, weil ich einerseits sauer auf Dennis war, andererseits aber auch froh, weil er mich bei dem Graffiti unterstützte.

»Hi, Lil.« Dennis bremste lässig neben mir ab.

»Oh, hi.« Sollte wohl irgendwie überrascht klingen, dabei war ihm natürlich klar, wie gut hörbar sein Skateboard sein musste, vor allem am frühen Morgen. Es war nicht viel los auf der Straße.

Wir sahen uns ganz kurz an. Dennis lächelte. Ich kaute auf meiner Unterlippe herum.

»Coole Aktion.«

»Wie?«

»Auf Facebook.«

Ich verstand schon, was er sagte, konnte aber trotzdem nicht vernünftig darauf antworten. »Ganz schön kalt.«

»Findest du?« Dennis stieß sich ab und rollte ein paar Meter voraus. Seine Haare, die vor einem halben Jahr noch fast schulterlang, inzwischen aber deutlich kürzer waren, wehten im Fahrtwind. Das hatte ich immer gemocht. Und ich mochte es auch, wenn meine Haare beim Skateboarden durchgepustet wurden.

»Hab dich gar nicht mehr fahren sehen«, sagte Dennis, als hätte er gespürt, an was ich gerade dachte.

»Hm, ja.« Wir schauten uns wieder an und endlich ließen Schock und vorübergehende Idiotie ein wenig nach. »Hatte keine Lust.«

Dennis sprang vom Board, fing es gekonnt auf und wartete, bis ich ihn eingeholt hatte. »Hast ja auch gerade genug Stress, oder?«

»Ja.« Ich versuchte ein Lächeln, aber ich weiß nicht, ob ich es richtig hinkriegte. »Es ist nett von dir, dass du mitkommst.«

»Logo.« Dennis grinste von einem Ohr zum anderen. Die Morgensonne bog gerade um eine Hausecke und schien ihm ins Gesicht. Sein dreieckiger Schneidezahn leuchtete. Schlagartig wurde ich wieder traurig. Noch vor zwei Wochen hätte ich dieses nette Gesicht einfach zwischen meine Hände nehmen können. Oder ich hätte seine Hand genommen. Beides war jetzt unmöglich. Ich fand es immer noch sehr traurig, dass Dennis nicht mehr mein Freund war. Aber ich hatte keine Zeit, den traurigen Gefühlen nachzuspüren, weil der Bus kam und wir lossprinteten, um ihn zu erwischen.

»Was meinst du, wie viele heute Morgen kommen?« Dennis ließ sich gegenüber in einen Sitz fallen. Der Bus war noch nicht besonders voll.

»Ich weiß nicht … es waren fast dreihundert Likes. Wäre natürlich toll, wenn die alle kämen.«

»Glaube ich nicht. Eine halbe Stunde früher aufstehen … da muss man schon schwer motiviert sein.« Wieder das Dreiecksgrinsen.

»Und du bist schwer motiviert?«

»Klar.« Er schaute ein wenig verlegen zur Seite und dann wieder zu mir. »Für dich würde ich sogar eine ganze Stunde früher aufstehen.«

»Und zwei Stunden?« Mein Herz pochte.

»Äh, zwei Stunden, das würde bedeuten …«, Dennis rechnete nach, »halb fünf. Also ehrlich, das ist schon viel verlangt.«

Wir lachten.

»Ich würde für dich zwei Stunden früher aufstehen. Aber nur, wenn es lebenswichtig wäre«, sagte ich.

Dennis lachte. »Ich auch. Wenn es lebenswichtig wäre.«

Bis vor Kurzem wäre ich sogar fünf Stunden früher für ihn aufgestanden oder notfalls auch die ganze Nacht wach geblieben. Aber es würde seltsam klingen, wenn ich das jetzt sagte.

Der Bus nahm die letzte Biegung, bevor er sich auf einer langen Geraden der Haltestelle unserer Schule näherte. Wir stellten uns hin, um die Straße besser zu überblicken.

»Ist ja krass«, flüsterte Dennis.

Ich atmete ganz tief ein.

Vor dem Schultor war die Hölle los.

Es waren mindestens hundert. Und aus allen Richtungen strömten immer mehr, zu Fuß, auf Fahrrädern, aus Richtung der U-Bahn-Station. Schüler aller Jahrgangsstufen, hauptsächlich jedoch ältere. Das hätte ich nicht gedacht. So viele aus der Oberstufe! Sie standen in großen oder kleinen Grüppchen und alberten herum. Die Stimmung war ausgelassen und fröhlich. Die Sonne schien und der Himmel war durchzogen von schönen, rot geäderten Wolken. Ich fühlte mich plötzlich ganz feierlich.

Aus meiner Klasse waren mindestens zehn Leute da, sogar Konstantin. Sie begrüßten Dennis und mich johlend. Dennis gesellte sich zu ihnen.

Jemand klopfte mir auf die Schulter. »Hey, Lil, coole Sache.« Ich drehte mich um und sah Finn, Jasper und fünf weitere Jungs aus Pegos Dunstkreis. Finn hielt mir die Hand hin und ich schüttelte seine große Pranke. Trotz der morgendlichen Kälte glühten meine Wangen.

»Hey. Wahnsinn, dass so viele da sind! Damit habe ich nicht gerechnet.«

»Doch, klar. Voll nice! Wir haben 3.300 Likes bei ›Votet für Pego‹. Ich sage dir, so viele Leute hat dieser Bürgersteig hier noch nie gesehen! Das wird eine Party.«

Um Viertel nach sieben standen ungefähr dreihundert Leute an unserer Schulmauer. Die meisten Gesichter kannte ich, aber es waren auch einige fremde darunter. Und es wurden immer mehr. Plötzlich standen Helli und Nurya vor mir, beide rangen nach Atem.

»Wir haben uns so unnormal doll beeilt«, keuchte Helli.

Nurya standen kleine Schweißperlen auf der Stirn. »Die blöde Bahn hatte Verspätung.«

Helli lehnte ihren Kopf an meine Schulter. »Hoffentlich geht alles gut.«

»Schau dich um! So viele Leute können nicht irren, oder? Ich finde es sooooo cool!«

Helli atmete weiter heftig. »Suuuuuupercool. Aber irgendwie auch verstörend.«

»Wieso?«

»Weil das mit deinem Aufruf tatsächlich geklappt hat. Fast schon zu einfach …«

Im Nachhinein bin ich nicht mehr ganz sicher, ob mich das ungute Gefühl in diesem Moment beschlich, als Helli ihre Bedenken äußerte. Vielleicht kam es auch erst später. Wir zückten unsere Handys und machten Fotos. Helli schickte ein paar an Pego. Wahrscheinlich sendeten gerade zehn Leute gleichzeitig Bilder an Pego. Er war ja nicht dabei, was ihm mit Sicherheit bis ans Ende seines Lebens leidtun würde. Ich machte ein grandioses Bild von Finn, Jasper und ein paar weiteren seiner Kumpels direkt vor dem Graffiti. Die Morgensonne tauchte sie in honigfarbenes Licht, und Anne Frank dahinter sah beinahe aus, als stünde sie in Flammen.

»Das wäre ein gutes Titelbild für den nächsten Kitty-Kurier!«, rief Nurya, die mir über die Schulter schaute. »Vor allem, weil die blöde Faust ein bisschen verdeckt ist.«

»Aber die Faust bedeutet, dass Anne sich wehren will«, entgegnete Dennis, der jetzt hinzukam und Nuryas Worte mitgehört hatte.

Nurya schüttelte den Kopf. »Man kann sich auch wehren ohne Fäuste.«

Helli legte einen Arm um Nurya. »Ich sehe das ähnlich. Aber ich protestiere trotzdem gegen die Reinigung. Erstens, weil sie Pego zu hart bestraft haben, und zweitens, weil wir das Graffiti gut finden und das Recht haben, es beschützen zu wollen.«

»Klar, deshalb bin ich auch hier. Solange alles friedlich läuft, ist gut.«

Wir machten ein Selfie, Helli, Nurya und ich. In diesem Moment sahen wir den weißen Transporter. Er kam im Schneckentempo auf das Schulgebäude zu, blinkte und hielt an der Bordsteinkante, ungefähr zehn Meter von uns entfernt. Auf dem Wagen stand »Malerfachbetrieb Huber«. Am Steuer saß ein schmächtiger blonder älterer Mann, daneben ein junger Typ, der aussah wie ein Lehrling. In dem Moment, als der Fahrer den Motor abstellte, fingen vor dem Graffiti alle an, zu johlen und zu jubeln.

Die beiden Maler sahen sich an. Sie machten keine Anstalten auszusteigen. Der ältere steckte sich eine Zigarette an und ließ sein Seitenfester hinunter. Der jüngere starrte uns einfach nur an.

Irgendjemand rief plötzlich: »Unser Graffiti, unser Graffiti!«, und schon fielen alle mit ein. Es war ohrenbetäubend, und ich frage mich, wie das auf die beiden ahnungslosen Maler gewirkt haben muss. Da stand eine Meute von dreihundert Schülern vor der Mauer und grölte laut herum.

»An deren Stelle hätte ich auch keine Lust auszusteigen«, schrie ich Helli zu, die herumhüpfte, ja beinahe tanzte, ihre Fäuste schwenkte und lachte. Nurya hüpfte nicht. Ihr Gesichtsausdruck wirkte besorgt. Aber das registrierte ich nur am Rande, denn ich war viel zu beschäftigt. Ich hüpfte wie Helli und die anderen auf der Stelle und schrie herum. »Unser Graffiti, unser Graffiti!«

Der ältere Maler öffnete die Wagentür. Ein paar Mädchen kreischten laut auf, der Rest buhte.

»Sie kommen! Attacke!«, rief irgendeiner aus der Menge. Ein paar lachten.

Der Maler trug eine weiße Latzhose, die von bunten Farbspritzern übersät war. Ein richtiges Kunstwerk. So eine Hose, mit Latz, aber eher kurzen Hosenbeinen und einer Million bunter Tupfen würde ich demnächst einmal entwerfen, dachte ich. Sah bestimmt super aus, auch auf dem Skateboard.

Der Maler steckte die Hände in die Latzhosentaschen und kam näher. Seine Zigarette hing ihm im Mundwinkel und dampfte vor sich hin. Als er schon fast direkt vor uns angekommen war, blieb er stehen und nahm den qualmenden Stängel aus dem Mund, atmete aus und blies seinen Rauch in Richtung der vordersten Reihe, in der auch Helli, Nurya und ich standen. Total eklig.

»Was ’n los?«, fragte er und sah mich an, als ahnte er, wer das Ganze hier angezettelt hatte.

»Das ist unser Graffiti!«, rief ich, und meine Stimme zitterte, als wäre mir kalt. Das Gegenteil war jedoch der Fall. Ich schwitzte vor Aufregung. Aber der qualmende Malermeister war mir ganz schön unheimlich. Ohne die Unterstützung ringsum wäre ich wahrscheinlich weggerannt.

»Ja, unser Graffiti! Verschwindet!«

»Unser Graffiti!«

»Verschwitti!«

»Ja, fahrt nach Hause!«

»Niemand kriegt uns hier weg!«

»Zieht Leine!«

Der Maler bückte sich, drückte seine Kippe direkt vor mir am Bordstein aus und steckte sie sich dann in die Hosentasche. Hinter mir lachten ein paar. Ich blinzelte zu Helli hinüber, der vor Staunen der Mund offen stand.

Der Maler zeigte in Richtung Graffiti. »Was soll das sein?«

»Unser Graffiti, unser Graffiti!«, fingen alle sofort wieder an.

»Graffiti, soso.« Er kratzte sich am Kopf. »Wir haben den Auftrag, diese Mauer hier zu streichen. Weil das Graffiti hier wohl nicht jedem gefällt.« Er schmunzelte. »Ich habe es ja leider noch nicht gesehen, also kann ich nicht sagen, ob es gut ist.«

»Leute, macht mal Platz«, schrie Finn. »Damit die das Graffiti sehen können!«

Die Menge teilte sich. Der Maler schaute sich unser Bild an. Er nickte. »Also, da gibt es wirklich schlimmere Sachen.« Er holte seine Zigarettenschachtel aus der Hosentasche und nahm eine heraus. »Aber ich habe das nicht zu beurteilen.

Ich habe nur einen Auftrag. Und der besagt, dass das hier jetzt gestrichen wird.«

Er hatte so ein silbernes Feuerzeug mit Deckel, den er jetzt hochklappte.

»Nie im Leben!«, rief Finn, und sofort rückten hinter ihm wieder alle zusammen, ganz eng.

»Da müsst ihr uns schon mit Gewalt entfernen!« Das war die Stimme von Dennis.

»Genau!«

»Unser Graffiti, unser Graffiti!«

Der Maler zuckte mit den Schultern und klappte sein Feuerzeug wieder zu. »Dann kommen wir eben ein anderes Mal. Ewig werdet ihr hier nicht herumstehen.«

»Unser Graffiti!«

Er ging zurück zu seinem Transporter. Der Lehrling hatte sein Seitenfenster heruntergelassen und alles verfolgt. Er grinste schüchtern und hob einen Daumen. Das sah sein Chef aber nicht, weil der gerade auf der anderen Seite des Transporters stand. Die Menge klatschte, johlte und tobte. Der Maler öffnete seine Wagentür, stieg ein und ließ den Motor an.

»Sie ziehen ab!«, kreischte ein Mädchen hinter mir.

Riesiger Jubel brach aus. Einige warfen ihre Taschen oder Jacken vor Freude in die Luft. Der Lärm war ohrenbetäubend. Helli und ich fielen uns in die Arme.

»Geschafft!«

»Juchhu!«

Plötzlich klatschte etwas gegen die Mauer. Jemand schrie: »Iiiiiih!« Es klatschte noch einmal. Dieses Mal sah ich es. An der Mauer klebte ein rohes Ei. Höchstens einen Meter oberhalb des Graffitis. Der Schreck lähmte mich. Ich wollte etwas rufen, aber ich war wie erstarrt. Dann sah ich, wie ein paar Leute sich wegduckten, andere wiederum lachten und sogar versuchten, mit der Hand in das glibberige Ei zu patschen.

»Hey, was soll das?«, hörte ich Finns Stimme.

Klatsch. Noch ein Ei. Und noch eins.

Innerhalb von ein paar Sekunden kippte die Situation. Ich konnte im Nachhinein nicht sagen, wie es passierte. Es uferte einfach aus. Immer wieder flogen Eier und dann fingen die Ersten an zu raufen. Sie kloppten sich zu mehreren auf dem Bürgersteig, Jasper war darunter und Finn auch. Helli zog mich auf die gegenüberliegende Straßenseite.

»Lil, komm, sonst kriegen wir auch noch was ab!«, schrie sie.

Ich stolperte hinter ihr her. Dann beobachteten wir, wie Nurya zwischen die Raufbolde ging und versuchte, sie auseinanderzuziehen. Wie sie einem syrischen Mädchen auf die Füße half, das hingefallen war. Plötzlich liefen ein paar Jungs davon, bogen in den Schulhof ein, verfolgt von anderen, die sie von hinten mit Eiern bewarfen. Was auf dem Schulhof passierte, konnten Helli und ich nicht richtig erkennen, also rannten wir doch wieder auf die andere Straßenseite und schauten durch das Hoftor.

Genau in diesem Moment flog der Stein. Er war nicht besonders groß, eher nur ein Kiesel, aber er zielte genau auf eines der Fenster im Erdgeschoss. Glas splitterte, und im gleichen Augenblick war es vorbei, auch draußen vor der Mauer. Alle hörten das Klirren und erstarrten. Zumindest kurz. Schon drei Sekunden später fingen die Ersten an, zu lachen und sich wieder gegenseitig zu schubsen. Und plötzlich stand Nurya oben auf der Mauer. Sie war über eine Bank auf der Schulhofseite hochgeklettert.

»Halt!«, schrie sie. Und dann noch einmal aus Leibeskräften: »Haaaalt! Hört auf!«

Und tatsächlich, diejenigen, die wieder mit dem Raufen angefangen hatten, hielten inne und hoben überrascht die Köpfe. Helli und ich standen in der Einfahrt zum Pausenhof und konnten sowohl die Straße als auch das Schulgelände überblicken. Mittendrin thronte Nurya hoch oben auf der Mauer.

»Habt ihr es immer noch nicht kapiert? Ihr geht zu weit! Viel zu weit! Wir wollten nur das Graffiti beschützen. Friedlich! Aber jetzt ist ein Kampf daraus geworden. Ihr seid so dumm und bescheuert!« Tränen liefen über Nuryas Wangen. Sie wischte sie mit einer heftigen Bewegung weg. »Versteht ihr? Man muss sich die Hand reichen, nicht die Faust! Hört auf, euch zu prügeln! So erreicht ihr gar nichts! Im Gegenteil, ihr habt die ganze Aktion kaputt gemacht!«

»Kommt, wir zischen ab!«, rief jemand der Raufbolde auf dem Schulhof. Und auf einmal hatten einige es eilig. Sie schnappten ihre Schultaschen, die sie vorher irgendwohin geworfen hatten, und setzten sich in Bewegung. Innerhalb von einer Minute war der Schulhof deutlich leerer. Übrig blieben nur die Anne-Frank-Schüler, und ich würde sagen, das waren am Ende dann doch nur ungefähr die Hälfte. Helli und ich blickten den Davonrennenden hinterher.

»Wer sind die?«, fragte Helli.

»Die haben unsere Scheibe eingeschlagen«, sagte ich.

Helli nickte. »Ich habe es auch gesehen. Diese Schweine.«

Wir sahen, wie sie auf die U-Bahn-Station zuhielten. Kurz darauf waren sie im wahrsten Sinn vom Erdboden verschluckt.

»Die kriegen wir niemals.«

»Ich weiß.«

Auf unserem Schulhof breitete sich eine eigenartige Stille aus. Die Menge zerstreute sich. Niemand hielt sich in der Nähe der zerschlagenen Scheibe auf. Es war ein großes, bodentiefes Fenster, das sie zertrümmert hatten. Überall lagen Glassplitter.

Nurya kletterte von der Mauer herunter, Dennis half ihr dabei.

»Habt ihr gesehen, woher die Eier kamen?«, fragte ich.

»Das war niemand von uns«, rief ein Junge aus der Achten, der sich gerade größere Mengen Ei vom Pullover schabte. »Ich habe gesehen, wie ein paar plötzlich Eierkartons aus ihren Rucksäcken geholt haben. Das war auf jeden Fall geplant.«

»Aber nicht von uns.«

»Das macht im Nachhinein keinen Unterschied«, sagte Helli. Und damit hatte sie recht.

Es war kurz nach halb acht. Mehrere Lehrer betraten den Schulhof, darunter Herr Rabe, unser Klassenlehrer. Sie stutzten, als sie die vielen Schüler erblickten. Dann bemerkten sie die zerbrochene Scheibe.

»Was ist hier los?«, rief Herr Rabe und schaute in die Runde. Sein Blick blieb an Helli, Dennis, Nurya und mir hängen. »Wer war das?«

Wir schauten schweigend zu Boden.

Herr Rabe kam näher. »Lil, was ist los? Sieh mich an.«

»Wir wissen nicht genau, wer es war«, sagte ich leise. »Es war niemand von unserer Schule.«

Herr Rabe lachte kurz und humorlos auf. Seine beiden Kollegen schüttelten den Kopf. »Das ist ja nicht zu fassen.«

Nach und nach trudelten immer mehr Lehrer ein. Überall Kopfschütteln, Unverständnis, Zorn. Zum Glück schloss einer von ihnen trotzdem die große Eingangstür zur Schule auf. Sofort strömten alle hinein, bloß weg vom Hof, weg von den Eierpfützen, den Scherben.

»Wer ist hierfür verantwortlich?«, ertönte plötzlich Frau Schneiders Stimme hinter uns.

Jetzt war es also so weit.

Helli kniff mir vor Aufregung in den Arm. »Ich bin so froh, dass Pego nicht hier ist«, flüsterte sie.

Die hatte Nerven. »Ich wäre froh, wenn ich nicht hier wäre«, flüsterte ich zurück.

»Ich warte!«, rief jetzt wieder Frau Schneider.

Helli, Nurya, Dennis, alle sahen mich an. Wie in Zeitlupe wandte ich mich um.

»Ich.«

Frau Schneider wirbelte herum. Das ist das Ende, dachte ich. Jetzt drohen sie garantiert auch mir mit einer Entlassung von der Schule. Das hier war noch schlimmer als ein Graffiti. Und es war ganz eindeutig mein Facebook-Aufruf. Und deshalb auch meine Schuld.

Ich hatte erwartet, Frau Schneider würde mich sofort in ihr Büro bestellen, aber da irrte ich mich. Vorher musste ich den Schulhof kehren und die Mauer von Eierresten befreien. Drei Freiwillige durften mir helfen und das waren Helli, Dennis und Nurya.

Sobald um kurz vor acht Uhr unser Hausmeister, Herr Stadlmaier, erschien und uns schimpfend und fluchend mehrere Besen, Kehrschaufeln, Eimer und Wischlappen in die Hände gedrückt hatte, legten wir los. Zuerst kehrten wir die Scherben zusammen. Frau Schneider hatte uns eingeschärft, bloß nicht mit einer Schnittverletzung anzukommen, aber gleichzeitig auch dafür zu sorgen, dass wirklich jede einzelne Scherbe vom Schulhof entfernt wurde. Jede einzelne! Wir krabbelten unter und hinter alle Büsche und wunderten uns, wie groß erstens der Radius einer zerspringenden Fensterscheibe war, und zweitens, was sich unter Büschen so alles verbarg. Unappetitliche Essensreste, zerknüllte Taschentücher, eine Zahnspange, ein Schlüssel und sogar ein Handy.

»Boah, das ist ja eklig!«, rief Helli und hielt ein schlabberiges Papiertaschentuch hoch.

»Besser als Latein.« Dennis feixte.

Helli warf das Taschentuch nach ihm. »Besser? Bitte sehr. Kannst du recyceln!«

Wir lachten.

Nurya warf uns einen strengen Blick zu. »Jetzt tut nicht so, als wäre das hier cool.« Sie zeigte auf das Loch, dort, wo vor einer Stunde noch eine Fensterscheibe gewesen war. »Es hätte auch etwas Schlimmeres passieren können.«

»Es ist aber nichts Schlimmeres passiert. Man muss sich ja auch nicht immer die Katastrophe ausmalen.« Dennis kippte das Taschentuch zusammen mit dem Inhalt seiner Kehrschaufel in den großen Abfalleimer. »Wenn alle jetzt übertreiben und so tun, als wäre hier beinahe ein Krieg ausgebrochen, finde ich das auch total beknackt. Und ungerecht.«

Helli und ich mussten lachen. Nurya seufzte. Dann lächelte sie auch.

Ich hob einen unansehnlichen Essensrest vom Boden auf und warf ihn mit spitzen Fingern in die Tonne. »Trotzdem. Ich würde jetzt gerne einfach auf Entfernen drücken, wie auf dem Computer«, sagte ich. »Alles rückgängig machen. Mein Bild, das Graffiti, die ganze bescheuerte Facebook-Aktion.«

Nurya schob ein glibberiges Ei auf die Kehrschaufel. Das klappte nur so mittelgut, das meiste davon verschmierte sie auf dem Schulhof.

»Sieht aus wie eine Schneckenspur«, bemerkte Dennis.

Ich musste beinahe würgen.

Helli lachte, als sie mein Gesicht sah. »Hier wäre eine Entfernen-Taste auch ziemlich praktisch. Stellt euch vor, der ganze Schulhof, die ganze bescheuerte Mauer, alles picobello sauber mit einem Klick.«

»Wäre genial.«

»Aber stellt euch vor, jeder könnte mit so einer Taste die Vergangenheit löschen. Wie gruselig das wäre!«, sagte Nurya.

»Wieso gruselig?«

»Weil jeder damit auch jeden löschen könnte. Und eines Tages bist du weg, weil jemand anderes dich gelöscht hat.«

»Das wäre allerdings ziemlich blöd. Wenn ICH weg wäre, meine ich.«

Dennis tat so, als würde er sich mit dem Handfeger wegradieren. Wir lachten. Er grinste sein Dreieckszahnlächeln, und in dem Moment merkte ich, dass ich während der letzten Stunde gar nicht an unsere Trennung gedacht hatte. Es fühlte sich fast wieder normal an, mit ihm hier auf dem Schulhof herumzualbern.

Aber es war möglicherweise gerade auch nicht mein größtes Problem. Das wurde mir schlagartig klar, als ein Mädchen aus der Oberstufe auf dem Hof erschien und mir ausrichtete, Frau Schneider wolle mich jetzt sehen.

»Oh Mann, ihr habt es gut, ihr dürft weiter Schneckenspuren aufwischen«, sagte ich und hielt Helli meinen Besen hin.

Meine HALF umarmte mich. »Ach, Lil. Ich drücke dir die Daumen.«

»Ich auch.« Dennis tat so, als würde er sich auf beide Daumen beißen.

Nurya nickte mir aufmunternd zu. »Sag gleich zu Anfang, dass es dir leidtut.«

Und wie es mir leidtat! Noch vor einer Woche war ich eine völlig unbescholtene und sogar unauffällige Schülerin des Anne-Frank-Gymnasiums gewesen. Und jetzt? Urheberin eines Graffitis und Anführerin einer riesigen Schüler-Demonstration. Das wäre ja noch zu ertragen gewesen, aber da unsere Aktion so in die Hose gegangen war, fühlte ich mich mies. Und schuldig. Ich schlurfte zum Büro der Direktorin. Meine Arme und Beine fühlten sich an, als würde ein fieser Klebstoff durch meine Adern fließen, nicht Blut. Jeder Schritt hat weh.

Frau Schneider saß an ihrem Schreibtisch, die Arme hinter dem Kopf verschränkt, und schaute mich über den Rand ihrer Brillengläser an.

Sie bot mir keinen Platz an, und da ich nicht wusste, ob ich mich einfach setzen durfte, blieb ich stehen.

»Nun, Lilaia …«

»Es tut mir alles sehr leid«, unterbrach ich sie schnell. »Sehr, sehr leid. Ich wusste nicht …«

Sie hob eine Hand. »Halt.« Frau Schneider drehte ihren Computerbildschirm so, dass ich die Vorderseite sehen konnte. Sie zeigte Finns und Jaspers Facebook-Seite und dann meinen Aufruf.

»Ist das auf deinem Mist gewachsen?«

Ich nickte.

»Und dein Bruder?«

»Hat damit überhaupt nichts zu tun, wirklich.«

»Und seine Freunde?«

»Finn und Jasper haben die Seite eingerichtet, weil sie ... weil sie es ungerecht finden, dass Pego vielleicht von der Schule fliegt. Und weil sie das Graffiti gut finden. Und ich finde es zum Teil auch gut, also alles bis auf die Faust, und deshalb auch ungerecht, dass es übermalt werden soll. Und wir haben das Recht zu demonstrieren. Deshalb wollten wir es auch tun.«

»Was wäre denn passiert, wenn dieser Stein nicht ins Fenster, sondern jemand anderem an den Kopf geflogen wäre?«

Ich blickte zu Boden. »Die Situation ist außer Kontrolle geraten. Aber wir konnten doch nicht wissen, dass da wildfremde Leute kommen und Chaos verbreiten.«

Frau Schneider stand auf und ging zum Fenster. »Ja, liebe Lilaia, das ist hier die Frage: Wenn man eine Botschaft über Facebook verkündet, muss man dann nicht damit rechnen, dass die Sache außer Kontrolle geraten kann? Was wäre denn gewesen, wenn zweitausend Demonstranten gekommen wären? Oder richtige Randalierer?«

»Es ist ja zum Glück nicht so viel passiert. Niemand ist zu Schaden gekommen, ich meine, kein Mensch.«

»Aber die Schule, Lilaia. Und ich finde, der Schaden ist beträchtlich! So eine riesige Fensterscheibe kostet viel Geld. Ihr habt hier einfach ganz schön viel riskiert, und das muss man eben auch bedenken, bevor man eine ganze Stadt dazu einlädt, an der Schulmauer zu demonstrieren.«

»Es tut mir so leid.« Etwas anderes fiel mir nicht ein.

»Natürlich dürft ihr eure Meinung frei äußern. Aber es gibt *Grenzen*! Mit dem Aufruf hast du diese Grenze überschritten. Siehst du das ein, Lilaia?«

Ich nickte.

Frau Schneider setzte sich wieder. »Ich habe mit deinem Klassenlehrer gesprochen. Er beschreibt dich als nette, engagierte Schülerin. Du bist sozial und seit Neuestem offenbar auch für den Kitty-Kurier aktiv, was ich sehr lobenswert finde. Du hast dir noch nie etwas zuschulden kommen lassen. All das«, sie sah mich ernst an, »und die Tatsache, dass du die Folgen deines Internet-Aufrufs wahrscheinlich nicht richtig abschätzen konntest und die Unruhestifter ja letztlich auch Unbekannte waren, all das hat mich zu der Entscheidung gebracht, dich fürs Erste nur schriftlich zu verwarnen.«

»Ähm. Und was heißt das?« Mehr als ein Flüstern brachte ich nicht zustande.

»Es ist ein einfacher schriftlicher Verweis.«

»Also keine angedrohte Entlassung?«

Frau Schneider schüttelte den Kopf.

Mir fiel eine Last in der Größe eines Raumschiffs von der Seele.

»Vielen Dank, Frau Schneider.«

Sie nickte. »Das wär's dann.«

Ich wandte mich zur Tür.

»Ach so. Noch etwas, Lilaia.«

»Ja?«

»Es wird keine Demonstrationen mehr geben, verstanden?«

»Und das Graffiti?«

»Das Graffiti! Es wird überstrichen, das Graffiti! Haben wir uns verstanden?«

Zu Hause legte ich mich mit Annes Tagebuch aufs Bett. Die Zwillinge spielten nebenan, Arti hatte Klavierstunde, Triton Querflöte und Pego trieb sich vermutlich im Boxverein herum. Mama war noch auf der Arbeit, und ich hoffte, sie würde es noch eine Weile bleiben, denn ehrlich gesagt hatte ich ziemlichen Bammel vor unserer nächsten Begegnung. Ich hatte mit der Facebook-Aktion beweisen wollen, wie sehr ich mich für das Graffiti und damit auch gleichzeitig für Pego einsetzte, wie erwachsen ich war. Und insgeheim gehofft, das würde meine Chancen erhöhen, zum Workshop nach Berlin zu dürfen.

Stattdessen war leider das große Chaos ausgebrochen und zu den Kosten für die Reinigung der Mauer kamen für meine Eltern jetzt vielleicht noch die Kosten für eine riesige Fensterscheibe hinzu. Frau Schneider hatte dazu nichts gesagt, aber trotzdem rechnete ich damit. Außerdem bekam ich einen schriftlichen Verweis, und ich fragte mich, ob der vielleicht im Zeugnis auftauchte. Wie auch immer, was Berlin betraf, so waren meine Chancen also mit Sicherheit gesunken. Vielleicht hatte Frau Schneider sogar Mama schon angerufen?

Ich kam am Ende des Tagebuchs an. Annes letzter Satz lautete »… wie ich sein könnte, wenn keine anderen Menschen auf der Welt leben würden.«

Was für ein furchtbarer Gedanke. Anne muss sich so sehr eingeengt gefühlt haben, dass sie sich eine Welt ohne Menschen wünschte. Dabei gab es ja praktisch nichts Trostloseres und Traurigeres als das. Ich stellte mir vor, wie Anne, nur fünfzehn Jahre alt, am Fenster stand, in den Hinterhof hinunterschaute und sich wünschte, allein auf der Welt zu sein, und mir fiel ein, dass es wahrscheinlich keinen einzigen

Menschen auf der Welt gab, der mit Anne hätte tauschen wollen. So etwas Niederschmetterndes hatte ich noch nie zuvor gelesen.

Jemand kam die Treppe heraufgepoltert. Ich wischte mir über die Augen. Eine Sekunde später stand Pego im Zimmer. In Schuhen. Sein Brustkorb pumpte Luft, als wäre er einen Marathon gelaufen.

Ich setzte mich erschrocken auf und legte das Buch zur Seite. »Was ist los?«

»Habe gerade mit Mama telefoniert.« Er keuchte mit flatternden Lidern.

»Ja, und?«

»Ja, UND?«, brüllte mein Bruder plötzlich wie ein Wahnsinniger. »Alles megaübelst UND!«

Seine Augen funkelten und ich bekam tatsächlich ein bisschen Angst.

»Pego, ich verstehe nicht, was du meinst.«

Er hechelte immer noch. »Lil, das läuft nicht nach Plan, verstehst du? Du musst … anfangen … zu deinen Taten zu stehen. Mir … geht es an den Kragen!«

Was wollte er nur?

»Du, Pego, ich habe heute höchstpersönlich im Büro von Frau Schneider gestanden. Ich habe das ganze Chaos von heute Morgen auf meine Kappe genommen. Ich kriege einen schriftlichen Verweis dafür. Und ich habe den ganzen Schulhof geputzt!«

»Aber du sollst nicht von der Schule gehen!«

Ich hielt mir die Ohren zu, weil das Geschrei wirklich wehtat. »Willst du, dass ich von der Schule fliege, spinnst du?«

»Ich bin praktisch von der Schule geflogen, wegen dir!«

»Gar nicht. Nur angedroht! Und außerdem warst du doch richtig froh darüber! Damit du schnell Boxer werden kannst!«

»Aber jetzt muss ich auf eine andere Schule!« Pego trat mit voller Wucht gegen das Regal in der Zimmermitte. Es schwankte. Ein paar Bücher purzelten hinaus.

Ich schrie auf. »Hey, lass das, du machst mir Angst!«

Pego schlug mit der Hand gegen die Wand. »Verdammt! Ich will auf keine andere Schule. Das hast DU mir eingebrockt!«

»Welche andere Schule denn?«

Wieder klatschte er gegen die Wand. Das musste ganz schön wehtun, aber Pego schien es nicht zu spüren. »Was weiß ich, Luitpold oder so, Mama hat das arrangiert.« Seine Stimme wurde plötzlich ruhiger. »Lil, du musst denen jetzt sagen, dass ich es nicht war.«

»Wie meinst du das?«

»Verdammt, Lil, frag nicht immer wieder den gleichen Mist. Ich meine es so, wie ich es sage. Ich habe dieses megamegaüble Graffiti nicht gesprüht, also will ich nicht dafür bestraft werden. Du warst es, also steh auch dafür gerade.«

»ICH?! Ich war es nicht!«

»Ich auch nicht!«

»Natürlich warst du es!«

»Nein, du!«

»ICH WAR ES NICHT, LIL!!!!!«, brüllte Pego.

»Ich auch nicht!«, brüllte ich zurück.

Wir starrten uns an. Pego runzelte die Stirn. »Du warst es *nicht?*«

Ich schüttelte den Kopf. »Nein! Ehrenwort.«

»Ich war es auch nicht, Lil!«

»Soll das ein Witz sein?«

Pego sank auf den Boden und streckte die Beine von sich. »Mir ist überhaupt nicht nach Witzen zumute. Ich war es nicht. Punkt. Riesenehrenwort.«

Wir sahen uns nur an. Pego seufzte. »Ich habe gedacht, du warst es.«

»Aber wieso hast du dann zugegeben, dass du es warst?«

»Was weiß denn ich? Es ging alles so schnell. Ihr standet plötzlich da in der Boxhalle, Helli und du, und du sahst aus, als hättest du richtig Schiss. Du warst totenblass. Ich dachte, du kippst jeden Moment um. Und Helli! Starrte mich die ganze Zeit mit ihren Kulleraugen an. Da habe ich das dann, ohne groß zu überlegen, einfach gesagt. Damit du keinen Ärger kriegst. Und ja, natürlich auch ein kleines bisschen, damit ich boxen kann.«

»Oh Mann, du hast das getan, um mich zu beschützen?«

Pego schielte zu mir und grinste. »Irgendwie schon.«

»Als ob.«

»Wenn ich es dir sage.«

Wow. Ich war baff. »Krass.«

Pego stützte den Kopf in die Hände.

»Wusste Helli es?«

Er blickte auf. »Nein, das heißt, ich glaube nicht. Ich dachte ja die ganze Zeit, DU warst es, also dachte ich, Helli wüsste natürlich auch, dass du es warst und ich es deshalb nicht sein konnte.«

»Oh Mann, ist das kompliziert.«

Plötzlich mussten wir lachen. Pego schüttelte ungläubig den Kopf. »Ich habe wirklich gedacht, du hast dieses megaüble Graffiti ...« Er hielt inne. Wir sahen uns an und dachten das Gleiche. »Aber wer zum Henker war es jetzt eigentlich?«

Mir lief ein Schauer über den Rücken. Die Vorstellung

war wirklich unheimlich. Irgendjemand hatte aus meiner Zeichnung ein Graffiti gemacht und es an die Schulmauer gesprüht. Da hatte mir jemand ganz übel mitgespielt.

Im Erdgeschoss ging die Haustür. »Hallihallo, ist jemand da?«, rief Triton.

Pego brüllte: »Nein, keiner da!«

Triton trampelte die Treppe hinauf und lugte ins Zimmer. »Geheime Versammlung?«

Ich musste immer wieder über seinen untrüglichen Riecher staunen. Er war ja auch das Schnüffel-Ass der Familie. Ein Wunder, dass er noch nicht herausgefunden hatte, wie gründlich Pego und ich uns in den letzten Tagen missverstanden hatten.

»So was Ähnliches. Nichts für Zwerge!«

»Warte!« Ich sah Pego an. »Vielleicht sollten wir das Thema mal mit den Kleinen besprechen. Möglicherweise hat einer von ihnen eine gute Idee.«

»Wieso, was gibt es denn? Ärger mit Papa?«

Im letzten Jahr hatten wir April-Kinder geglaubt, unser Vater hätte ein Liebesverhältnis zu einer Arbeitskollegin. Es hatte wirklich vieles dafürgesprochen, Papas Geheimniskrämerei war extrem irreführend gewesen. Am Ende hatte sich dann aber herausgestellt, dass er nach Cambridge versetzt wurde. Das war zwar besser als eine Affäre, aber immer noch schlimm genug für uns. Wahrscheinlich dachte Triton deshalb jetzt, Papa würde uns wieder Sorgen machen.

»Nee, nix mit Papa. Es hat mit dem Graffiti zu tun.«

»Sollte das nicht heute überpinselt werden?«

»Hm. Ist aber was dazwischengekommen.«

»Was?«

Pego scheuchte Tritons lästige Fragen mit der Hand beiseite. »Moment. Bevor wir hier alles fünfmal erklären, trommeln wir doch lieber mal den Rest zusammen.«

»Arti steht draußen am Zaun mit ihrer Freundin.«

»Bestens. Dann ruf sie rein. Und wir sagen nebenan den Zwillingen Bescheid. In einer Minute im Olymp. Dalli.«

Triton zischte ab.

Pego rappelte sich hoch. »Verdammt, wir brauchen jetzt eine megamegamegagute Idee!«

Während meine Brüder den Rest der Geschwister zusammentrommelten, verschwand ich noch einmal auf der Toilette. Dort fiel mir ein, dass ich schon wieder einem riesigen Missverständnis aufgesessen war, genau wie letztes Jahr, als ich die ganze Zeit dachte, Dennis hätte eine Freundin, nur, weil er einmal das Wort Fernbeziehung benutzt hatte. Das hätte sich so leicht aufklären lassen, wenn ich nur konkret nachgefragt hätte. Und jetzt schon wieder! Pegos seltsamer Kommentar neulich abends im Wohnzimmer, ich hätte besser zu meinen Schandtaten gestanden, oder auch schon sein erster Spruch im Boxverein, da hätte ich doch aufmerken müssen! Ich nahm mir ganz fest vor, in Zukunft beim leisesten Zweifel sofort nachzufragen. So etwas durfte nicht mehr passieren.

Orion warf sich mit einem Hechtsprung
in Pegos Hängematte,
dass die Seile quietschten.

»Benimm dich, Zwergenmonster!«, drohte Pego, der auf seiner Matratze hockte.

Unten im Flur jaulte Pan. Zu Pegos Olymp hatte er leider keinen Zutritt, weil er es nicht die schmale Holzstiege hinaufschaffte.

Arti robbte zur Luke. »Brav, mein Lieber. Ganz brav. Mach Platz! Schön aufpassen! Guter Hund.«

Pan hörte auf zu jaulen.

Arti schloss die Luke zu Pegos Olymp. »Ich glaube, es ist besser, wenn er uns nicht hört.«

»Armer Panni.« Nike krabbelte quer durchs Zimmer zu mir und setzte sich im Schneidersitz neben mich vor die Hängematte.

Triton thronte stolz auf Pegos Schreibtischstuhl und hatte die Füße auf der Tischplatte abgelegt, so wie es unser großer Bruder auch immer tat. Arti blieb an der Luke. Wir lauschten. Pan war still.

»Okay, Leute«, begann Pego, »wir, das heißt Lil und ich, haben ein Problem. Und weil wir bis jetzt noch keine Lösung dafür haben, könnten wir ein paar Ideen brauchen.«

»Was für ein Problem?«, schmatzte Orion, der einen riesigen Kaugummi im Mund hin und her wälzte.

Nike fuhr herum. »Mann, hör mal auf, so zu knatschen, das tut ja im Ohr weh!«

Orion grinste frech und schmatzte extralaut.

»Lass das!« Ich rückte einen Meter ab und setzte mich so, dass ich den kleinen Stänkerer im Blick hatte.

»Hör auf zu nerven«, raunzte Pego ihn an.

»Das Problem ist das Graffiti«, sagte ich. »Pego hat es nicht gesprüht und ich war es auch nicht. Es muss also jemand anderes gewesen sein.«

»Waaas?«

»Echt?«

»Wirklich!«

Den Kleinen blieb der Mund offen stehen.

Triton zuckte heftig mit der linken Schulter. »Voll krass! Das ist ja schon fast kriminell!«

Orion zog den Kaugummi um eine Armlänge heraus und wickelte ihn sich um den Finger. Dann lutschte er daran. »Wer war es denn?«

Pego verdrehte die Augen. »Das ist eine übelst gute Frage, Schlaumeierzwerg!«

Orion lutschte weiter an seinem Kaugummifinger. Dann schnellte er plötzlich vor und steckte ihn Nike ins Ohr.

Sie machte einen Satz. »Iiiiih! Hör auf!«

Triton klappte lachend vornüber und auch Arti brüllte.

Orion zog genüsslich den Kaugummi vom Finger. »Hmmm, mit Zwillingsschmalz, lecker.«

Nike schlug nach ihm, erwischte aber nur das raue Seil der Hängematte. Sie rieb sich die Hand. »Blödi!«

Mir reichte es. »Orion, wenn du dich jetzt nicht zusammenreißt, kannst du dich unten neben Pan legen und jaulen, verstanden?«

Die Nervensäge streckte mir die Zunge heraus.

Pego gab der Hängematte einen Tritt. »Wisst ihr, die Sache ist leider ernst. Ich bin beinahe von der Schule geflogen, und Mama und Papa haben entschieden, dass ich jetzt auf irgendeine andere dämliche Schule gehen soll. Will ich aber nicht. Ich will denjenigen finden, dem wir diesen Mist zu verdanken haben.«

Die anderen beruhigten sich etwas.

»Tja, wer könnte das sein?«, fragte Arti.

»Jemand aus deiner Klasse?« Nike schaute erst Pego, dann mich an.

Ich ging in Gedanken meine Klassenkameraden durch, dann schüttelte ich den Kopf.

Pego ließ die Finger knacken. »Fällt mir keiner ein.«

»Vielleicht ist auch die Frage interessant, wo jemand deine Zeichnung gestohlen haben könnte. Denn geklaut wurde sie ja, oder?« Tritons Schultern zuckten um die Wette.

»Hm. Ja. Aber es wurde weder mein Original noch Pegos Kopie geklaut. Das ist wirklich mysteriös.«

»Hast du nur eine oder mehrere Kopien gemacht?«, wollte Arti wissen.

Ich überlegte. »Eine. Nein, stimmt. Es waren zwei. Die erste war nicht so gut geworden, also habe ich noch eine gemacht.«

»Und wo ist diese erste Kopie?«

»Im Papierkorb. In der Mediathek.«

Pego schnalzte mit der Zunge. »Und in die Mediathek können nur Leute mit Schlüssel, stimmt's?«

Ich nickte.

»Vermutlich. Und die Leute vom Kitty-Team.«

»Womit wir den Täterkreis doch schon deutlich eingegrenzt hätten.« Triton rieb sich die Hände. »Das ist so cool. Wir sind richtige Detektive.«

Orion wickelte den lang gezogenen Kaugummi um ein

paar Hängemattenmaschen. Mit einer einzigen schnellen Bewegung katapultierte Pego ihn nach oben.

Orion flog aus der Hängematte und knallte auf den Teppichboden.

»Auaaua!«

Ein Teil des Kaugummifadens klebte noch an der Hängematte, ein Teil in Orions Haaren. Nike zog daran.

»Ahhhh! Das tut weh!«, schrie Orion. Niemand hatte Mitleid mit ihm.

»Halt still!« Nike friemelte ihrem Zwilling die klebrigen Reste aus den Haaren.

»Ich hatte gerade eine gute Idee«, maulte Orion und rieb sich die angeschlagenen Körperteile.

»Das wäre ja das erste Mal, da sind wir aber gespannt.« Pego schwang sich hoch und nahm in seiner Hängematte Platz. Er riss den Kaugummi von den Maschen und warf ihn nach Orion. Dann schaukelte er hin und her, gerade so weit, dass sein heraushängender Fuß genau vor Orions Nase stoppte.

Orion schlug nach dem Fuß. Dann sah er mich an. »Wann triffst du die Kitty-Leute das nächste Mal?«

»Morgen. Wir mussten schon wieder verschieben, weil am nächsten Mittwoch drei Leute nicht können.«

Orion blickte in die Runde. »Umso besser.« Nike hatte den letzten Krümel Kaugummi aus seinen Haaren gefieselt. Orion sammelte alle Reste ein und ließ sie dann zurück in seinen Mund wandern.

Puh. Ich schaute weg. Kleine Brüder konnten so unappetitlich sein.

»Du meinst, ich finde den Schuldigen bei meinen Kitty-Leuten?«

Arti legte ein Ohr an die Luke und einen Finger an die Lippen. »Psst. Ich glaube, Mama ist gekommen.«

Pan bellte. Jetzt hörten wir, wie jemand die Treppe heraufkam.

»Kein Wort zu ihr«, flüsterte Pego.

Wir anderen nickten stumm, bis auf Nike. »Warum?«

»Weil uns sowieso kein Mensch glaubt, solange wir den Schuldigen nicht gefunden haben.«

»Oder die Schuldige.« Triton hob den Zeigefinger.

»Oder die Schuldigen«, ergänzte Arti.

»Kinder?« Mama stand am Fuß der Stiege.

»Wir sind hier oben!«, rief ich.

Pego sprach sehr leise. »Lil und ich checken die Mediathek, am besten während der Sitzung. Gibt es da eine Pause?«

Ich nickte.

Mama klopfte von außen an die Luke.

»Bingo. Wir durchsuchen alles und dann …« Er brach mitten im Satz ab, weil Arti die Luke öffnete. Mama steckte den Kopf hindurch. Sie schien erstaunt.

»Alle miteinander hier.« Sie lächelte. »Sieht fast aus wie eine Verschwörung.«

»Hey, Mams.« Arti gab ihr einen Kuss und zwinkerte. »Ja, große Verschwörung gegen Cambridge.«

Mama strich Arti übers Haar und zwinkerte zurück. »Das wird euch nicht viel nützen.« Sie schaute in die Runde. »Papa wird heute den Mietvertrag unterschreiben.«

»Für was?« Orion rollte über den Boden bis zur Luke und ließ sich ebenfalls einen Kuss geben.

»Für das Haus, mein Schatz.« Mama blickte zu Pego hinüber. »Kann ich kurz mit dir reden?«

Pego blies die Wangen auf. »Mama. Ich weiß schon, was du willst. Das Luitpold. Aber ich will da nicht hin …«

Mama schien ein klein wenig überrascht, dass Pego uns offensichtlich schon über den geplanten Schulwechsel informiert hatte.

»Pego, dein Vater und ich finden, dass man so nicht hätte umgehen dürfen mit dir am Anne-Frank-Gymnasium. Wir haben das während eines Telefongesprächs mit Frau Schneider auch noch einmal ausdrücklich gesagt. Aber sie bleiben bei ihrer blöden Androhung der Schulentlassung. Wenn jetzt noch eine Kleinigkeit passiert, werfen sie dich vielleicht wirklich raus. Das wollen wir auf jeden Fall vermeiden. Wir haben nämlich keine Ahnung, wie streng die englischen Schulen ihre neuen Schüler unter die Lupe nehmen, und wollen nicht riskieren, dass man dich dort vielleicht ablehnt. Deshalb gehst du jetzt einfach noch ein paar Monate aufs Luitpold und dann …«

»Bitte, Mama! Gib mir ein paar Tage. Vielleicht …« Pego bremste die Hängematte und setzte sich auf.

»… vielleicht fällt uns doch noch etwas Besseres ein«, fiel ihm Nike ins Wort. Mama runzelte die Stirn.

»Wir meinen, vielleicht überlegt Frau Schneider es sich ja doch noch anders, wir müssen ihr etwas Zeit lassen«, sagte ich.

»Ich glaube nicht, dass sie es sich noch einmal überlegt. Sonst hätte sie es längst getan.« Mamas Blick trübte sich. »Ehrlich gesagt finde ich das schwach von der Schulleitung.«

»Bitte, Mama. Nur ein paar Tage. So lange kann das mit dem Luitpold doch warten.«

»Wir müssen dorthin, dich anmelden. Persönlich.«

Ich robbte Richtung Luke. »Mama, bitte. Es passiert gerade so viel. Heute schon wieder. Und es wäre wirklich wichtig, jetzt noch ein wenig zu warten.«

Mama musterte mich skeptisch. »Wie meinst du das, heute schon wieder?«

Ich dachte nach. Wie sollte ich das am besten verpacken, ohne dass Mama von dem großen Chaos an der Schulmauer erfuhr?

»Hat Frau Schneider sich heute gemeldet?«

Mama schüttelte den Kopf.

»Weißt du, es gibt da eine Art Schülerbewegung für Pego. Über Facebook. Alle stimmen dafür, dass das Graffiti bleiben soll. Vielleicht kann man also die Schulleitung noch umstimmen …«

»Ich dachte, das Bild wurde heute entfernt?« Mama sah von mir zu Pego und wieder zurück. Pego zuckte mit den Achseln.

»Nein, wie gesagt, es ist vielleicht noch gar nicht entschieden …« Meine Stimme wurde immer leiser.

Mama runzelte misstrauisch die Stirn. »Da ist doch etwas faul. Wieso sollte Frau Schneider das Bild stehen lassen, aber damit drohen, Pego von der Schule zu werfen? Das macht keinen Sinn, Kinder.«

»Nicht alles muss Sinn machen«, rief Triton. »Das sagt Papa auch manchmal.«

»Diesen Spruch kenne ich von Theo offen gestanden nicht«, sagte Mama langsam. »Also, Lil, irgendetwas verheimlicht ihr mir hier. Was?«

Ich holte tief Luft. »Mama, bitte reg dich jetzt nicht auf. Aber wir haben gestern über Facebook eine Aktion gestartet und dann haben sich heute Morgen ein paar Hundert Leute an der Schule getroffen und vor das Graffiti gestellt.«

»Und es beschützt!«, schrie Orion und warf seinen Kaugummi in die Luft, sodass er an der Decke kleben blieb.

Pego boxte ihm gegen den Arm. »Wegmachen, sofort!«

Mama achtete nicht auf die beiden. »Ein paar Hundert?«

»Ja. Wir haben demonstriert. Das ist unser Recht.«

Mama war wirklich sprachlos. Sie stützte beide Ellenbogen an der Einstiegsluke ab und starrte mich an.

Arti zupfte sie sanft am Ärmel. »Mama? Alles okay?«

Mama schaute hoch. »Keine Ahnung. Mir wird das ein bisschen zu viel.« Ihre Augen fixierten mich. »Und wie ist sie ausgegangen, eure Demo?«

»Na ja … also, das Graffiti ist noch dran.«

»Aha. Und was hat Frau Schneider dazu gesagt?«

»Äh, sie … sie war nicht gerade begeistert.« Mein schlechtes Gewissen blies sich gerade zu Graffiti-Größe auf.

»Das kann ich mir denken.«

Orion schmatzte schon wieder auf dem alten Kaugummi herum. »Aber wir finden es super, dass das Graffiti noch da ist!«

»Ich weiß nicht.« Mama wiegte den Kopf hin und her. »Das klingt alles nicht schlüssig.« Sie sah uns an. »Aber ich kann mich leider im Moment nicht darum kümmern. Ich muss nämlich für ein paar Tage weg.« Sie wandte den Kopf zu Pego. »Und deswegen müssten wir eigentlich morgen ganz früh noch schnell zur Schulanmeldung ans Luitpold. Danach fliege ich nach Rom.«

»Nach Rom?«, riefen wir im Chor.

»Ja, für ein Interview mit Alba Rohrwacher.«

»Alba wer?«

»Eine tolle, momentan angesagte Schauspielerin.«

»Ist sie alt?« Nike krabbelte jetzt auch zur Luke. Alle saßen um Mama herum.

»Nein, im Gegenteil. Sie ist jung.«

»Hübsch?« Typisch Pego.

Mama lächelte. »Schönheit liegt im Auge des Betrachters, mein Sohn.«

Pego kam aus der Hängematte hoch und ließ die Fingerknochen knacken. »Also ist sie hässlich.«

»Ganz und gar nicht.«

»Ich kenne sie«, vermeldete Triton, der in den letzten Minuten auffallend schweigsam war. »Ich würde gerne mit zu dem Interview kommen. Aber nicht wegen Alba, sondern wegen Rom.«

»Ich auch!«

»Ich auch!«

Nike, Arti und Orion hielten bettelnd die Hände aneinander.

Mama hob abwehrend die Hände. »Das würde noch fehlen.« Sie drückte Nikes Hände. »Ihr müsst den Laden hier für zwei Tage alleine wuppen. Mit Maria. Schafft ihr das?«

Die Kleinen seufzten. »Menno.«

»Wir schaffen das, aber nur, wenn du nicht mit mir zu dieser Anmeldung gehst«, sagte Pego. »Bitte, Mama. Das hat auch bis nächste Woche Zeit.«

»Pego, die warten auf uns. Wir sind telefonisch angekündigt.«

»Du kannst anrufen und sagen, dass du einen megawichtigen beruflichen Termin hast. Das ist nicht gelogen«, warf ich ein, froh über diese Idee.

Mama dachte nach.

»Dann kommst du auch stressfreier zum Flughafen.« Pegos Fingerknochen knackten wieder. Normalerweise meckerte mindestens einer von uns, wenn er das tat, aber jetzt warteten wir nur gebannt auf Mamas Entscheidung. Sie tat sich schwer damit.

»Mama, wir versauen nicht mein ganzes Leben, wenn du mich morgen nicht dort anmeldest, ganz bestimmt! Und vielleicht tut sich in der Zwischenzeit noch etwas am Anne-Frank …«

»In Gottes Namen. Einverstanden.« Mama hob den Zeigefinger. »Ich warne euch. Wehe, ihr baut in meiner Abwesenheit noch mehr Mist!« Ihr Kopf tauchte ab. »Los, April-Kids, Zeit fürs Abendbrot!«

Ich war nicht richtig bei der Sache.

Nurya hatte mich vorhin schon einmal angestupst, weil ich eine Frage von Yuni nicht gehört hatte, und jetzt stieß sie mich schon wieder in die Rippen. Ich löste den Blick von meinem Skizzenblock und schaute hoch.

»Ja?«

»Lil? Alles okay? Hast du was an den Ohren?«

Ado und Max, die beiden aus der Achten, lachten.

»Sorry, ich war in Gedanken.«

Yuni lächelte. »Kein Problem. Wir wollten wissen, wie weit du mit den Zeichnungen für …«, sie blätterte in ihren Notizen, »erstens die kleine Geschichte von Ado, zweitens den Schüleraustausch in Frankreich und drittens die Titelgeschichte von Paul bist.« Sie hielt drei DIN-A4-Blätter hoch. »Paul ist schon fertig, und bei der Textmenge wären zwei Illustrationen ganz gut, oder?«

Sie sah in die Runde. Ihr Blick blieb an Paul hängen, der schräg gegenübersaß.

Er nickte.

»Also, die beiden ersten Illus sind fertig.« Ich wühlte mich durch die vielen losen Blätter meiner Skizzensammlung und zog zwei heraus. »Hier.«

Ich hielt meine Zeichnungen hoch. »Zum Schüleraustausch hat Nurya auch noch Fotos, deshalb habe ich mich auf diese französischen Symbole beschränkt. Die Flagge, Baguette und Croissant und hier, der Eiffelturm.«

»Super!«, rief Nurya.

»Echt fett.« Paul hob den Daumen und lächelte mich an.

»Ja, gut getroffen«, sagte Lola. »Croissant wäre cool jetzt, mein Magen knurrt.«

Yuni sah auf die Uhr. »Meiner auch. Wir machen gleich eine kurze Pause.«

Augenblicklich fing mein Herz wie verrückt an zu pochen.

Die Pause. Ich würde sie nutzen müssen, um heimlich die Taschen der anderen zu durchsuchen, denn wir brauchten dringend eine Spur, die zu meiner Graffiti-Zeichnung führte.

»Pauls Geschichte kommt dann als Nächste dran. Kann ich den Text kriegen?«, fragte ich und hoffte, die anderen merkten nicht das Zittern in meiner Stimme.

»Klar.« Paul schob mir den Ausdruck hinüber. »50 Jahre Anne Frank in München« hieß die Überschrift.

»Ich habe im Fotoarchiv auch noch ein tolles Bild von früher gefunden.« Nurya schob ein Foto in die Tischmitte. »Seht her. Unsere Schule bei der Eröffnungsfeier.«

Alle beugten sich darüber.

»Schaut mal, die hatten die große Eiche geschmückt«, sagte Ado.

»Mit bunten Bändern.«

»Wie beim Volksfest.«

»Welche Eiche?«

Frau Bopsy beugte sich über das Bild. »Ach, der schöne, alte Baum. Er musste vor zehn Jahren gefällt werden, weil er krank war.«

»Schade. Sonst hätten wir die alte Tradition aufgreifen und ihn dieses Jahr wieder schmücken können.« Lola schob das Bild zu Yuni. Dann blickte sie in die Runde. »Gut. Zehn Minuten Pause.«

Ich schickte meine bereits vorbereitete Textnachricht an Helli ab.

Sie wartete irgendwo im Schulgebäude auf mein Startsignal und würde in weniger als einer Minute hier sein. Während die anderen Kitty-Mitglieder nach draußen gingen, blieb ich sitzen, wühlte in meinem Rucksack und hoffte, dass auch wirklich jeder den Raum verließ.

Nurya blieb an der Tür stehen. »Lil?«

Ich tat ganz vertieft in mein Handy. »Hm. Komme später nach. Muss noch was posten.«

»Okay. Ich gehe an die frische Luft.« Sie verschwand.

Helli war sofort zur Stelle. Ich hatte sie am Morgen eingeweiht, nachdem Pego und ich zu Hause entschieden hatten, dass es zu riskant war, wenn er an der Schule auftauchte.

»Hat dich jemand gesehen?«

»Natürlich nicht.«

»Okay. Dann los.«

Während Helli an der Tür stand und durch einen schmalen Spalt den Korridor überwachte, machte ich mich an die Arbeit. Rings um den Konferenztisch lagen die Taschen und Rucksäcke von Ado, Max, Nurya, Lola, Paul, Yuni und Frau Bopsy. Ich begann mit Lolas Tasche und arbeitete mich dann langsam vorwärts. Es war ganz schön anstrengend, in kurzer Zeit einen Ranzen zu checken. Die meisten besaßen mindestens einen dicken Block und außerdem natürlich mehrere Schulhefte. Die Tasche von Frau Bopsy ließ ich aus und auch in Nuryas Schulranzen spähte ich nur oberflächlich. Es war absurd, sie zu verdächtigen.

»Acht Minuten, Lil.« Helli stand noch an der Tür und zappelte. »Ich glaube, ich muss gleich wieder los. Sonst erwischen sie mich.«

»Ja, warte, ich habe es gleich.« In der letzten Tasche, der von Paul, war nur wenig drin, ich hatte sie schnell überprüft.

»Fehlanzeige.« Entmutigt ließ ich mich auf meinen Stuhl fallen. »Verdammt.«

»Komm, Lil, die Chance, hier etwas zu finden, war sowieso mini.«

»Ich weiß. Aber was machen wir jetzt?«

Helli schaute auf die Uhr. »Ich verschwinde. Du musst eine neue Graffiti-Zeichnung anfertigen, während der Sitzung. Falls es doch einer von denen gewesen ist, kannst du sie oder ihn vielleicht damit ködern. Oh nein, dahinten sehe ich sie!«

»Lauf! Und danke!«, rief ich Helli hinterher, die schon durch die Tür schlüpfte. Ich zückte schnell mein Handy und tat schwer beschäftigt. So würde hoffentlich niemand Verdacht schöpfen. Dann fiel mir noch etwas Besseres ein. Ich riss ein Blatt aus meinem Skizzenblock und begann eine neue Graffiti-Zeichnung.

Helli hatte recht. Wenn man mich damit sah, würde das die oder den Täter vielleicht neugierig machen. Außerdem war es eine prima Erklärung dafür, warum ich die Pause in der Mediathek verbrachte. Bis das erste Redaktionsmitglied, es war Yuni, den Raum betrat, hatte ich ein neues Anne-Gesicht in Umrissen fertig, nicht sehr ordentlich zwar, aber auf die Schnelle ging nicht mehr. Währenddessen war mir wieder eingefallen, was Nike oder Arti letztens ganz nebenbei vorgeschlagen hatte. Ein Graffiti mit dem Titel »Anne und ihre Freunde«. Keine Faust, sondern andere Kinder um Anne herum. Wieso hatte ich nicht selbst die Idee gehabt, gleich zu Anfang, als Pego mich um den Gefallen gebeten hatte?

Schnell skizzierte ich die Umrisse einiger Köpfe. Eins, zwei, drei, vier größere, aber immer noch kleinere als Annes Format, und dann etwas versetzt noch einmal vier kleine Köpfe.

Hinter Yuni stürmten Ado und Max in den Raum, gefolgt vom Rest, Paul, Nurya und Lola. Jetzt fehlte nur noch Frau Bopsy.

Ich tat so, als würde ich ihre Ankunft nicht richtig wahrnehmen, spürte aber sehr wohl, wie Lola sich neugierig über mich beugte und meine Skizze betrachtete.

»Fürs Schulfest?«

Geniale Idee, daran hatte ich noch nicht gedacht. »Hm. Mal sehen. Ist erst einmal ein Versuch.«

Jetzt näherte sich auch Nurya. »Ist das in der Mitte Anne?«

»Ja.« Ich radierte ein bisschen an Annes Haaren, die noch überhaupt nicht gut gelungen aussahen. »Wie gesagt, ist erst mal nur eine Skizze.«

»Wie könnte es heißen?«

»Anne und ihre Freunde.« Ich schaute auf. Inzwischen hatten alle Platz genommen und sahen zu meiner Skizze. »Also, das muss kein Titelbild werden, sondern könnte einfach Pauls Geschichte zusätzlich illustrieren.«

»Toller Titel, Lil, wirklich.« Lolas blaugraue Augen leuchteten. »Ich finde es super.«

Auch Yuni und die anderen nickten. Paul war abgelenkt und daddelte auf seinem Handy.

»Wenn ihr nichts dagegen habt, nutze ich die zweite Halbzeit, um noch etwas weiterzuzeichnen.«

»Klar.«

Frau Bopsy kam, schloss die Tür, und die Sitzung ging offiziell weiter.

Paul legte sein Handy weg und meines in der Hosentasche vibrierte. »Bin ungesehen entkommen ;-)«, textete Helli. Das spornte mich noch einmal mehr an.

In den nächsten fünfundvierzig Minuten versuchte ich, Anne und ihre Freunde zum Leben zu erwecken. Am Ende meinten die anderen, wir hätten ein schönes Titelbild für den nächsten Kitty-Kurier, aber ich dachte, eigentlich war es eine supergute Graffiti-Vorlage.

»Kann ich hier eine Kopie davon machen?«, fragte ich, als wir unsere Sachen zusammenpackten.

Yuni nickte. »Klar, nur zu.«

Ich ging zum Kopierer in der Ecke. Bevor ich mein Original wieder unter dem Deckel hervorholte, ließ ich eine von zwei Kopien demonstrativ in den Papierkorb gleiten. Ich konnte nicht sehen, ob mich jemand dabei beobachtete, weil das bestimmt zu auffällig ausgesehen hätte. Außerdem zweifelte ich auch immer mehr daran, dass es jemand von den Kitty-Leuten war. Warum auch? Welches Motiv hätte diese Person? Mir fiel beim besten Willen nichts ein. Als ich mich umwandte, standen alle anderen außer Frau Bopsy noch um den Tisch herum.

Ich stopfte schnell meine Sachen in den Rucksack und verabschiedete mich.

Rein theoretisch konnte nun jeder der anderen den Mülleimer checken. Und genau das wollte ich. Morgen würde ich dann nachsehen, ob jemand vielleicht die Kopie herausgefischt hatte. Wenn ja, wäre der Täterkreis schon mal deutlich eingegrenzt.

Am Abend klingelte das Telefon. Es war schon neun Uhr. Die Zwillinge und Triton schliefen, Arti, Maria und ich schauten *Pitch Perfect*, einen unserer Lieblingsfilme, und Pego war schon seit dem Nachmittag im Verein, weil er einen wichtigen Kampf hatte. Arti sollte eigentlich auch im Bett liegen, aber da Mama in Rom war, drückte Maria ein Auge zu.

Meine Schwester hielt den DVD-Spieler an und ich sprintete zum Telefon. Es war Mama. Heute war ihr letzter Tag in Rom.

»Hey, Mumsi!«

»Hallo, mein Schatz. Ist Pego …?« Die Verbindung war ziemlich schlecht.

»Wie bitte?«

»Lil? Hörst du mich?«

»Ja, aber schlecht.«

»Ist …«

»Mama …?«

Die Verbindung riss ab. Ich nahm das Telefon mit ins Wohnzimmer.

»Konnte sie nicht verstehen. Kein Empfang.«

Arti drückte die Wiedergabetaste des DVD-Spielers. Das Telefon klingelte noch einmal.

»Mama?«

»Lil, ich bin jetzt draußen vor der Hoteltür. Verstehst du mich besser?«

Ich hörte Straßenlärm und auch fremde Stimmen im Hintergrund. »Ja.«

»Ist Pego zu Hause?«

»Nein. Er hat einen Kampf. Wieso?«

»Es ist etwas passiert.«

»Wie? Was denn?«

Mama seufzte. »Stell dir vor, Frau Schneider hat mich eben angerufen.«

»Echt? Hat sie die Strafen zurückgenommen?« Ich biss mir auf die Zunge.

»Wie, was? Nein, Lil. Oh nein. Es ist schon wieder etwas vorgefallen.«

Ich musste schlucken. »Geht es um die Fensterscheibe?«

In Mamas Nähe hupte ein Auto, und ich verstand nicht, was sie erwiderte.

»Ich höre nichts!«

»Von der Fensterscheibe und deinem schriftlichen Tadel hat sie auch gesprochen, darüber reden wir ein anderes Mal. Jetzt geht es in erster Linie um ein neues Graffiti.«

Beinahe wäre mir der Telefonhörer aus der Hand gefallen. »Waaas?!«

Maria und Arti zuckten zusammen. Arti schüttelte den Kopf. »Schrei nicht so«, zischte sie. Ich verzog mich in den Flur.

»Stell dir vor, Lil, jemand hat schon wieder was an die Schulmauer gesprayt, ein neues Bild. Direkt neben das alte.«

Ich ließ mich auf unsere schmale Holzbank sinken, die neben den Garderobenhaken stand.

»Und jetzt verdächtigen sie natürlich Pego.«

»Mama, er kann es nicht gewesen sein. Er ist im Verein.«

»Bist du sicher?«

»Er würde nie den Kampf sausen lassen, das weißt du doch.«

»Hm. Vermutlich hast du recht.«

»Hundertpro. Hat Frau Schneider etwas über das Graffiti gesagt? Wie sieht es aus?«

»Es scheint wieder Anne Frank zu sein, aber dieses Mal ohne Faust. Dafür ist sie umringt von mehreren anderen Gesichtern.«

Anne und ihre Freunde. Mein Bild. Ich hatte seit der Redaktionssitzung am Nachmittag noch nicht die Möglichkeit gehabt, den Papierkorb der Mediathek zu checken. Gleich morgen früh wollte ich das tun. Aber dass jemand tatsächlich sofort und ohne Zeit zu verlieren aus meiner Vorlage ein neues Graffiti gemacht haben sollte, das konnte ich mir fast nicht vorstellen. Wie sollte das gehen? Ich meine, man musste ja erst einmal eine Schablone herstellen. Gerade mal knapp fünf Stunden waren seit dem Nachmittag vergangen. Das war schlicht nicht zu fassen.

»Mama, was machen wir jetzt?«

»Ich rufe Frau Schneider an und sage ihr, dass Pego es nicht gewesen sein kann, ist doch klar. Meinetwegen soll sie im Boxverein anrufen und sich das von Pegos Trainer bestätigen lassen.«

»Gute Idee.«

»Ich verstehe trotzdem nicht, was hier gerade vor sich geht, Lil. Verstehst du es?« Sie klang misstrauisch.

»Nein. Ehrlich nicht. Das ist total schräg.«

Mama brummte irgendetwas, was ich nicht verstand. Dann legten wir auf.

Ich eilte zurück ins Wohnzimmer. Maria und Arti, die inzwischen weitergeschaut hatten, hoben die Köpfe.

»Maria, weißt du, ob um diese Uhrzeit noch ein Bus zur Schule fährt?«

Unser Au-pair-Mädchen nickte. »Klar.«

»Und um wie viel Uhr fährt der nächste?«

»Was ist los? Warum hat Mama angerufen?«, fragte Arti.

»Ich muss zur Schule. Es gibt ein neues Graffiti.«

»Jetzt?« Arti schaltete den Fernseher ab. »Dann will ich mit.«

»Hat das nicht Zeit bis morgen?« Maria gähnte.

Ich sah auf die Uhr. Es war zehn nach neun. »Wie lange dauert Pegos Kampf?«

»Keine Ahnung.« Arti war schon in den Flur gerannt und zog sich die Turnschuhe an.

»Mist.« Ich schickte Pego eine Textnachricht. »Fahren jetzt zur Schule. Neues Graffiti. Sie verdächtigen dich. Melde dich.«

Maria meckerte ein bisschen, weil sie keine Lust hatte, so spät mit uns durch die Stadt zu gondeln, und vielleicht auch, weil sie glaubte, mit Mama Ärger zu bekommen, vor allem wegen Arti und weil wir die Kleinen allein ließen. Aber die schliefen ja, bombenfest. Noch nie war einer von ihnen aufgewacht, warum sollten sie es ausgerechnet heute? Trotzdem schrieb ich eine kurze Nachricht und legte sie oben in den Flur.

Auf diese Weise wüssten sie im Notfall Bescheid und müssten sich keine Sorgen machen.

»Bist du sicher, dass wir eurer Mutter nicht Bescheid sagen sollen?« Maria zweifelte immer noch.

»Wir wollen sie auf keinen Fall noch mehr beunruhigen, oder? Es dauert doch auch gar nicht lange. Einmal zur Schule und zurück, kurz das Graffiti ansehen. Wenn es mein Bild ist, dann *muss* es einer aus dem Kitty-Team sein.«

»Aber morgen früh siehst du es sowieso.«

»Maria! Ich werde kein Auge zutun heute Nacht, wenn ich es nicht weiß.«

Sie seufzte. »Okay.«

Arti fand unseren späten Ausflug sehr aufregend. Sie redete in einem fort. Über ihre Schule, an der es leider keine Mauer für Graffitis gab, über Malerei im Allgemeinen und im Besonderen, über Pan, von dem ich doch bitte ein Bild für ein Graffiti auf die Mauer hinten in unserem Garten anfertigen solle, und, und, und. Maria und ich lauschten ihrem Geplapper, ohne ein einziges Mal darauf einzugehen.

Der Nachthimmel war klar und überraschend hell, die Luft fast schon sommerlich mild. Ich schwitzte ein bisschen in meiner Jeansjacke, vielleicht auch, weil mich diese Sache hier in Wallung brachte.

Während wir auf den Bus warteten und Arti inzwischen von dem neuesten Pferdebuch erzählte, das sie gerade las, schaute ich immer wieder auf mein Handy. Keine Nachricht von Pego. Helli hatte ich inzwischen auch eine Nachricht geschickt, die sie auch prompt beantwortete. Leider konnte sie um diese Uhrzeit nicht zur Schule kommen. Ihre Eltern hätten es garantiert nicht erlaubt. Ich versprach, ihr ein Foto zu schicken.

Der Bus war fast leer, außer uns fuhr nur noch ein Grüppchen älterer Mädchen mit, die herumalbernd und kichernd auf der hintersten Bank saßen. Arti und ich zeigten unsere Monatskarten und quetschten uns gleich vorne in die erste Reihe, Maria löste eine Fahrkarte.

»Ich gebe dir das Geld später, für den Fahrschein«, sagte ich. Maria besaß nur sehr wenig Geld, denn als Au-pair verdiente man nicht viel. Zwar jobbte sie auch dreimal pro Woche im Café, aber den Verdienst schickte sie ihrer Familie nach Griechenland. In München blieb ihr deshalb nur das Au-pair-Gehalt.

Maria lächelte. »Quatsch. Das geht in Ordnung.« Sie ließ sich in die Reihe hinter uns fallen.

Der Bus ruckelte los.

Dingding. Endlich, eine Nachricht von Pego. »Ich komme auch zur Schule. Wartet dort auf mich.«

Ich atmete auf. Irgendwie beruhigte mich das.

Arti versuchte mitzulesen. Ich steckte das Handy weg. »Pego ist unterwegs.«

»Ah, cool. Hat er gewonnen?«

Ich zuckte mit den Achseln.

Meine Schwester schaute aus dem Fenster. Aus irgendeinem Grund war ihr Redestrom versiegt und das war mir sehr recht. Ich war plötzlich total erschöpft und nervös. Und an der vorletzten Station ergriff mich sogar Panik. Was, wenn Pego und ich es nicht schafften, unsere Unschuld zu beweisen?

Ich wandte mich an Maria. »Kannst du zur Not beschwören, dass ich heute den ganzen Abend zu Hause war?«

Maria strich mir eine Locke aus dem Gesicht. »Na klar. Ich kann es dir schriftlich geben, wenn du willst.«

»Danke. Das ist keine schlechte Idee.«

Auf den letzten zweihundert Metern hielt es Arti und mich nicht mehr im Sitz.

Wir sprangen auf, wankten zum Ausstieg und pressten dort unsere Nasen an der Tür platt.

»Da!«, schrie meine Schwester. »Siehst du es?«

»Oh Mann. Das ist der Hammer.«

Der Bus hielt. Wir rannten den Gehweg entlang, Maria folgte uns.

»Das ist doch Nikes Idee!«, kreischte Arti. »Anne und ihre Freunde! Stimmt doch, Lil, oder?«

Wir standen vor Graffiti Nummer zwei, einem monströsen Wandbild. Ganz ohne Zweifel hatte ich die Vorlage dazu gezeichnet. In der Mitte ragte Anne heraus, und um sie herum gruppierten sich fünf Mädchen und Jungs beziehungsweise deren Köpfe. Alle lachten oder lächelten. Die Farbe war einen Ton heller als die des ersten Graffitis. Es gruselte mich. Ich stöhnte.

»Wieso ist das so schlimm?«, fragte Arti. »Es sieht doch toll aus!«

»Mir gefällt es auch.« Maria stand hinter mir und legte die Hände auf meine Schultern.

Ich schüttelte den Kopf. »Es ist meine Zeichnung, kapiert ihr! Ich habe das heute Nachmittag gezeichnet, eine Kopie davon in der Mediathek gelassen, absichtlich, so als Test, und jetzt …«

Ich konnte nicht weitersprechen, weil ich auf einmal in Tränen ausbrach.

»Huuuuh, wie soll ich … beweisen, dass ich … es nicht … war?«, brachte ich stockend hervor.

Maria nahm mich in den Arm. »Wenn du es nicht warst und Pego auch nicht, dann wird sich das auch aufklären. Außerdem weiß ich, dass du ganz brav zu Hause warst.«

Arti streichelte meine Hand. »Genau.«

In dem Moment kam Pego mit dem Rad um die Ecke gesaust und bremste scharf hinter uns ab. Ich gab einen spitzen Schrei von mir.

»Mann! Musst du so heizen?«

Pego sprang vom Rad. »Stell dich nicht so an.« Er kräuselte die Lippen. »Heulst du oder was?«

Ich wischte mir über die Wangen. »Ja, und? Müssen ja nicht alle so megaübelst cool sein wie du. Außerdem ist das hier total schlimm, finde ich.«

Pego betrachtete das Graffiti. Er wandte den Kopf zu mir. »Das erste ist besser. Zeichnerisch, meine ich. Und inhaltlich natürlich.« Er zwinkerte, und ich verstand nicht, wie er in diesem Moment herumflachsen konnte. Das hier war ernst.

Ich schnaubte. »Darum geht es jetzt doch nicht!«

Pego hob die Hände. »Ganz ruhig. Ich meine ja nur.« Er sah wieder zum Graffiti und dann zu mir. »Dein Entwurf?«

»Klar. Wie besprochen. Hab's kopiert und in der Media im Papierkorb gelassen.«

»Vielleicht wäre das mal ein Fall für die Polizei«, sagte Maria.

Arti riss die Augen auf. »Polizei?«

Pego tätschelte Maria die Wange. »Du hast zu viel Krimis geguckt.«

Maria schob Pegos Hand zur Seite. »Ich finde das hier kriminell. Aber bitte, ist ja nur meine Meinung.«

Pego legte den Arm um mich. »Auf jeden Fall müssen wir morgen zur Schulleitung. Zusammen.«

»Wir alle?« Artis Augen leuchteten, die Idee schien ihr zu gefallen.

Pego schwang sich wieder auf sein Rad. »Nee. Du bist Sophie-Scholl-Schule, wir Anne-Frank. Lil und ich.«

Arti streckte ihm die Zunge heraus. »Du bist Luitpold, blöder Pegoist, nicht Anne-Frank, ätsch!«

Pego fuhr los. »Das werden wir ja noch sehen!«

Ich machte noch ein paar Fotos mit meinem Handy, die ich Helli schickte. Dann nahmen wir den Bus zurück nach Hause.

Am nächsten Morgen
stürzten die Kleinen
sich auf meine Graffiti-Fotos.

»Zeig her, ich sehe nichts«, rief Nike und versuchte, sich zwischen Triton und Orion zu drängen.

»Autsch!« Triton gab ihr einen Schubs. Sie und Orion verloren die Balance und plumpsten zu Boden.

»Hey, Leute, Vorsicht mit meinem Handy, verstanden!«

Arti saß betont lässig am Frühstückstisch. »In echt wirken die Graffitis besser.«

War ja klar, dass sie vor den Kleinen damit angeben musste.

»Ich an deiner Stelle würde nicht an die große Glocke hängen, dass du um zehn Uhr abends noch durch die Stadt gekreuzt bist.« Pego schüttete sich eine halbe Packung Cornflakes in seine Riesenschüssel. »Außerdem bringst du damit vielleicht Maria in Schwierigkeiten. Mama findet das garantiert nicht cool.«

Arti sah überrascht zu Maria, die wie jeden Morgen Schulbrote schmierte und in sechs Dosen verteilte.

»Mach dir keine Sorgen.« Sie lächelte. »Aber behalte es trotzdem lieber für dich.«

Arti schaute schuldbewusst. »Okay. ’tschuldigung.«

Triton hatte sich endlich sattgesehen und mein Handy an die Zwillinge weitergereicht. Über Nikes Gesicht huschte ein Lächeln. »Anne und ihre Freunde! Das finde ich richtig guuut.«

»Zeichnerisch ist es längst nicht so gelungen wie das erste.« Je häufiger ich mir das sagte, desto schlechter wurde meine Laune. »Aber ich hatte auch so wenig Zeit …«

»Als würde es darum gehen.« Pego schob sich einen viel zu vollen Löffel in den Mund, sodass seitlich die Cornflakes zurück in die Schüssel plumpsten. »Das interessiert wirklich keinen Menschen. Die einzige wirklich interessante Frage lautet: Wer war das?«, schmatzte er.

Arti schaute von ihrem Müsli auf. »Meinst du, Frau Schneider glaubt euch?«

»Ph«, machte Pego mit vollem Mund, sodass die Milch ringsum in feinen Tröpfchen auf dem Tisch landete.

»Du Ferkel!« Ich rutschte ein Stück von ihm ab und wandte mich an Arti. »Ich hoffe es. Aber ich habe keine Ahnung.«

Pego sprang plötzlich auf. »Komm, lass uns mal abzischen. Je früher wir das hinter uns bringen, desto besser.«

Ich räumte meine Müslischale ab.

»Lil, das ist Verschwendung«, sagte Maria mit einem genervten Blick auf die halb volle Schüssel.

»Tut mir leid, ich kriege nichts runter.«

»Dann hättest du dir weniger einfüllen können.«

»Ich habe nicht daran gedacht.«

»Los, Lil, komm jetzt!«, rief Pego. Er stand schon in der Haustür.

»Jetzt drängle nicht so! Wir haben alle Zeit der Welt.« Dann schnappte ich aber doch schnell Brotdose und Wasserflasche und sah zu, dass ich hinterherkam.

Frau Schneiders Laune war im Keller. Oder noch tiefer. Die Stimmung, die uns beim Betreten ihres Büros entgegenschlug, war dunkel und kalt wie in einer Gruft. Ihr Blick wirkte verschlossen und abweisend. Als sie Pego hinter mir ins Zimmer treten sah, verengten sich ihre Augen zu zwei Schlitzen.

»Nun?«

Pego und ich blieben sicherheitshalber an der Tür stehen. Könnte ja sein, dass die Direktorin uns plötzlich auf den Mond schießen wollte. Da schadete es nicht, in der Nähe der Tür zu sein.

Mein Bruder räusperte sich. »Frau Schneider«, begann er in der tiefsten, männlichsten Stimme, zu der er fähig war. »Es handelt sich hier um ein Komplott.«

Sie lachte auf, es klang aber nicht amüsiert. »Wie bitte?«

»Wirklich, Frau Schneider. Es ist eine Verschwörung. Gegen Lil. Vielleicht gegen mich. Wir haben selber keine Ahnung.«

»Wollt ihr behaupten, das Graffiti stammt nicht von euch?«

»Genau«, brachte ich hervor, bevor Pego weitersprechen konnte. »Ich weiß, dass das total unglaubwürdig klingt. Die Zeichnungen für beide Graffitis stammen von mir. Aber mit den Graffitis selbst habe ich nichts zu tun und Pego auch nicht.«

»Was soll das heißen, Pegasos auch nicht? Er hat es zugegeben, wenn mich nicht alles täuscht.«

Pego hob abwehrend die Hände. »Es ist kompliziert. Ich wollte die Schuld auf mich nehmen, weil ich dachte, Lil wäre es gewesen …« Er grinste hilflos. »Als ihr älterer Bruder …«

»Und ich dachte wirklich, er hätte das Graffiti gesprayt«, kam ich Pego zu Hilfe. »Und erst vor Kurzem haben wir gemerkt, dass keiner von uns es war.«

Frau Schneider verschränkte die Arme vor der Brust.

»Jemand muss mir die Zeichnungen geklaut haben!«

»Hm.« Frau Schneider stand auf und ging hinter ihrem Schreibtisch hin und her. »Hm«, wiederholte sie dabei noch ein paarmal. Dann blickte sie uns an. »Ich weiß nicht, was ich davon halten soll. Es klingt, wie soll ich sagen …«, sie suchte den passenden Ausdruck, »… es klingt nicht sehr überzeugend.«

Ich ließ die Schultern hängen. »Aber …«

»Es stimmt, Frau Schneider. Ich schwöre«, sagte Pego.

»Ich auch.« Meine Stimme war plötzlich ganz leise.

Die Direktorin kam um den Schreibtisch herum. Instinktiv wichen wir einen kleinen Schritt zurück.

»Hört mal zu, ihr beiden. Das hier kann genauso gut eine ganz faule Ausrede von euch sein. Die Geschichte klingt geradezu wie aus eurer Fantasie entsprungen. Fantastisch, ja!« Sie hatte ihre übliche Predigerhaltung eingenommen und hielt nun beide Handinnenflächen zur Decke gedreht. »Solange hier nicht das Gegenteil bewiesen ist, könnt ihr nicht einfach einen unbekannten Dritten beschuldigen. Denn das tut ihr ja, nicht wahr?«

Sie ließ die Arme sinken.

»Was sollen wir denn machen? Wir wissen ja nicht, wer es war! Sie müssen uns glauben!«

Pego legte den Arm um mich. »Wir sagen die Wahrheit«, sagte er fest.

Draußen tönte die Schulglocke zur ersten Stunde. Wenn ich nicht zu spät kommen wollte, musste ich jetzt los.

Frau Schneider nickte knapp. »Gut. Ich will hier keine voreiligen Schlüsse ziehen.« Sie blickte zu Pego. »Eure Mutter und dein Trainer haben mir versichert, dass du gestern Abend in der Boxhalle warst. Du …«, sie schaute zu mir, »warst angeblich zu Hause.«

Ich nickte. Mein Kreislauf fuhr Achterbahn und mir wurde ganz schlecht vor Aufregung. »Ja«, krächzte ich heiser.

»Findet heraus, wer euch da angeblich übel mitgespielt hat.« Sie sah auf die Uhr, dann zu uns. »Ihr habt eine Woche.«

Wir waren sprachlos. Ich kämpfte mit den Tränen.

»Das klingt wie ein Ultimatum.« Auch Pegos Stimme wackelte plötzlich.

Frau Schneider war zurück zum Schreibtisch gegangen und setzte sich. Sie schaute über ihren Brillenrand. »Irgendwie muss ich euch ja motivieren, oder? Schaut euch um, macht euch Gedanken. Wer suchet, der findet.«

Und dann scheuchte sie uns mit einer Handbewegung aus dem Direktionszimmer.

Den restlichen Vormittag fühlte ich mich wie unter Wasser. Ich saß im Unterricht, sah den Lehrer, sah Helli, Dennis, Nurya und alle anderen Klassenkameraden, doch sie blieben verschwommen. Ich hörte sie, aber es drang nicht bis zu mir durch, denn was sie sagten, klang verzerrt. Noch nicht mal in meinem Lieblingsfach Kunst tauchte ich auf, sondern kritzelte nur mechanisch vor mich hin.

In den Pausen war es nicht besser. Alle redeten über das zweite Graffiti. Viele Schüler waren total aufgekratzt und machten hektisch Mauer-Selfies, weil sich herumgesprochen hatte, dass die Graffitis nun angeblich beide auf dem schnellsten Weg überpinselt werden sollten. Ich spürte schräge Blicke von allen Seiten und merkte, es war besser, wenn ich unter Wasser blieb.

Die anderen schienen sich in zwei Lager zu spalten. Es gab die, die an meine Unschuld glaubten, plötzlich aber auch welche, die daran zweifelten. Besonders traurig machte mich, dass Yuni und Lola aus dem Kitty-Team sich kritisch äußerten. Ich traf sie in der Mädchentoilette.

»Du, Lil, das ist jetzt schon ein bisschen blöd«, begann Lola. »Gestern haben alle gesehen, wie du das Bild gezeichnet hast, und jetzt ...«

»Ich bin es nicht gewesen. Irgendjemand haut mich da gerade ganz übel in die Pfanne. Ich weiß nur nicht, warum.«

Yuni lehnte am Waschbecken und strich ihre langen, glänzenden Haare hinters Ohr. »Wir glauben dir ja. Aber wir haben auch die Befürchtung, dass irgendwie der Ruf unserer Zeitung damit ruiniert wird. Immerhin bist du ja unsere neue Illustratorin und nicht alle glauben an deine Unschuld.«

Mir blieb vor Schreck der Mund offen stehen. Die Graffitis könnten den guten Ruf des Kitty-Kuriers kaputt machen? Daran hatte ich noch gar nicht gedacht.

Helli, die neben mir stand, schaltete sich ein.

»Hey, mal langsam. Lil war es nicht. Das müsst ihr bitte auch allen anderen sagen, die dumm daherreden.«

Ich sah meine Freundin an, unglaublich dankbar und froh, dass ich hier gerade nicht allein stand. Aber auch dieser schwache Trost änderte letztlich nichts an meiner grundsätzlich allerallertiefsten, gruseligen Kellerstimmung. Ich fand, ich hatte total versagt. Auf der ganzen Linie. Und ich wusste nicht, was ich tun sollte.

Auf dem Nachhauseweg saß ich in genau diesem obertraurigen Zustand allein im Bus. Helli hatte einen anderen Nachhauseweg, Nurya ebenfalls und Dennis hockte irgendwo in einer der vorderen Reihen. Ich hörte ihn lachen und herumalbern. Klar, warum auch nicht? Waren ja nicht seine

Graffitis und also auch nicht sein Problem. Mit Sicherheit fand er es gerade richtig gut, nicht mehr mein Freund zu sein. Wer wollte schon mit einem Mädchen zusammen sein, das ständig Ärger am Hals hatte und Chaos verursachte? Das verantwortlich gemacht wurde für die Graffitis, aber dann doch behauptete, nichts dafürzukönnen. Und wieder lachte Dennis, extralaut, wie mir schien. Oder war das Zufall? Ich hielt es nicht aus und stieg eine Station früher aus. Dennis merkte es nicht, weil ich den hinteren Ausstieg benutzte.

Spontan entschied ich, einen Umweg zu machen. Ich wollte nicht nach Hause, weil ich keine Lust auf die neugierigen Gesichter und Fragen meiner kleinen Geschwister hatte. Also bog ich an der nächsten Kreuzung nicht rechts, sondern links ab und zockelte dann weiter im Schneckentempo Richtung Sportplatz. Hier war ich bis vor Kurzem auf der asphaltierten Skaterbahn regelmäßig mit Dennis Skateboard gefahren. Und dort hinten, auf der Mauer, die von oben bis unten und vorne bis hinten voller Graffitis war, hatten wir zwischendurch dann immer gesessen, die Beine baumeln lassen und Musik gehört und oft auch Händchen gehalten.

Auf der Skaterbahn und dem Fußballfeld war nichts los. Am Spielfeldrand lagen trotzdem ein paar vergessene Kleidungsstücke herum. Hinten auf den Tennisplätzen übten ein paar jüngere Kinder mit einem Trainer, ich konnte aber nicht erkennen, wer es war.

Ich schwang mich auf die Mauer und legte mich der Länge nach hin. Durch meine dünne Jeans spürte ich die Wärme des Untergrunds. Es war ein schöner, sonniger Tag, aber mir war das so was von egal. Ich tauchte in meinem Ozean der Einsamkeit unter und sank immer tiefer. Alles fühlte sich unsagbar schwer an. Jemand hatte meine Zeichnung geklaut, sogar zwei Mal. Dieser Jemand hatte es auf mich abgesehen, wollte mir schaden, mich fertigmachen. Warum nur? Was hatte ich dieser Person getan?

Ganz kurz flackerte das Bild von Yuni und Lola vor mir auf, wie sie heute in der Mädchentoilette ihre Bedenken geäußert hatten. Konnten sie die Übeltäterinnen sein? Wollten sie durch dieses Gespräch vielleicht von sich ablenken? Schon möglich, aber wie sollte ich das herausfinden? Und dann beweisen? »Ihr habt eine Woche Zeit«, hatte Frau Schneider gesagt. Das war schrecklich kurz. Nun stand erst einmal das Wochenende bevor, an dem gar nichts passieren würde.

Heute Abend kam Mama aus Rom zurück. Ich musste ihr endlich alles sagen. Den Modedesignwettbewerb konnte ich sowieso knicken. Nie im Leben würde das noch klappen. Wahrscheinlich geschah es mir recht, denn ich war einfach zu dumm und zu ungeschickt.

Dingding. Eine Nachricht von Helli. »Wo steckst du? Zu Hause bist du nicht, sagen sie.«

»Auf dem Sportplatz«, tippte ich.

Zwanzig Minuten später war sie da. Ich hörte sie nicht kommen, denn ich lag immer noch mit geschlossenen Augen auf der Mauer und schwamm in grenzenlosem Selbstmitleid. Helli berührte meine Hand und ich fuhr hoch.

»Wuuah, ich krieg 'nen Herzschlag!«

Sie zuckte zurück. »Tut mir leid! Ich wollte dich nicht erschrecken.«

»Wieso bist du hier? Willst du zu Pego?«

Meine HALF schwang sich auf die Mauer. »Nö. Zu dir.«

Wir sahen uns an, und ich merkte, wie das Meerwasser nun nach oben stieg und mir aus den Augen tropfte.

Helli legte den Arm um mich. »Ich hatte ein ganz blödes Gefühl, als ich vorhin nach Hause fuhr. Mir blieb fast die Luft weg. Weil du den ganzen Tag in der Schule so neben dir gestanden hast und ich plötzlich Angst hatte, dir passiert etwas.«

Ich zog die Nase hoch und versuchte zu lächeln. »Was soll mir denn passieren?«

Sie holte ein Papiertaschentuch aus der Jeans. Es war schon benutzt, aber ich nahm es trotzdem und wischte mir den Rotz von der Nase.

»Keine Ahnung«, sagte Helli. »Ich hatte einfach so ein komisches Gefühl. Als könntest du mich vielleicht brauchen.«

Ich legte meinen Kopf an ihre Schulter und weinte. Erst konnte ich nicht sprechen. Minutenlang. Das Taschentuch war schnell pitschnass, also benutzte ich meinen Ärmel. Helli streichelte meine Hand.

»Das ist so gemein und ungerecht!«, brachte ich schließlich hervor. »Mein ganzes Leben ist zerstört!«

»Quatsch! Jetzt übertreib nicht. Stell dir vor, du hättest einen schlimmen Unfall gehabt oder so. DAS könnte dein Leben zerstören. Aber die Graffiti-Sache … da wächst Gras drüber, ganz sicher.«

»Ja, da wächst Gras, aber dann kommt ein Kamel und frisst es wieder und die Sache wird wieder aufgewärmt … huaaaah.«

»Ach, die paar Monate bis zu den Ferien, das schaffst du locker. Und ab Herbst bist du in Cambridge.«

»Ich weiß, aber es geht ja auch darum, dass es hier jemand auf mich abgesehen hat! Und ich weiß nicht, wieso, und ich weiß auch nicht, wer. Das macht mich fertig!« Helli holte

Luft, aber ich legte den Finger an ihre Lippen. »Und außerdem hab ich auf der ganzen Linie verloren. Ich habe keinen Freund mehr und ich darf nicht nach Berlin. Wenn wenigstens EINE Sache funktionieren würde in meinem Leben, aber nein, Lil kriegt überhaupt nichts gebacken!«

Helli nahm meine beiden Hände und schaute mir in die Augen. »Es ist wirklich total blöd und ungünstig, dass ausgerechnet alles zusammen passiert. Aber Dennis und auch Berlin haben nichts mit den Graffitis zu tun. Freundschaften gehen auseinander, Lil, oder dachtest du, ihr heiratet mal? Und Berlin … du hast es probiert, deine Eltern aber nicht überzeugt, das ist doch kein Weltuntergang!«

»Du wärst auch traurig, wenn Pego jetzt einfach so aus heiterem Himmel sagen würde: ›Okay, Helli, das wird mir zu eng. Lass uns mal lieber gute Freunde sein.‹«

Helli nickte. »Klar. Ich sage ja auch nicht, dass du nicht traurig sein darfst. Aber du hast eben gesagt, dein Leben ist zerstört, und das stimmt einfach nicht.«

Ich schwieg.

»Und außerdem hast du ja noch mich!«

Wir sahen uns an. Helli lächelte.

»Ich weiß. Zum Glück.« Ich schniefte. »Meinst du, Dennis ist in jemand anderes verknallt?«

Helli hob die Schultern. »Was weiß denn ich? Verknalltsein kann treffen wie ein Schlag und vielleicht hat er sich schlagartig in ein anderes Mädchen verknallt und will deshalb nur noch dein Kumpel sein. Vielleicht liegt es an etwas anderem. Im Moment wissen wir es nicht.«

Das leuchtete mir ein. »Hast du eigentlich *Stolz und Vorurteil* fertig gelesen?«

»Wie kommst du denn jetzt darauf? Schon längst.«

»Und wie geht es aus? Kriegen sich die zwei … wie heißen sie noch?«

»Elizabeth und Mr Darcy. Ja, Hammer, und wie sie sich kriegen. Die lieben sich totalomat und über die Maßen. Er würde alles für sie tun, sie alles für ihn.« Helli schaute über das Skaterfeld, so als würde sie Elizabeth und Mr Darcy dort erwarten. Ihr Blick war ganz sehnsüchtig.

»Gibt's das auch als Film?« Ich hatte keine große Lust, ein zweihundert Jahre altes Buch zu lesen, aber die Geschichte interessierte mich schon.

Helli nickte. »Ja. Auf jeden Fall.«

»Dann lass uns doch mal die DVD schauen.«

»Okay, cool.«

Ungefähr fünf Meter von uns entfernt stand ein Abfalleimer. Ich zerknüllte das nasse Papiertaschentuch und zielte. Treffer.

Helli klatschte in die Hände. »Im Werfen bist du gut!«, sagte sie ironisch.

»Im Graffiti-Zeichnen auch, haha.« Ich sprang von der Mauer. »Und was mache ich jetzt?«

Helli sprang hinterher. »Nach Hause gehen. Mit deiner Mutter reden. Vielleicht hat die eine Idee.«

»Sie kommt erst heute Abend.«

Helli sah auf ihr Handy. »Dann dauert es ja nicht mehr lange.« Sie las eine Nachricht. »Übrigens, Pego fragt, was ich gerade mache.«

»Ist er zu Hause?«

»Glaube schon.«

»Dann überrasche ihn doch.«

Wir hakten uns unter und liefen zu mir. Eigentlich hatte sich nichts geändert. Die Sache mit den Graffitis, mit Dennis, mit dem Wettbewerb, wo ich auch hinblickte, sah es trüb aus. Aber trotzdem war ich endlich aufgetaucht. Jetzt schwamm ich immerhin schon mal an der Oberfläche. Ich hatte nicht das Gefühl, irgendwo Land zu sehen, und ging davon aus, dass ich mich weiterhin ganz schön abstrampeln musste. Aber wenigstens war ich dabei nicht allein. Meine hellihafte allerbeste Freundin stand mir zur Seite. Sie machte mir Mut, und ich gab ihr recht: Die Aussicht, ab Herbst in Cambridge zu sein, war gar nicht so schlecht.

Wir saßen zu dritt im Olymp, Pego, Mama und ich. Die Luke war zu, was Arti, Triton, Nike und Orion unten empörte, aber Mama wollte es so.

»Ihr dürft die Kleinen da nicht mit hineinziehen. Manches verstehen sie nicht oder sie verstehen es falsch und dann geben sie es möglicherweise auch verkehrt weiter. Auf diese Art könnte noch mehr Chaos entstehen, und das ist wirklich etwas, was ihr beide jetzt nicht braucht.«

Wir erzählten ihr alles. Wie ich eine Zeichnung für Pegos Kunstunterricht machen sollte, wie Pego und ich uns so gründlich missverstanden hatten, nachdem das erste Graffiti aufgetaucht war, wie es zu meinem Facebook-Aufruf gekommen war, was daraus wurde, wie wir Geschwister die Idee hatten, den Übeltäter mit einer neuen Zeichnung zu ködern, und wie genau das nun am Ende so dermaßen schiefgelaufen war.

Mama wirkte blass und müde, aber schon seit ihrer Rückkehr, vielleicht, weil die Romreise so anstrengend war. Sie saß mit gekreuzten Armen an Pegos Schreibtisch und schaute abwechselnd von einem zum anderen.

»Tja«, sagte sie nach einer Weile. »Das ist richtig in die

Hose gegangen. Plötzlich habe ich zwei Kinder, die Randale machen. Das ist wirklich kaum zu fassen.« Es klang matt und besorgt, aber nicht wütend. Mir fiel eine Riesenlast von der Seele, ungefähr so groß und schwer wie die ganze Schulmauer. Aber Mamas Besorgnis machte mir andererseits auch Kummer.

Pego grinste erleichtert. »Frau Schneider sagt, sie gibt uns eine Woche Zeit.«

Mama schnaubte. »Ph. Als wäre so etwas mit einer zeitlichen Frist zu regeln!« Sie stand auf. »Kinder, ich habe entsetzlich Kopfschmerzen …«

»Es tut mir leid, wenn wir euch solche Sorgen machen …« Ich stand ebenfalls auf und umarmte Mama. »Es war alles ein riesiger Fehler. Erst dachte ich ja noch, wir hätten ein Recht, das Graffiti zu beschützen, aber jetzt …« Ich lehnte meinen Kopf an Mamas Schulter. »Der Facebook-Aufruf war idiotisch und die Graffitis sind es auch. Selbst wenn sie schön sind. Es bringt einfach nur Ärger. Wenn du Kopfschmerzen hast, dann ist das unsere Schuld.«

Sie strich mir übers Haar. »Schon gut. Ich gebe dir recht, aber die Kopfschmerzen liegen trotzdem nicht an euch.«

Pego öffnete die Luke. »Bist du krank?«

Mama lächelte und wehrte mit den Händen ab. »Nein. Nur erschöpft. Die Woche war extrem anstrengend. Und morgen Abend ist schon wieder ein Termin.« Sie sah mich an. »Zu dem ich dich eigentlich mitnehmen wollte. Deshalb muss ich jetzt dringend ins Bett.«

»Ein Termin? Was ist es denn?«

»Eine Vernissage. Und zwar von einer jungen Künstlerin, die Kunst und Mode verbindet. Das könnte dich interessieren.«

»Wie cool! Morgen Abend?«

»Genau. Eine Abendveranstaltung. Du darfst dich in Schale werfen, Wimperntusche auftragen und mich begleiten.«

Pego pfiff durch die Zähne. Dann ließ er sich mit einem Grunzen in die Hängematte fallen. Wir lachten und ich sprang Mama in die Arme.

»Au, mein Kopf!«, brummte sie, aber sie lächelte.

»Wie cool! Danke!«

Sie wuschelte mir durch die Haare. »Damit du mal auf andere Gedanken kommst. Denn die Sache ist doch die: Im Moment können wir sowieso nichts unternehmen, oder?«

Pego und ich schüttelten den Kopf.

»Na also. Dann lassen wir uns jetzt das Wochenende auch nicht vermiesen. Und am Montagmorgen rede ich mit Frau Schneider. Vielleicht lässt sich der Fall doch noch irgendwie klären.«

Den Samstagnachmittag verbrachte ich zwischen Kleiderschrank und Badezimmerspiegel.

Ich kombinierte alle, also wirklich alle erdenklichen Klamotten und machte Selfies, die ich dann an Helli schickte. Von jedem Outfit drei, eins von vorne, eins von der Seite, eins von hinten. Arti und Nike durften meine Assistentinnen sein, und ich hatte den Eindruck, sie halfen mir gern. Zuerst holten wir alle Kleider aus dem Schrank und stapelten sie auf einer Hälfte meines Bettes. Dann traf ich die erste Auswahl und legte mehrere Kombinationen nebeneinander. Während ich mich durchprobierte und von Arti fotografieren ließ, wartete Nike immer schon mit dem nächsten Outfit auf dem Arm. Sie tat das mit großem Ernst und war hochkonzentriert, im Gegensatz zu Arti, die ständig herumalberte und mich zum Lachen brachte. Alle probierten Kleidungsstücke warfen wir neben die Badewanne auf einen Haufen, wo sowieso schon jede Menge Sachen lagen, weil bei uns wie immer Chaos herrschte.

Dann zog ich das beste Stück an. Ich hatte es extra bis zum Schluss aufgehoben.

»Wow, sieht das super aus!«, kreischte Nike.

Ich stand in einem schwarzen, relativ kurzen Vintage-Kleid vor dem Spiegel und drehte mich. Es war ein Originalteil aus dem letzten Jahrhundert, aus den Fünfzigerjahren, und war damit unfassbare sechzig Jahre alt. Damals hatte Hellis Oma es getragen, die ungefähr die gleiche Größe und Statur wie ich gehabt haben musste. Da es Helli zum Glück nicht passte und weil sie wusste, wie genial ich den feinen Kram ihrer Oma fand, hatte sie es mir dauerhaft geliehen. Was ja fast das Gleiche war wie geschenkt.

Arti knipste mich von allen Seiten. »Ist das ein Designerkleid?«

»Das ist Chanel.«

Mama steckte den Kopf durch die Tür. »Höre ich Chanel?« Sie riss die Augen auf. »Gütiger Himmel, Lil, du siehst …«, sie suchte nach Worten, »unglaublich umwerfend aus.« Sie kam herein und befühlte den Stoff. »Da muss ich ja noch mal Gas geben, damit ich neben dir nicht komplett abfalle.«

Wir lachten.

»Im Ernst, Chanel? Von der modischen Oma?«

»Ja. Ist es nicht zu schick?«

Pego platzte ins Bad, vermutlich angelockt von Nikes hysterischem Gekreische. Er zeigte mit dem Finger auf mich und brach in schallendes Gelächter aus. »Hahaha, wie siehst du denn aus?« Er tat so, als würde er sich wegschmeißen.

»Lass uns in Ruhe!«, fuhr ich ihn an. »Das ist unser Bad.«

Natürlich ging er nicht, sondern machte sich breit und lachte die ganze Zeit weiter. Bis Mama ihn wortlos aus der Tür bugsierte.

»Mama, warum sagt er so etwas?«

»Ja, voll gemein!«, fand auch Nike.

»Ach, das meint er doch gar nicht«, sagte Arti. »Der will dich nur ärgern.«

Mama nickte. »Ganz genau. Arti hat Pego längst durchschaut.«

»Ich habe ihn auch durchschaut. Aber es ärgert mich trotzdem!«

Wir lachten.

»Also, ist es nun zu schick für eine Vernissage?«

»Was ist eine Wer-nie-saasch?«, fragte Nike.

»Die Eröffnung einer Kunstausstellung.« Mama wiegte den Kopf hin und her. »Nein. Ich finde es nicht zu schick. Zumal du keine hohen Absätze und auch keine glamouröse Handtasche dazu tragen wirst.«

»Die ich ja auch gar nicht besitze!« Ich drehte mich noch mal vor dem Spiegel. »Natürlich würde ich die schwarz-weißen Sneakers dazu anziehen.« Ich hob meine lockigen Haare aus dem Nacken und zwirbelte sie zu einem Dutt. »Und dazu einen lockeren kleinen Knödel hier oben!«

Nike und Arti prusteten los. »Großer Knödel!«

Ich ließ die Haare los. »Ja, leider, Riesenknödel.«

Mama, die immer noch sehr blass wirkte, obwohl sie behauptete, lange nicht mehr so fest und so ausgiebig geschlafen zu haben, gab uns allen dreien einen Kuss. Dann zeigte sie auf den Kleiderberg. »Mädels, gute Arbeit, gute Beratung, aber jetzt erwarte ich, dass ihr Lil auch beim Falten und Aufräumen helft.«

»Jaja, gleich«, rief Arti. »Ich muss nur schnell ein paar Vokabeln lernen. Wir schreiben Montag einen Test.«

»Ich muss das Bild fertig malen, dann helfe ich dir.« Und schon war auch Nike verschwunden.

Natürlich blieb der Berg erst einmal liegen, denn auch ich hatte Wichtigeres zu tun. Mama hatte mir erlaubt, mich zu schminken. Also lieh ich mir ihre Wimperntusche und ein wenig silbrigen Lidschatten. Dann tupfte ich noch etwas Gloss auf die Lippen, bevor ich meinen Dutt hochsteckte. An den Seiten ließ ich ein paar Strähnchen herunterhängen, damit es nicht zu perfekt aussah. Schließlich machte ich noch ein Foto und schickte das letzte Bild an Helli. Augenblicklich kamen fünf erhobene Daumen zurück.

Mama stand wieder in der Badezimmertür. Sie runzelte beim Anblick des Klamottenbergs die Stirn.

»Mädels, ich habe es ausdrücklich gesagt …«

»Ich mach es morgen, morgen früh, versprochen! Wenn ich es jetzt tue, verknittert mein ganzes Outfit. Und die Frisur geht wahrscheinlich auch kaputt.«

Resigniert zuckte sie die Schultern. »Manchmal bin ich es so leid.« Sie öffnete den Spiegelschrank und nahm den Gesichtspuder heraus.

»So, etwas Farbe könnte nicht schaden.«

Sie trug eine enge schwarze Hose und darüber eine langärmelige schwarze Bluse, deren Ärmel transparent waren.

»Du siehst schön aus, Mumsi.«

Ich sah ihr Lächeln im Spiegel. »Du aber auch, meine Hübsche. Ganz besonders sogar.«

»Danke, dass ich mitkommen darf. Nicht nur wegen der Künstlerin, sondern auch, weil … so viel schiefgelaufen ist in letzter Zeit.«

Mama nahm eine Pinzette und zupfte ein wenig an ihren Augenbrauen herum. »Was denn noch außer den Graffitis?«

Ich setzte mich auf den Badewannenrand. »Na ja, der Designworkshop in Berlin.«

Mama strich sich mit dem Finger die Augenbrauen glatt. »Hm. Das war auch keine besonders kluge Idee von dir, mein Schatz.« Und dann wechselte sie das Thema und fragte aus heiterem Himmel: »Wie geht es eigentlich Dennis? Ich habe ihn schon länger nicht gesehen.«

Das Blut schoss mir bis in die Ohrenspitzen, und da ich

einen Dutt trug, sah man es auch. Ich glühte. »Der ist jetzt mein Ex.«

Mama ließ die Pinzette sinken und wandte sich mir zu. »Wirklich? Seit wann denn?«

»Schon eine Weile.«

Meine Vorfreude auf den Abend war dabei, sich in Luft aufzulösen.

»Ach, mein Schätzchen. Das tut mir sehr leid.« Sie schob ein paar T-Shirts zur Seite, die über der Badewanne hingen, und setzte sich neben mich.

In diesem Moment platzte Orion ins Bad.

»Raus!«, rief ich, lauter als nötig.

Mein kleiner Bruder streckte die Zunge raus. »Bäh! Du hast mir gar nichts zu sagen!« Und zu Mama: »Darf ich einen Erdbeerjoghurt?«

Mama sah auf die Uhr. »Später, mein Engel, nach dem Abendessen.«

Orion stapfte mit dem Fuß auf. »Ich habe aber Hunger! Mir ist schon ganz schlecht.« Er tat so, als müsste er zusammenbrechen.

»Dann nimm dir eine Karotte. Und schau, ob Maria schon Abendbrot macht, ich glaube, ich habe sie in der Küche gehört.«

Orion zog eine Grimasse und verschwand. Mama legte den Arm um mich. »Weswegen ist Dennis dein Ex?«

Ich hob die Schultern. »Weiß nicht. Einfach so.«

Mama gab mir einen Kuss auf die Wange. »Mein armer Schatz. Das tut mir wirklich leid. Da kommt wirklich einiges zusammen.«

»Ich habe ja noch Helli. Und euch.«

Sie gab mir noch einen Kuss. »Genau. Das ist die richtige

Einstellung. Es nützt dir nichts, wenn du schwarzsiehst.« Sie erhob sich wieder und machte vor dem Spiegel weiter. »Seid ihr denn jetzt verkracht oder so?«

»Nein. Er hat mir auch geholfen, den Schulhof sauber zu machen. Als das mit der Glasscheibe passiert ist.«

»Das ist nett von ihm.« Mama trug einen leuchtend roten Lippenstift auf. Der passte toll zu ihrem schwarzen Outfit und ihren langen, seidenglatten braunen Haaren. Ich liebte Mamas Haare – im Gegensatz zu meinen blonden, wild gelockten, mit denen ich mich nur schwer abfinden konnte.

Sie stellte den Lippenstift zurück in den Schrank. »So. Fertig. Und jetzt ab mit uns. Wir sind spät dran.«

Wir nahmen die U-Bahn, stiegen an der Fraunhoferstraße aus und kamen um kurz nach halb acht an einem tollen alten Gebäude direkt an der Isar an. Der Ausstellungsort war kein Museum, sondern eine Art Kunst-Haus, wo ganz unterschiedliche kreative Leute ihre Werke ausstellen durften, erklärte mir Mama. Die Ausstellung heute hieß »Mode ist Kunst«. Das war ein spannender Titel, fand ich.

Hinter der gläsernen Eingangstür, durch die Mama mich schob, befand sich eine Halle, ein ovaler Raum mit weißen Wänden, glänzend poliertem Holzfußboden und dem größten Kronleuchter, den ich in meinem Leben gesehen hatte. Ich war so geblendet, dass ich erst auf den zweiten Blick die Menschen sah. Es waren ganz schön viele und die meisten waren fein und sogar richtig extravagant angezogen. Mein Kleid fiel überhaupt nicht auf und irgendwie machte mich das stolz und froh zugleich. Ein Kellner in schwarzem Anzug bot uns ein Glas Sekt an. Ich wurde rot und schüttelte den Kopf.

»Wir nehmen zwei Orangensäfte«, sagte Mama und winkte einem anderen Kellner, der nicht nur Sekt herumreichte. Dann gingen wir mit unseren langstieligen Orangensaft-Sektgläsern in den ersten Ausstellungsraum. Der war voller alter griechischer Skulpturen, das erkannte ich gleich. Wahrscheinlich hätte Papa die sogar alle beim Namen nennen können. Das Tolle war hier aber, dass die Statuen Klamotten anhatten, richtig schrille, supermoderne Kleider. Das wirkte ganz anders als an langweiligen Schaufensterpuppen. Die Kleider waren aus federleichten Stoffen, sie schienen zu schweben und ließen die Skulpturen beinahe schwerelos wirken. An jedem war etwas Besonderes, mal war es der Schnitt, mal das Material. Leder, Perlen, Federn, ja, selbst Gräser hatte die Künstlerin verarbeitet. Die hieß Isabel K. und stand umringt von Leuten vor einem ihrer Entwürfe.

»Wieso heißt sie nur K.?«, fragte ich.

»Es ist ein Künstlername«, erklärte Mama.

»Also steht das K für Kunst?«

»Vielleicht. Möglicherweise ist es auch nur der Anfangsbuchstabe ihres Nachnamens.«

»Wenn ich mich später Lil A. nenne, dann spricht es sich wie lila.«

Mama schaute mich überrascht an. »Stimmt! Gar nicht mal schlecht!«

Wir schauten uns alles genau an. Es machte mir großen Spaß, nicht nur wegen des Themas, sondern auch, weil ich mich gar nicht erinnern konnte, wann ich das letzte Mal etwas alleine mit Mama unternommen hatte.

»So etwas Schönes habe ich noch nie gesehen.«

»Würdest du es tragen?«, fragte Mama. Wir standen vor

einem Kleid in mindestens zehn Grüntönen, dessen Nähte alle perlenbestickt waren.

»Gute Frage. Ein bisschen wirken die Sachen schon, als passten sie besser ins Museum. Sie sind toll, aber … ich weiß nicht …«

Ich hätte den blassgrünen Traum gern angefasst, aber ich war ja kein Kind mehr und wusste natürlich, dass das überhaupt nicht ging. »Die Skulpturen sind aber nicht echt, oder?«

»Nein, das sind Nachbildungen aus Gips. Aber sehr fesch, oder?«

»Ja.« Mein Gesicht glühte schon wieder, aber diesmal vor Begeisterung.

Jemand tippte Mama auf die Schulter. Mama stellte uns vor, es war Nina, eine Kollegin aus der Redaktion. Ich schätzte sie auf Anfang dreißig.

»Toll, dein Kleid«, sagte Nina. »Man könnte meinen, es ist echt Vintage.«

»Gut getippt.«

»Nicht zu fassen!« Sie hob ihr Glas, prostete uns zu und wies auf die umstehenden Skulpturen. »Damit kannst du hier locker mithalten.«

»Danke schön.«

Dann redeten Mama und Nina über die gelungene Ausstellung, die Künstlerin, die Leute und die leckeren Häppchen. Da merkte ich plötzlich, dass ich Hunger hatte, zu Hause hatte die Zeit nämlich nicht mehr fürs Abendessen gereicht.

»Du, Mama, ich schaue mal, ob ich die Häppchen irgendwo finde.«

»Ist gut, mein Schatz.«

Ich ließ die beiden stehen und ging zurück in die Eingangshalle. Dort entdeckte ich einen Kellner mit einem gut gefüllten Tablett. Ich stellte mein Glas ab und nahm mir eine Blätterteigpizza mit Thunfisch und eine mit Tomate. Hm, schmeckte köstlich. Ich entschied, ein Weilchen in der Nähe des Kellners zu bleiben, um mir noch Nachschlag zu holen. In diesem Moment lief Paul aus dem Kitty-Team an mir vorbei. Ich verschluckte mich fast. Was machte der denn hier? Paul wirkte irgendwie in Eile und hatte, ohne mich zu bemerken, den ovalen Raum schon fast durchquert. Er trug etwas in der Hand, das aussah wie eine lange Rolle Papier. Aber nicht nur das war seltsam. Paul war allein.

Ich vergaß die Pizza und folgte ihm. Am hinteren Ende der Eingangshalle bog er rechts durch eine geöffnete Tür ab. Ich beeilte mich. Die Tür führte in einen Korridor, von dem zu beiden Seiten weitere Türen abgingen. Ein paar davon waren nur angelehnt, andere standen offen. Vorsichtig spähte ich in den ersten Raum. Er schien eine Art Büro zu sein, ein sehr unordentliches Büro mit Bergen von Papier auf dem Schreibtisch und in den Regalen. Ich schlich weiter.

Als ich am nächsten Raum vorbeikam, hörte ich Geräusche aus dem übernächsten. Langsam pirschte ich mich heran. Die Tür war nur angelehnt und ich lugte durch den schmalen Spalt. Da kniete Paul am Boden und wühlte in einem großen grauen Rucksack. Er zog eine Dose heraus und stellte sie neben sich auf den Fußboden. Dann noch eine. Ich kniff die Augen zusammen, um das Etikett besser lesen zu können. Mein Herz wummerte so laut, dass ich fürchtete, die Gipsskulpturen im Ausstellungssaal könnten die Erschütterung spüren und anfangen zu bröckeln. Jetzt dämmerte es mir. Genau. Das war Sprühfarbe. Mit einem roten Deckel.

Genau die Farbe, die man für Graffitis benutzte. Und das, was von Weitem ausgesehen hatte wie eine Papierrolle, das war eine zusammengerollte Schablone.

Ich überlegte nicht, sondern stieß einfach die Tür auf. Paul fuhr zusammen und fiel vor Schreck rücklings auf den Boden. Ich war in drei Schritten bei ihm, riss ihm die Schablone aus der Hand und rollte sie in einer einzigen, wütenden Bewegung auseinander. Es war mein Bild, Anne Frank und ihre Freunde.

»Was ist das?«, schrie ich.

Paul rutschte auf dem Hosenboden Richtung Wand und legte einen Finger an den Mund. »Lil! Was machst du hier?«

»Das frage ich DICH!«

»Psst, bitte, nicht schreien.«

»Was? Ich verstehe dich nicht!«, schrie ich noch lauter.

»Lil! Bitte! Ich erkläre dir alles. Aber mach die Tür zu«, flehte Paul. Sein Gesicht war weiß wie Schulkreide.

Ich warf die Schablone nach ihm, ging dann aber zur Tür und schloss sie. »Sag mir sofort, was hier los ist.«

Es verging eine gefühlte Ewigkeit, bis Paul endlich auf den Beinen war. Er lehnte sich gegen die Wand, seine Hände zitterten. Einen Moment lang dachte ich, er würde würgen und sich übergeben.

»Machst du eine Riesenshow, um mich zu beeindrucken, oder was?«

Paul hob abwehrend die Hände. »Mir ist schlecht. Wirklich.«

»Das ist ja nicht zu fassen! Du hast die Nerven, zweimal die Schulmauer zu besprühen! Du schaust seelenruhig zu, wie der Verdacht auf Pego und mir lastet. Aber jetzt stehst du hier und zitterst.« Ich musterte ihn von oben bis unten.

»Du bist jämmerlich.« Ich wandte mich zur Tür. »Ich hole jetzt die Polizei.«

»Warte, bitte. Lil. Ich habe nur gerade einen Riesenschrecken bekommen«, keuchte Paul, als hätte er einen Sprint hingelegt. »Ich habe nicht mit dir gerechnet.«

»Schon klar. Ich auch nicht mit dir.«

»Ich kann dir alles erklären.« Paul schluckte. Ich glaube, er kämpfte tatsächlich mit den Tränen, aber er riss sich zusammen. »Ich wollte etwas Cooles machen. Worüber die ganze Schule spricht.«

»Wie bitte? Aber warum hast du es praktisch unter meinem Namen getan? Weißt du, wie feige das ist?«

»Ich war so sauer, weil sie dir im Kitty-Team den Zeichenjob gegeben haben. Ich meine, ich bin seit drei Jahren dabei und ich kann auch zeichnen. Ich wollte diesen Job haben. Warum haben sie dich ausgewählt?«

»Keine Ahnung. Weil ich besser bin als du. Vermutlich. Im Zeichnen.« Ich schüttelte den Kopf. »Das gibt es doch nicht. Du bist doch ein super Schreiber, das müsste dir doch genügen! Was für ein verdammtes Ego!«

»Mein Vater, der hackt seit Jahren auf mir herum. Weil ich nicht so gut zeichnen kann wie er. Die ganze Zeit will er, dass ich den Illustratorenjob für den Kitty-Kurier mache.«

»Dein Vater?«

Paul nickte. »Er ist Artdirector bei BAD.«

Jetzt fiel es mir wieder ein. Ich hatte vergessen, Mama zu fragen, was ein Artdirector ist. »Sagt mir nichts.«

»Er ist der kreative Chef der größten Werbeagentur in Deutschland! Er fliegt in der ganzen Welt herum, er macht die tollsten Werbespots für die geilsten Autos. Das ist ein Job, wie ihn nur einer von einer Million hat.«

»Na und?«

»Er meint immer, ich muss genauso werden wie er.«

»Und deshalb sprühst du Farbe an die Mauer?«

Paul ließ den Kopf hängen. »Es war ein Fehler. Eine Scheißidee.«

»Das kannst du laut sagen.«

Er schaute hoch und sah mich zum ersten Mal richtig an. »Ich dachte, wenn sie dich für die Graffiti-Sprayerin halten, dann kriegst du vielleicht ein bisschen Ärger und ich deinen Job.«

Puh. Das saß.

Mir wurde schwindelig und ich setzte mich auf einen Stuhl. »Ein bisschen Ärger?«

»Ich habe nicht nachgedacht. Und dann hat sich plötzlich auch noch Pego gestellt! Das hat meinen ganzen Plan zunichte gemacht …«

»Deshalb das zweite Graffiti?«

»Ja. Der Verdacht sollte ja auf dich fallen.«

»Hast du dabei ein einziges Mal an die Folgen gedacht? Hast du vielleicht zufällig an mich gedacht? Was das in meinem Leben anrichtet?«

»Es tut mir so leid, Lil. Ich habe bis vor Kurzem noch gedacht, dass es irgendwie eine coole Aktion ist.«

»Das ist echt unglaublich! Das nervt so dermaßen, weißt du das? Du riskierst, dass ein anderer Mensch von der Schule fliegt! Ich habe dir nichts getan, nichts!«

»Ich weiß! Es tut mir so leid, Lil! Ich war wie besessen. Mein Vater, der macht mich die ganze Zeit fertig. ›Paul, du Versager.‹ – ›Paul, du bringst es nicht.‹ – ›Was reimt sich auf faul?‹ – Paul!‹ So geht das jeden Tag, ich habe das einfach nicht mehr ausgehalten und musste etwas tun. Ich wollte so gern der Kitty-Illustrator sein. Er sollte ein Mal denken, dass ich es bringe!«

Da stand er, blass, ja sogar ängstlich, mit eingefallenen Wangen und schreckgeweiteten Augen.

»Lil, es tut mir so leid.«

Mir fiel ein, dass Mama sich vielleicht Sorgen machen und nach mir suchen könnte. Ich war seit ziemlich langer Zeit verschwunden. Ich wusste nicht so recht, was ich mit Paul machen sollte. Am liebsten hätte ich ihn sofort ins Büro von Frau Schneider gezerrt. Aber ich wollte nicht schon wieder einen Fehler machen, denn die Sache mit seinem Vater klang irgendwie übel und so, als bräuchte es jetzt vielleicht besonders viel Vorsicht. Es war bestimmt besser, nichts zu überstürzen und sich erst einmal mit Mama zu beraten.

»Okay, Paul. Immer langsam. Ich gehe jetzt zurück zu meiner Mutter, du dahin, wo du hergekommen bist.« Ich schaute ihn an. »Wieso bist du eigentlich hier?«

Paul zog die Nase hoch. »Mein Vater hat ein Atelier im dritten Stock. Und das hier ist so eine Art Lagerraum. Und außerdem ist er natürlich draußen auf der Vernissage.«

»Er ist da draußen?«

»Ja.«

»Oh Mann. Dem würde ich gerne mal die Meinung sagen.«

»Bitte nicht.«

Ich holte mein Handy aus der kleinen schwarzen Abendtasche, die Mama mir für den Abend geliehen hatte, und machte ein Foto von der Schablone und den Spraydosen. Und eins von Paul. »Ich muss erst mal darüber nachdenken.«

»Wenn ich von der Schule fliege, Lil …«, es klang stockend, und Paul erweckte schon wieder den Eindruck, als würde er zusammenbrechen, »dann kann ich mich genauso gut vom nächsten Hochhaus stürzen.«

Ich war aufgestanden und hatte mir den Staub vom Chanel-Kleid geklopft. »So etwas sagt man nicht. Du spinnst.«

»Es ist mein völliger Ernst. Bevor mein Vater mich umbringt, tu ich es lieber selbst.« Er war auch aufgestanden.

Ich ging zu ihm, legte ihm die Hände auf die Schultern und rüttelte ihn leicht. »Wehe, wenn du das tust! Dann bleibt das für immer an mir kleben, verstehst du? Ich meine nicht das Graffiti. Ich meine ALLES. Bitte, mach jetzt keinen weiteren Fehler.«

Er antwortete nicht.

»Wir treffen uns morgen Nachmittag. Uhrzeit und Ort gebe ich dir noch durch. Steht deine Handynummer auf der Kitty-Liste?«

Er nickte.

»Gut.« An der Tür wandte ich mich noch einmal um. »Wir kriegen das hin! Verstehst du? Wir kriegen das hin!«

Auf dem Nachhauseweg erzählte ich Mama, was sich im Kunst-Haus zugetragen hatte. Zuerst war sie sehr schockiert, weil ich sie nicht gerufen hatte. Sie meinte, dann hätten wir das Problem gleich an Ort und Stelle mit Paul und seinem Vater klären und vielleicht sogar lösen können. Ich beschrieb Pauls große Angst vor seinem Vater. Das stimmte Mama nachdenklich. Schließlich gab sie mir recht. Paul brauchte etwas Zeit und wir alle einen guten Plan.

Pego sah das ganz anders. Als wir nach Hause kamen, trafen wir ihn allein vor dem Fernseher an.

»Du wirst nicht glauben, was heute Abend passiert ist!«

Er wedelte genervt mit der Hand. »Will ich auch nicht wissen.«

Im Fernsehen ging irgendein altmodischer Box-Film seinem Ende entgegen, in dem ein blutüberströmtes Muskelpaket in den Seilen des Rings hing. Ich schaute zu Pego und stutzte.

Seine Augen glitzerten. Waren das Tränen? Beim Allercoolsten? Das konnte doch nicht sein. Ich hätte fast gelacht, aber verkniff es mir dann, weil ich daran dachte, wie sehr es mich nervte, wenn jemand beim Fernsehen schräg von der Seite kam. Vor allem am Ende.

Also hockte ich mich brav neben Pego, hörte, wie er schniefte, und sah, wie der gebrochene Held dann kurz darauf doch noch triumphierend durch eine tobende Zuschauermenge getragen wurde. Endlich kam THE END. Meinem Bruder entfuhr ein langer Seufzer. Ich angelte mir die Fernbedienung und schaltete ab.

Pego verschränkte die Arme vor der Brust. »Boah, du nervst. Was ist los? Hast du aus Versehen ein Kunstwerk umgerannt und stehst morgen in der Zeitung?«

»Du wirst es nicht glauben!«

»Ich will es gar nicht wissen!«

»Doch! Willst du, willst du!«

»Vergiss es! Behalt es für dich!« Pego schob mich mit den Füßen vom Sofa. Ich plumpste auf den Boden.

»Ich habe den Graffiti-Sprayer enttarnt!«

Mein Bruder rekelte sich auf der Couch. »Verarschen kann ich mich selbst. Lass gut sein, Lil.«

»Ich meine es ernst. Es ist Paul.«

Pego setzte sich kerzengerade hin. »Pickel-Paul? Woher weißt du das?«

»Ich habe ihn mit Spraydosen erwischt. Und einer Schablone.«

»Wo?«

»Im Kunst-Haus.«

»Wieso im Kunst-Haus?«

»Weil sein Vater dort ein Atelier hat.«

»Bist du sicher?«

»Hundertpro.«

Endlich hörte mein Bruder zu. Ich erzählte ihm haarklein, was in diesem Hinterzimmer des Ausstellungshauses passiert war. Als ich Pauls Angst vor seinem Vater schilderte, verzog Pego das Gesicht.

»Du meinst, er hat richtig gebibbert?«

»Richtiger geht gar nicht.«

»Das war Show.«

»Dazu bräuchte es aber wahrscheinlich eine Menge schauspielerisches Talent«, sagte Mama, die nun dazukam. »Und das haben nur die wenigsten.«

Ich wandte mich zu ihr. »Wo warst du?«

»Ich habe Theo auf den neuesten Stand der Dinge gebracht.« Sie ließ sich neben Pego auf dem Sofa nieder. »Und dabei erfahren, dass ihr ja auch schon geskypt habt heute.«

»Yep.« Pego kratzte sich am Kopf. »Also, ich kann mir das nicht vorstellen. Wieso hat der Typ so eine Angst vor seinem Vater? Ist der krank?«

»Nein, er ist nicht krank. Er ist unglücklich.«

Pego schaute mich entgeistert an. »Un-glück-lich? Hast du sie noch alle?«

Mama legte eine Hand auf Pegos Bein. »Ich glaube, Lil hat das gut erfasst. Dieser Junge ist irgendwie … ich weiß es ja auch nicht, aber es scheint zumindest so … er ist traumatisiert. Und er muss sehr unglücklich sein. Theo sieht das übrigens genauso.«

Pego sprang auf. »Na, das ist ja megaübelst, wie schön einig ihr euch da gerade seid. Suuuuper!« Er boxte sich mit der eigenen Faust gegen den Arm. »Ich halte es nicht aus. Der Typ legt uns voll rein und ihr nehmt ihn in Schutz? Worauf soll das hinauslaufen?«

Pan kam ins Zimmer getrottet. Wahrscheinlich hatte er oben vor Artis Bett gelegen und war von Pegos Geschrei wach geworden. Ich nahm seinen Kopf zwischen die Hände und streichelte ihn.

»Wir wollen das vernünftig lösen, Pego, nicht hitzig und übereilt. Mehr nicht«, sagte Mama.

»Ich will nicht, dass Paul von einem Hochhaus springt«, fügte ich hinzu.

»Das ist mir so was von wurscht!« Pego lief im Zimmer auf und ab. »Wegen dem habe ich Riesenärger am Hals! Und jetzt will ich, dass der fliegt oder dass sie ihm wenigstens damit drohen!«

»Aber das bringt dir doch gar nichts!«

Mama sah auf die Uhr. »Genau. Das bringt nichts. Und außerdem ist es schon spät. Wir müssen ins Bett.«

»Ich gehe ins Bett, wenn *ich* müde bin.« Pego stellte sich breitbeinig in den Raum und schaute düster. »Ich bin erstens überhaupt nicht müde und zweitens in bester Stimmung, diesem … diesem … Vollpfosten einen auf die Zwölf zu geben.«

»Pego, bitte, dein Boxerton gehört nicht hierher.« Mama erhob sich. »Ich gehe jetzt ins Bett.« Sie machte ein paar Schritte und blieb vor Pego stehen. »Und du unternimmst rein gar nichts. Kein Post, kein Chat, keine erhobene Faust, keine Drohungen, kein Nichts, nirgends. Verstanden?«

»Nein.«

»Du verhältst dich still, Pego. Du lässt den Jungen in Ruhe. Bis auf Weiteres. Hast du das verstanden?«

Pego schwieg.

»Ich höre dich nicht.«

Er schwieg immer noch.

»Letztens haben wir in Sozialkunde darüber geredet, dass ein Mädchen sich umgebracht hat, weil es von anderen gemobbt worden war«, sagte ich. »Die haben sie fertiggemacht, übers Handy, per Mail, soziale Netzwerke, überall. Sie hat keinen Ausweg mehr gesehen.«

Mama nickte. »Hast du verstanden, Pego? Du musst klug und überlegt handeln.«

»Im Ring muss ich nicht überlegt handeln, im Ring zählt die Faust.«

»Quatsch, im Ring zählen auch Technik und Strategie. Hast du selbst mal gesagt«, warf ich ein.

»Lil hat mit ihrem Facebook-Aufruf schon ziemlich viel Wirbel verbreitet, nicht wahr? Das ist glimpflich ausgegangen und darüber können wir froh sein. Ich möchte unter allen Umständen vermeiden, dass hier etwas passiert, was nicht mehr gutzumachen ist. Haben wir uns jetzt verstanden?«

Pego ließ die Schultern hängen.

»Ich möchte hören, wie du es sagst, Pego.« Mama legte ihm die Hand auf den Arm.

»Ja.«

Ich atmete auf. Mama fasste Pego liebevoll am Kinn. »Ehrlich?«

»Mama! Du bist so übelst anstrengend!« Pego wand sich aus ihrem Griff. »Ich hab's kapiert. Aber ich bin anderer Meinung als ihr. Das könnt ihr mir nicht verbieten.«

»Das stimmt. Aber ich verlasse mich jetzt auf dein Wort, Pego. Das hab ich immer gekonnt und deshalb tu ich das auch heute.«

Sie umarmte ihn und drückte ihm einen Kuss auf die Wange. »Danke, mein Großer.« Dann ging sie zur Tür. »Gute Nacht, ihr zwei. Schlaft gut.«

Ich ging auch ins Bett und machte es mir dort mit meinem LLB und Buntstiften gemütlich. Wie lange ich schon nicht gezeichnet hatte! Es fühlte sich wie Monate an, waren aber, das merkte ich beim Zurückblättern, doch nur knapp zwei Wochen gewesen. Trotzdem. Die Trennung von Dennis, die Graffiti-Geschichte, meine Arbeit für den Kitty-Kurier, davon hatte ich bisher noch gar nichts gezeichnet, und deshalb wurde es höchste Zeit.

In der Zimmerecke gegenüber schnaufte Arti laut im Schlaf. Es war kein richtiges Schnarchen, aber es nervte genauso. Zum Glück gab es einen Trick, um sie ruhigzustellen. Ich schälte mich noch mal aus dem Bett, schlich leise zu meiner Schwester, fasste sie vorsichtig bei den Schultern und drehte sie zur Seite, mit dem Gesicht zur Wand. Sie atmete leise weiter.

Jetzt konnte ich mich an die Arbeit machen und trug nachträglich alles in mein LLB ein, was in den letzten Wochen passiert war. Am Ende machte ich aus dem heutigen Abend im Kunst-Haus einen Comic. Das passte besser als eine einzelne Zeichnung, und ich reihte viele Bilder aneinander, zuerst die tolle Ausstellung, dann das Tablett mit Pizza und den schönen ovalen Raum mit dem Kronleuchter und dann plötzlich Paul, der durchs Bild lief. Danach meine Verfolgung, der Moment, als ich ihn fand und zur Rede stellte.

Ich ergänzte den Comic mit Sprechblasen, das machte besonders viel Spaß, und spürte nicht, wie die Zeit verging. Beim Zeichnen vergaß ich wirklich alles um mich herum. Ich konnte mich gleichzeitig wegträumen und ganz da sein, ich konnte unbeschwert und zugleich tiefsinnig sein, es war herrlich. Und deshalb meine absolute Lieblingsbeschäftigung.

Ich wachte auf.

Die Sonne traf mich mitten ins Gesicht. Jemand hatte die Vorhänge zurückgeschoben, wie ärgerlich! Ich blinzelte. Im Zimmer war niemand.

»Arti?«

Keine Antwort.

Wahrscheinlich sollte das ein Orion-Spezialscherz sein. Würde zumindest zu ihm passen.

»O-RI-ON!«

Eine Sekunde später lugte er durch die Tür.

»Mach die Vorhänge zu! Ich will schlafen!«

»Mama hat gesagt, ich soll dich wecken. Es ist ein Uhr.«

Erschrocken setzte ich mich auf. »Was?! Du lügst.«

»Falsch gedacht. Es gibt gleich Mittagessen.« Er verschwand.

Ich sprang aus dem Bett. Mein Handy zeigte kurz nach eins. Orion hatte nicht gelogen und ich fast zwölf Stunden geschlafen.

Blöder Mist! Dabei wollte ich so viel erledigen, heute war schon Sonntag und morgen wieder Schule. Bis dahin brauchte ich eine Lösung.

Nike steckte den Kopf durch die Tür. »Lil, wir essen.«

»Jaja, ich komme ja schon!« Über dem Schreibtischstuhl hing Hellis Chanel-Kleid. Ich ging zum Kleiderschrank, doch der war leider leer. »Oh Mann, verflucht, wo sind meine Sachen?«

Nike lachte. »Schau mal im Bad. Da liegt ein ganzer Turm!«

Ich rauschte an meiner kleinen Schwester vorbei. »Nicht witzig. Ihr hattet versprochen, mir beim Aufräumen zu helfen.«

»Aber du hast ja selber auch gar nichts weggeräumt.«

»Ich hatte auch keine Zeit.«

»Wir auch nicht.«

»Puh.«

Ich zog eine schwarze Jeans und ein graues Top aus dem Stapel und schlüpfte hinein. Dann schob ich meine Schwester in den Flur und schloss die Badezimmertür. Beim Blick in den Spiegel erschauderte ich. Wie sah ich nur aus? Die Wimperntusche von gestern hing mir unter den Augen und auf der Stirn hatte sich eine ganze Armee von Pickeln aufgestellt.

»Hey, was soll das?«, fuhr ich die Pickel an. »Ihr seid hier nicht erwünscht! Verschwindet!«

»Ich geh ja schon!«, rief Nike beleidigt vor der Tür.

Ich wusch mir das Gesicht und rubbelte die hartnäckige Wimperntusche mit einem von Mamas Wattepads weg.

Es klopfte.

»Was ist? Ich komme ja gleich!«

»Lil, kann ich dich mal kurz was fragen?«, hörte ich Arti leise durch die Tür.

Ich öffnete. Im Flur roch es betörend nach Essen, und ich merkte, welchen Riesenhunger ich hatte. »Was gibt's?«

»Was heißt ›Ich vermisse dich‹ auf Englisch?«

»Wieso?«

»Nur so.«

Ich tupfte mit dem Abdeckstift ein paar rote Stellen auf der Stirn ab. »I miss you.«

»Okay, danke.«

»Kein Problem. Bist du verknallt?«

Ich sah im Spiegel, wie Artis Augen einen fast fiebrigen Glanz bekamen.

»Was? Nein!«

»Wieso willst du es dann wissen?«

»Nur so.«

»Klar. Nur so, ganz heimlich, hier im Bad. Damit keiner uns hört. Verstehe.« Ich tippte mir mit dem Abdeckstift an die Stirn. »Aber mach dir keine Sorgen, ich behalte es für mich. Im Gegensatz zu euch anderen kann ich das nämlich.«

In der Küche verteilte Mama Lasagne. Vor ihr standen sieben Teller. Maria hatte ihren freien Tag und aß nicht mit.

»Hallo.« Ich schnappte mir einen der Teller und hielt ihn Mama hin.

Sie sah auf. Ihr Blick blieb an meiner Stirn hängen. »Hallo, mein Schatz.« Sie schaute immer noch auf meine Stirn.

»Was ist?«

»Nichts.« Mama lächelte und reichte einen gefüllten Teller an Nike weiter.

»Warum guckst du so? Ist was?«

»Nein, was soll denn sein?«

»Du guckst auf die Pickel! Das ist so, als würdest du sagen ›Hallo, Stirn‹, nicht ›Hallo, Lil‹.«

Mama verdrehte die Augen. »Hast du schlecht geschlafen?«

Ich reichte ihr den nächsten Teller. »Nein. Super geschlafen. Aber ich kann es nicht leiden, wenn du so guckst.«

»Dann solltest du vielleicht mal zum Hautarzt gehen«, schlug Triton vor, der schon am Tisch saß. »Das wäre eine normale Reaktion. Aber du kannst auch gerne jammern, das bringt ganz bestimmt was.«

Nike, die zwischen Herd und Esstisch pendelte, nahm den nächsten Teller entgegen.

Mama sah mir in die Augen. »Ich kann einen Termin für dich ausmachen.«

Daran hatte ich noch gar nicht gedacht. Eigentlich ganz schön dumm. »Okay.«

»Ist das frische Lasagne?«, fragte ich mit Blick auf den nächsten Teller.

»Nicht direkt. Frisch aus der Fertiggerichttiefkühltruhe.«

»Schade.«

»Weißt du, wie lange man für eine selbst gemachte Lasagne in der Küche steht?«

»Schätzungsweise sechzig Minuten!«, trompetete Triton.

Mama drückte mir die zwei letzten vollen Teller in die Hand. »Falsch. Für eine große Portion, wie wir sie vertilgen, braucht man doppelt so lang.« Sie sah mich an. »Noch Fragen?«

»Können wir irgendwann mal eine Lasagne selber machen?«

»Ja. Wenn du drei Stunden früher aufstehst und mir hilfst.«

Mama hatte Pego und mich gebeten, den anderen nichts von meiner Begegnung mit Paul zu erzählen. Es sei zu riskant, fand sie. Wenn Paul aus irgendeinem Grund unter Druck gerate, dann würde er vielleicht Dummheiten machen, zumindest war das in Mamas Augen zu befürchten. Und durch die Schnelligkeit, mit der heutzutage Nachrichten verbreitet würden, geriete alles leider auch viel eher außer Kontrolle, sagte sie. Unser Mittagessen verlief daher ungewöhnlich ruhig. Pego und ich schwiegen vor uns hin und seltsamerweise ließen die anderen sich davon anstecken.

Nach dem Essen wartete ich, bis der Tisch ab-, die Spülmaschine eingeräumt und jedes meiner Geschwister verschwunden war. Mama drückte mir den Besen in die Hand. Ich hatte heute Klar-Schiff-Dienst, das hieß, ich musste dafür sorgen, dass die letzten Krümel und Kleckse verschwanden, vom Esstisch, von der Arbeitsfläche und vom Fußboden. Pego war mit Helli zum Klettern verabredet und suchte den Schlüssel für sein Fahrradschloss. Er hastete fluchend durch die untere Etage.

»Verdammt, verd… ah! Da ist er ja!«, schimpfte er vor sich hin.

Ich tat so, als würde ich ihn mit dem Besen aus der Haustür kehren.

»Bis später«, rief mein Bruder. Jetzt endlich war die Luft rein.

»Mama«, flüsterte ich. »Ich kann das mit Paul nicht die ganze Zeit für mich behalten! Ich muss das irgendwie klären.«

»Lil, das ist im Prinzip kein Problem. Du musst nur wissen, wem du vertrauen kannst. Bevor wir mit Frau Schneider oder Pauls Eltern reden, sollte niemand anderes es an die große Glocke hängen. Deine Vertrauensperson muss dichthalten, ist das klar?«

»Versprochen.«

»Gut.«

Ich stellte den Besen in den Schrank. Dann rannte ich in mein Zimmer. Während des Essens hatte ich mir nämlich überlegt, was ich tun würde.

Leider waren Helli und Pego ausgerechnet heute im Kletterwald verabredet und hatten eine feste Startzeit. Das war schon lange geplant, weil Pego es Helli zum Geburtstag geschenkt hatte, und ließ sich deshalb nicht ändern. Ich musste also ohne die beiden auskommen.

Zuerst suchte ich Pauls Nummer in der Kitty-Kontakt-Liste, dann verschickte ich drei Nachrichten, eine an Nurya, eine an Dennis und die dritte an Paul. Ich erklärte kurz, dass es um eine sehr wichtige Angelegenheit ging, und bat alle, mich um fünfzehn Uhr an der Reichenbachbrücke zu treffen. Das war ein relativ zentraler Ort, den jeder kannte und den alle außerdem ungefähr in der gleichen Zeit erreichen konnten. Nurya und Paul wohnten in anderen Stadtteilen.

Dennis reagierte als Erster. »Kein Problem. Sollen wir zusammen mit dem Board hin?«

Auch die anderen beiden meldeten sich rasch. Paul schickte ein knappes »Daumen hoch«, Nurya fragte nach dem genauen Weg. Ich schickte ihr eine ausführliche Erklärung. Dann schnappte ich mein Board und fuhr ein paar Runden vor dem Haus.

Es dauerte nicht lange und Dennis stieß zu mir.

»Na, Lilami.«

So hatte er mich ganz zu Anfang immer genannt, nur, weil ich einmal eine riesige Monster-Salamischeibe auf dem Schulbrot hatte.

»Ach ja, die guten alten Salamizeiten«, antwortete ich statt einer Begrüßung. »Sehnst du dich dahin zurück?«

»Wie? Was?« Seine Lider flatterten kurz, und dann sah es tatsächlich so aus, als schämte er sich ein bisschen. Und dann: »Das war schon witzig, wie wir damals im Büro von deinem Vater die antike Skulptur … weißt du noch?«

Ich musste lachen.

»Oh ja! Aber das war überhaupt nicht lustig. Es war teuer. Zumindest für uns. Wir mussten den Schaden bezahlen, Triton, Arti, Nike, Orion und ich.«

Dennis grinste. Wir schwangen uns auf die Bretter und fuhren Richtung Bushaltestelle. Es war ein herrlicher Nachmittag, der Himmel blau und wolkenlos. Die Luft roch fein würzig, die Vögel zwitscherten ihr Sonntagskonzert, die Bienen summten dazu, und wäre nicht so viel passiert in den letzten zwei Wochen, dann hätte ich vielleicht ganz kurz geglaubt, gehofft, gewünscht, die Zeit sei rückwärtsgelaufen und zwischen Dennis und mir wieder alles in bester verliebter Ordnung.

Zum Glück hatte ich aber keine Zeit, lange darüber zu grübeln. Das wollte ich auch gar nicht. Es war nicht mehr so wichtig. Es tat auf einmal auch nicht mehr weh, ihn zu sehen, seine Stimme zu hören, in seine braun-gelb gesprenkelten Augen zu schauen. Beinahe, aber nur beinahe, fühlte es sich normal an. Und außerdem gab es im Moment Wichtigeres. Davon erzählte ich Dennis nun.

»Hammer«, sagte er immer mal wieder zwischendurch, unterbrach mich ansonsten aber nicht. Wir waren inzwischen in die U-Bahn um- und dann am Sendlinger Tor ausgestiegen. Jetzt fuhren wir auf den Brettern weiter die Müllerstraße hinunter Richtung Fluss.

»Und weil Paul jetzt auch gleich kommt, wollte ich gern, dass du dabei bist«, schloss ich.

Dennis bremste abrupt. »Der kommt auch?«

»Ja, ich glaube, ohne Paul gibt es keine Lösung. Und du bist wenigstens auch ein Junge.«

»Was soll das denn heißen, wenigstens?«

Wir schoben wieder an und fuhren weiter, aber diesmal hintereinander, weil auf dem Gehweg Leute entgegenkamen.

»Ich weiß nicht, aber wenn er sich allein mit Mädchen trifft, dann blockt er vielleicht schneller ab, wenn wir etwas vorschlagen … keine Ahnung … ist eben so ein Gefühl«, rief ich.

»Und was soll ich tun?«, rief Dennis zurück.

»Na ja, ihm klarmachen, dass er zu seinen Taten stehen muss, das wäre schon was …«

Je näher wir dem Fluss kamen, desto voller wurde es. Fahren und gleichzeitig reden war nicht mehr möglich und schließlich mussten wir sogar vom Board absteigen.

Wir überquerten die Wittelsbacherstraße.

»Ist ja fast wie auf dem Oktoberfest«, sagte Dennis.

»Kein Wunder, bei dem Wetter.« Ich schaute auf die Uhr. Wir waren zehn Minuten zu früh. Die nutzte ich, um Nurya auf dem Handy anzurufen, damit sie in groben Zügen auch wusste, was auf sie zukam. In knappen Sätzen schilderte ich ihr, was los war und weswegen wir uns trafen. Dennis holte sich in der Zwischenzeit eine Tüte Gummibärchen am Kiosk.

Paul war schon da. Er saß auf der untersten Stufe nah am Ufer und warf kleine Steinchen ins Wasser. Wir hockten uns zu ihm.

Er hob den Kopf. Seine hellblauen Augen musterten Dennis. »Bist du der Leibwächter?«

»Der was?« Dennis sog die Luft ein.

»Bodyguard, Aufpasser …«

»Nurya kommt auch noch«, beeilte ich mich zu sagen.

»Und damit sitzen dann die Deppen vor dir, die letztens den Schulhof putzen durften«, ranzte Dennis Paul an. »Weil dort Randale war, wegen deinem Graffiti. Vielleicht erinnerst du dich.«

Paul schaute wieder zur Isar und jagte einen flachen Kiesel über die Wasseroberfläche.

»Hi, Leute!« Nurya traf mit ihrem sonnigen Gemüt genau zur richtigen Zeit ein. Sie lächelte uns an, auch Paul, und ließ sich neben den Stufen ins Gras fallen. »Also, ich habe auf dem Weg hierher nachgedacht, und ich muss sagen, ich bin so froh, dass dieses Rätsel endlich gelöst ist.«

»Ja, das stimmt. Jetzt wissen wir endlich, was Sache ist.«

Sofort änderte sich die Stimmung ein klein wenig. Gerade dachte ich noch, wir gerieten alle in Streit, aber in Nuryas Gegenwart war das fast nicht möglich.

Sie legte Paul eine Hand auf den Arm. »Und, Paul, wie geht es dir? Bist du nicht wenigstens ein klein bisschen erleichtert? Es muss schlimm sein, so ein böses und blödes Geheimnis mit sich zu tragen.«

Paul zuckte mit den Schultern. Dann sah er kurz zu Nurya. »Es wissen ja noch nicht alle. Das Schlimmste kommt noch.« Er sprach leise.

»Alter, was soll schon passieren? Du hast Mist gebaut und jetzt gibst du es zu. Fertig. Ist ja kein Mord passiert.« Dennis nahm einen Stein und schleuderte ihn fast bis zum gegenüberliegenden Ufer.

Paul hörte auf, Steine zu werfen. Er stützte den Kopf in die Hände. »Es tut mir echt leid, Lil. Wirklich. Und ich will auch alles zugeben. Aber ich habe Schiss, von der Schule zu fliegen. Meine Eltern, ich sage euch, die reagieren da nicht cool. Mein Vater macht mich fertig.«

»Vielleicht können wir irgendwie erreichen, dass du nicht von der Schule fliegst?«, sagte ich.

Dennis riss einen Grashalm aus und kitzelte mich am Ohr. Ich nahm ihm den Grashalm ab. »Lass das.«

Er grinste. Ich wusste schon, woran er dachte. An das letzte Mal, als wir hier an der Isar waren. Zu zweit. Irgendwann im November. An einem ähnlich schönen Tag wie heute. Da hatten wir uns ständig gegenseitig mit Grashalmen gekitzelt und Wetten abgeschlossen, wer es länger aushielt. Dennis hatte gewonnen, jedes Mal, sogar als ich ihn in der Nase kitzelte.

Der Verlierer musste sich dann am Ende ganz durchkitzeln lassen, und ich erinnere mich, wie schrecklich laut ich gequiekt hatte, gar nicht weit von hier. Trotzdem, was hatte das mit unserem jetzigen Problem zu tun?

»Dennis, du darfst ruhig auch darüber nachdenken«, fuhr ich ihn an, und es klang etwas schärfer als beabsichtigt.

Er biss ein Stück vom Grashalm ab und schaute weg. »Paul müsste es halt wiedergutmachen.«

»Soll ich die Mauer streichen oder was meinst du?«

»Er könnte soziale Stunden arbeiten. Für die Flüchtlingshilfe zum Beispiel. Da gibt es immer Arbeit.« Nurya legte sich ins Gras. »Schaut mal, da oben. Der Vogel. Stell dir vor, das wärst du, Paul.«

Dennis lachte. »Das ist gut. Da oben fliegt Paul. Von der Schule! Haha.«

Paul zog eine Grimasse. »Sehr witzig. Nein. Das bin ich nicht. Als Vogel könnte ich wenigstens abhauen. Aber ich stecke hier fest. Ich bin also das Gegenteil.«

Mir fiel plötzlich Anne Frank ein. Die oft am Fenster in ihrem Versteck gestanden und zu der Kastanie im Hinterhof und den Vögeln am Himmel geschaut hatte. »Im Gegensatz zu Anne Frank bist du frei wie ein Vogel.«

Paul schaute irritiert. »Wie kommst du denn jetzt darauf? Worauf wollt ihr hinaus?«

Ich hob beschwichtigend die Hand. »Ich dachte nur gerade an diesen Hinterhof von Annes Versteck. Von dort hat sie oft Vögel beobachtet und sich gewünscht, frei zu sein.«

»Da stand doch auch dieser Baum«, sagte Paul.

»Ja, die Kastanie. Und in der Kastanie saßen Vögel.«

»In unserem Hof steht auch eine Kastanie.«

Ich hatte den Eindruck, dass Dennis uns hier nicht gerade weiterbrachte.

»Wahrscheinlich steht in jedem zweiten Hinterhof irgendein Baum und in vielen wird es eine Kastanie sein. Und überall zwitschern Vögel, die jederzeit wegfliegen können.« Paul klang traurig und frustriert.

»Ich habe eine Idee!«, rief ich. »So eine Kastanie könnten wir doch auch auf dem Schulhof pflanzen. Eine Anne-Frank-Kastanie. Ich meine, eine echte.«

Alle wandten den Kopf zu mir.

»Wie, eine echte?«

»Aus einer echten Kastanie. Aus Amsterdam. Dort steht doch das Anne-Frank-Haus, oder?«

Paul nickte. »Ich war schon dort.«

»Und, hast du die Kastanie gesehen?«

»Keine Ahnung. Kann mich nicht erinnern.«

»Super. Scheint dich ja mächtig interessiert zu haben.«

Dennis riss noch ein paar Grashalme ab, behielt sie aber bei sich.

»Wir könnten dort anrufen«, schlug ich vor. »Und fragen, ob wir eine Kastanie bekommen. Aus der wir dann einen Baum ziehen.«

»Genau. Und dann gehen wir zur Schulleitung und verkaufen es als Pauls Idee. Sein Vorschlag zur Wiedergutmachung.« Nurya war Feuer und Flamme.

»Ja, weil Paul ein echter Held ist!« Dennis tippte sich an die Stirn. »Also wenn ihr mich fragt, so ganz ohne Strafe, das ist ganz schön billig. Für Paul.«

»Aber wenn jemand einen Fehler bedauert, dann muss man das verzeihen. Nicht wahr, Lil?«, fragte Nurya.

»Im ersten Moment war ich auch stinksauer. Aber dann habe ich kapiert, dass es nur noch schlimmer wird, wenn ich mich jetzt an Paul räche. Und dass er sich vielleicht dann später wieder an mir rächt. Und so weiter. Das könnte endlos so weitergehen und so etwas will ich nicht. Es bringt ja auch nichts. Niemandem geht es besser, wenn keiner dem anderen verzeihen kann. Paul tut es leid. Und das glaube ich ihm.«

»Genau«, pflichtete Nurya mir bei. »Denn sonst, wenn man nicht verzeihen kann, ist es wie Krieg. Wenn keiner aufhören will zu schießen und der Kampf deshalb immer weitergeht. Es kommt nie etwas Gutes dabei heraus. Nie.«

Dennis schnalzte mit der Zunge. »Kann sein. Aber ich finde, die Kastanie muss Paul organisieren. Da soll er mal schön zeigen, ob er das draufhat.«

»Die Kastanie ist eine super Idee, auch für das Schuljubiläum«, sagte Nurya. »Du musst sofort morgen früh im Anne-Frank-Haus anrufen. Schaffst du das?«

Paul nickte.

»Alle einverstanden?« Nurya streckte ihre Hand aus, wir anderen schlugen ein, auch Dennis, der zuerst ein bisschen gezögert hatte.

»Gut. Dann müssen wir jetzt nur noch ein winziges Problem lösen.« Ich sah von einem zum anderen.

»Und das wäre?« Pauls helle Augen blickten ängstlich.

»Meinen Bruder Pego überzeugen.«

»Oha.« Dennis blies die Wangen auf, und ich wusste, was er dachte. Nämlich, dass wir Pego nie im Leben herumkriegen würden. Weil er nichts für Kastanienbäume übrighatte, aber dafür eine Stinkwut auf Paul.

»Vielleicht kann Helli uns helfen …« Das hoffte ich zumindest. Denn ich wollte unbedingt an unserer schönen Idee festhalten.

Dennis und ich verbrachten den restlichen Nachmittag an der Isar. Wir hätten auch, so wie Nurya und Paul, wieder nach Hause fahren können, aber das Wetter war so schön, und irgendwie blieben wir einfach hocken. Ich musste ja ohnehin warten, bis Pego und Helli vom Kletterpark zurückkehrten, so viel war klar, und Dennis wollte mir vielleicht Gesellschaft leisten. Oder er hatte nichts Besseres vor. Zuerst saßen wir auf den Treppen und warfen Steinchen in den Fluss, dann wurde es erstens frisch und zweitens langweilig und wir schoben auf den Brettern davon. Die Sonne stand schon ziemlich tief, und die Bewegung tat gut, weil meine Glieder vom langen Herumsitzen ganz steif waren.

Am Brückenkiosk kaufte ich zwei Magnum Mandel, unsere Lieblingssorte.

»Bitte sehr, Herr Leibwächter. Für dich.«

Dennis entblößte seinen Dreieckszahn. »Danke. Kannst mich auch LW nennen.«

Wir lachten, wickelten das Papier ab, fuhren dann bis zur Mitte der Brücke und hielten die Gesichter in die letzten Sonnenstrahlen des Tages.

»Lecker«, schmatzte Dennis.

»Hmm. Nur leider ganz schön kalt.« Ich fror jetzt wieder

und knöpfte mein dünnes Strickjäckchen zu. Dennis wickelte sich aus seiner Sweatjacke.

»Hier, kannst du haben. Mir ist total warm.«

Ich schaute ihn an. Er sah eigentlich auch relativ verfroren aus. »Quatsch, brauche ich nicht.«

»Doch, jetzt nimm.«

»Nein.«

»Doch.«

»Na gut.«

Während er mein Eis hielt, zog ich die Jacke über. Dabei streifte meine Hand seinen Arm. Es fühlte sich so vertraut und doch gleichzeitig auch nicht mehr richtig an. Ich wandte mich schnell ab und schaute übers Geländer auf die Isar, dabei spürte ich Dennis' Blick von der Seite. Er knabberte an seiner Schoko-Mandel-Hülle und sah mich die ganze Zeit an.

Ich blickte rüber zu ihm. »Willst du die Jacke wiederhaben?«

»Nein, nein.« Er kam näher, sodass unsere Magnums sich berührten. »Aber etwas anderes.«

Ich wich ein kleines Stück zurück. »Was denn?«

»Dich.«

Meine Gedanken begannen zu stolpern. »Wie … mich?«

»Ich will dich wiederhaben.«

Mein Magnum rutschte … und fiel zehn Meter tief in die Isar.

»Oh nein!« Wir schauten dem schönen, leckeren Eis hinterher und Dennis lachte. Unsere Blicke trafen sich.

»Aber warum?«

Er hielt mir sein Eis hin. Ich hob abwehrend die Hand. »Nein, ist schon okay, danke. War mir sowieso zu kalt.«

Er hob vorsichtig ein Stück der Schoko-Mandel-Hülle ab und hielt es mir hin. »Wenigstens die?«

Ich lachte. »Danke.«

»Es war ein Fehler von mir. Ich weiß auch nicht, ich habe nicht richtig nachgedacht … keine Ahnung … jedenfalls war es bescheuert«, sagte er.

Ich drehte mich weg und schaute wieder hinunter aufs Wasser. Jetzt wusste ich, wieso er mir schon den ganzen Nachmittag Gesellschaft leistete. Er wollte wieder mit mir zusammen sein! Das hatte ich natürlich mal wieder nicht gecheckt, typisch Lil. Aber wieso freute ich mich nicht? Das war doch genau das, was ich mir vor zwei Wochen gewünscht hatte! Was war in der Zwischenzeit passiert?

Nichts, zumindest nichts Erkennbares. Eigentlich hatten meine Gefühle für Dennis ja auch nichts mit der ganzen Aufregung um die Graffitis zu tun, also müsste ich ihm jetzt normalerweise um den Hals fallen, oder wenn nicht das, dann doch wenigstens innerlich Luftsprünge machen. Aber so einfach war es nicht. Obwohl ich es nicht erklären, ja noch nicht mal verstehen konnte, hatte sich etwas geändert. Nicht erst seit heute, sondern seit ein paar Tagen. Ohne dass ich es richtig mitbekommen hatte, war etwas Einschneidendes passiert: Ich hatte mich entliebt.

»Ist es schlimm für dich, wenn wir nur noch gute Freunde sind?«

Er schob die Unterlippe vor und nickte.

Ich drückte seine Hand. »Sei nicht traurig, bitte. Wir können ganz oft zusammen boarden, wenn du willst.«

Seine Mundwinkel zogen sich fast unmerklich nach außen. »Bist du … ich meine, hast du … gibt es da jemanden, den du mehr magst?«

»Wie bitte?« Ich ließ seine Hand los. »Nein! Nein. Absolut nicht!«

Er lächelte erleichtert. Dann tippte er mir mit dem Eisstiel auf die Nase. »CMW.«

»Du meinst CMDW.«

»Nein. CMW.«

»Du bist ein Besserwisser.«

»Ja.«

»Na gut. Was ist eigentlich mit dem Mädchen aus dem Tennis?« Auch wenn ich Dennis nicht wiederhaben wollte, interessierte mich das brennend.

»Was soll mit ihr sein?«

»Ich habe euch mal im Bus gesehen. Du hast schwerst gebaggert.«

Dennis kaute auf dem Holzstiel herum. »Quatsch. Stimmt ja gar nicht!«

»Oh doch!«

Wir stellten unsere Boards in Position, stiegen auf und fuhren zurück Richtung Wittelsbacher Straße.

»Los, jetzt sag«, rief ich, während wir an der Fußgängerampel warteten.

Dennis grinste spitzbübisch, von Traurigkeit keine Spur mehr. Das war typisch für ihn. Er litt nie wirklich lange an irgendetwas, sondern war eher wie ein Hund, der sich einmal schüttelte und damit die Last abwarf.

»Die könnte ich eigentlich mal wieder treffen …«, rief er grinsend und fuhr weiter.

Ich nahm die Verfolgung auf. »Voll gemein! Na warte, du!«

Helli machte große Augen, als sie die Tür öffnete und neben mir Dennis erblickte.

»Habe ich etwas verpasst?«, fragte sie leise, als Dennis kurz in der Toilette verschwand.

»In der Tat.« Ich schob die Boards in die penibel aufgeräumte Garderobe von Familie Schuh. »Aber das erzähle ich dir ein anderes Mal.«

»Seid ihr wieder zusammen?«, flüsterte Helli.

»Nein.« Ich fasste meine Freundin bei den Schultern. »Helli, du musst mir helfen, Pego zu überzeugen. Bitte. Es ist wichtig.«

Dennis kam aus dem Bad. Helli wies mit dem Kopf in den Flur. »Wir gucken gerade einen Film.«

Auch Pego hob die Augenbrauen, als Dennis und ich gemeinsam Hellis Zimmer betraten, das bis auf ein pinkes Sitzkissen vollkommen weiß war. Weiße Möbel, weiße Wände, ja sogar ihre Bettwäsche war weiß mit Spitze, sehr stylish.

»Sieh an, das teuflische Boarder-Duo. Übelst. Seid ihr wieder ein Team?«, fragte er rundheraus und grinste.

»Wie man's nimmt«, antwortete Dennis, bevor ich etwas sagen konnte.

Ich hatte keine Lust, dem etwas hinzuzufügen.

»Wie war's beim Klettern?«

»Megaübelst. Ich musste beinahe gerettet werden.«

Dennis und ich quetschten uns nebeneinander auf Hellis Sitzkissen.

»Vom Baum oder was?«

Pego nickte. »Ey, zehn Meter, weißt du, wie hoch das ist? Ich bin jedenfalls froh, wieder unten zu sein.«

»Und du, Helli?«

»Ich fand's cool. Aber ich bin eben auch mutig und sportlich«, sagte sie augenzwinkernd.

Pego tat so, als wollte er sie boxen. »Haha. Ich bin bodenständig und brauche keine Höhenflüge, was ist falsch daran?«

»Klettern ist halt nichts für Schwächlinge«, setzte Dennis noch einen drauf.

Pego tat so, als überhörte er es. Er musterte uns. »Ihr wirkt so … so offiziell. Wollt ihr mich verhaften oder was?« Seine Stirn kräuselte sich.

»Gut erkannt.« Ich nickte Helli zu und sie hielt die DVD an. Pego rollte die Augen.

»Verhaften für eine wirklich gute Idee. Hör zu.«

Während ich versuchte, meinen Bruder von Pauls Reue und unserer Kastanienidee zu überzeugen, schleppte Helli Chips, Gummibärchen und Cola an, alles Dinge, die es bei uns zu Hause so gut wie nie gab, es sei denn, jemand hatte Geburtstag.

»Auf die Art könnte die Sache gut enden«, schloss ich. »Für alle.«

Pego tippte sich an die Stirn. »Vergiss es.«

»Jetzt denk mal nach«, sagte Helli. »Was hast du davon, wenn du stur bleibst?«

»Das ist mir egal. Es geht mir einfach gegen den Strich, basta.« Pego trank seine Cola in einem Zug leer. »Der verkauft uns seine Kastanienkacke und wird am Ende noch als Held gefeiert. Ich glaube, es hakt!«

In diesem Moment klingelte es. Wir sahen uns an.

»Wer kann das sein?«, fragte Dennis.

Helli sprang auf. »Keine Ahnung. Vielleicht haben meine Eltern ihren Schlüssel vergessen.« Sie verschwand. Dreißig Sekunden später kam sie mit Paul zurück.

Pego sah mich mit seinem Supergenervt-Blick an. Er schnaubte. »Ist das auch eine von deinen krass megaüblen Ideen?«

»Ich hatte keine Ahnung! Ehrlich.«

»Ihr hattet erwähnt, dass ihr euch hier trefft«, sagte Paul. »Aber es war meine Idee, auch zu kommen, denn erstens habe ich schon mit den Leuten in Amsterdam telefoniert, und zweitens wollte ich mich persönlich«, er schaute zu Pego, »bei dir entschuldigen.« Paul zog ein Paket hinter seinem Rücken hervor. »Oder umgekehrt. Erstens entschuldigen. Hier. Sorry. Für dich.«

Er warf einen grünen Stoffbeutel in Pegos Richtung. Mein Bruder fing ihn auf.

»Was soll das?«

»Ich hab Scheiße gebaut und will es wiedergutmachen. Schau rein.« Paul stand noch immer an der Tür.

Pego öffnete den Beutel und zog ein paar knallrote Boxhandschuhe heraus. »Was ist …?« Er starrte auf das unerwartete Geschenk. »Signiert?«

»Ja. Von Klitschko.«

Dennis warf sich vom linken Sessel hinüber auf Hellis Bett. »Zeig!«

Auch Helli und ich rückten näher. »Mit Autogramm, echt!?«

»Wladimir Klitschkos Schrift. Die kenne ich«, sagte Pego ehrfürchtig.

»Vielleicht gefälscht«, warf Dennis ein. »Wer gut in Graffiti ist, kann bestimmt auch Unterschriften nachmachen.«

Alle sahen zu Paul. »Ph. Das würde ich niemals tun. Mein Vater hat sie mir geschenkt. Er ist Klitschko begegnet, und zwar mehrmals. Die Dinger sind echt, verlass dich drauf.«

»Megaübelst.« Pego zog sich erst den rechten, dann den linken Handschuh an, schaute zwischendurch zu Helli, lachte und boxte schließlich wie wild in die Luft. »Yes! Yes! Yes!« Er sah zu Paul, dem ein erleichtertes Lächeln übers Gesicht huschte.

»Du musst doch total matt sein! So etwas verschenkt man nicht!«

Dennis nickte. »Aber echt. Das ist krank.«

»Es ist das Einzige, was ich habe«, sagte Paul. »Und ich finde, es ist angemessen.«

»Und dein Vater? Was sagt der, wenn du sein Geschenk einfach weiterreichst?«, fragte Helli.

Paul zuckte mit den Achseln. »Keine Ahnung. Ist mir egal. Ist auch nicht mein größtes Problem gerade.«

Pego blies die Wangen auf und boxte dann mit beiden Fäusten die Luft heraus. »Okay. Ich nehme das Geschenk an.«

Helli fiel ihm um den Hals.

»Schade, dass man dich erst bestechen muss.« Ich hatte das nicht sagen wollen, aber es rutschte mir heraus.

»Ja, klar, die heilige Lilaia von Oberkorrektpapsthausen muss das natürlich finden!«

»Alter, ist gut. Vollkommen okay für mich«, beteuerte Paul schnell.

»Ja, finde ich auch«, sagte Dennis. »Er ist immerhin fast von der Schule geflogen. Und macht jetzt mit bei unserem Plan, oder?«

Pego brummte eine halbherzige Zustimmung. Keine Frage, ich hatte seine Laune schlagartig auf Kühlschranktemperatur gebracht.

»Genau, der Plan«, warf Helli ein. »Was sagen sie denn,

in Amsterdam? Hast du direkt mit den Leuten vom Anne-Frank-Haus gesprochen?«

»Sonntags?« Pego schaute ungläubig.

Paul machte einen Schritt ins Zimmer hinein und schob die Hände in die Hosentaschen. »Die arbeiten jeden Tag, auch sonntags. Das Museum ist ja geöffnet. Und die Nummer steht auf der Homepage.«

»Ja, und?«

»Wir sind nicht die Ersten mit der Idee. Es scheint überall auf der Welt Anne-Frank-Schulen zu geben, die einen Setzling aus den echten Anne-Frank-Kastanien haben wollen. Voll krass. Normalerweise wäre das aber kein Problem, denn Kastanien wachsen ja jedes Jahr nach. Aber leider ist der Baum in Annes Hinterhof krank geworden.«

»Krank?«

Paul nickte. »Ja. Gibt es auch bei Bäumen. Und dann ist er umgefallen.«

»Was?«

»Oh nein!«

»Ist er weg?«

Ich spürte, wie mein Herz sich verkrampfte. Was für ein schreckliches Pech.

Paul seufzte tief. »Ja. Er ist weg. Aber es gibt noch Setzlinge von den allerletzten Kastanien.«

Ich atmete auf. »Wie viele?«

»Weiß ich nicht. Haben sie mir nicht gesagt. Auf jeden Fall bekommen jetzt nur besondere Schulen einen Setzling. Wir müssen ihn uns irgendwie ›verdienen‹, haben die gesagt. Zumindest habe ich das so verstanden. Mein Englisch ist auch nicht unbedingt perfekt.«

»Was meinen sie damit?« Pego trug immer noch die

Klitschko-Handschuhe und fuchtelte Helli und Dennis vor der Nase herum.

»Haben sie nicht näher erklärt. In jedem Fall müssen wir, also unsere Schule, den Antrag schriftlich einreichen.«

Wir sahen uns ratlos an.

Helli schob Pegos linke Pranke zur Seite. Er boxte sich gegen den eigenen Kopf. »Dumm gelaufen.«

»Wir haben eine Kastanie im Hof. Da könnte man auch einen Setzling ...«, sagte Dennis.

»Nicht einmal im Spaß denkst du das!«, unterbrach ich ihn. »Das ist Betrug!«

»Das ist genial.« Pego lachte. Und auch Paul lachte zum ersten Mal an diesem Tag.

»Ach was, uns fällt schon was anderes ein.« Das wäre ja noch schöner, wenn wir jetzt, wo wir endlich Pego auf unserer Seite hatten, aufgeben würden. »Los, keine krummen Dinger. Lasst uns nachdenken! Was könnte die Schule tun?«, feuerte ich die anderen an.

»Na ja, die Schule muss den Anne-Frank-Leuten klarmachen, dass sie einen Setzling verdient, oder?«, sagte Helli.

Pego knuffte sie gegen den Arm. »Mit einem genialen Anne-Frank-Graffiti zum Beispiel!«

»Haha, nicht witzig.«

»Wieso? Anne und ihre Freunde, was ist daran falsch?« Dennis rutschte wieder zu mir auf den Sitzsack herüber. »Ich finde beide Graffitis cool.«

»Ja, cool vielleicht, aber ungeeignet für eine Bewerbung. Diese erhobene Faust ...«, wandte ich ein.

»Ja, falsche Botschaft, ist klar. Aber Anne und Freunde, die Botschaft ist übelst gut.« Pego legte die Handschuhe nebeneinander auf seinen Oberschenkeln ab und liebkoste sie mit den Augen. Er war ganz verknallt in die Klitschko-Fäustlinge. Was für ein geniales Geschenk von Paul. Ich fand es zwar etwas bedauerlich, dass Pego erst durch dieses Geschenk seine Meinung geändert hatte, aber unterm Strich lief es ja auf das Gleiche hinaus. Hauptsache, wir zogen jetzt alle an einem Strang. Aber an die Graffitis glaubte ich trotzdem nicht mehr.

»Weiß nicht. Die Schulleitung steht einfach nicht auf Wandmalerei. Wir brauchen eine andere Idee«, sagte ich. Mir fiel meine Facebook-Aktion ein. »Und wenn wir eine Unterschriften-Aktion starten? Und dann über Instagram, Facebook und so weiter verbreiten?«

»Du meinst Unterschriften sammeln für den Setzling?« Dennis lächelte mich an.

»Lilami, Lilami. Du schlauer Fuchs!«

Ich musste grinsen. »Füchsin.«

Helli und Pego klatschten ab, Paul hob den Daumen.

»Okay, dann gehen wir«, ich zeigte auf Pego, Paul und mich, »morgen früh zu Frau Schneider. Danach stellen wir, wenn sie hoffentlich einwilligt, unseren Aufruf online. Den sollten wir aber am besten heute schon vorbereiten und fertig machen, damit wir morgen innerhalb von zwei Sekunden posten können. Wer kann so was?« Ich schaute in die Runde.

»Nurya«, meinte Paul. »Sie ist gut in solchen Sachen.«

»Gut. Dann rufe ich sie später an.«

Helli war plötzlich ganz aufgeregt und zerrte an Pego herum. »Das ist so cool! Du kommst wieder zurück auf unsere Schule! Ich wünschte, es wäre schon morgen!«

»Immer schön abwarten«, sagte Pego, aber er lachte.

Paul setzte sich im Schneidersitz auf den Teppichboden.

»Wir brauchen ein gutes Foto von einer Kastanie für den Aufruf.«

»Kann ich nachher machen und dann Nurya schicken«, bot Dennis an.

Ich schaute aus dem Fenster. »Damit sollten wir nicht mehr lange warten. Es wird irgendwann dunkel.«

Und deshalb brachen wir kurz darauf gut gelaunt auf. Vorher aber machten wir noch eine Chipstüte und eine Packung Schokoküsse leer.

Am nächsten Morgen brachten Pego und ich die restlichen Aprils auf den neuesten Stand.

Mama hatte gestern nämlich schon ungewöhnlich früh im Bett gelegen, als wir nach Hause gekommen waren, und das Skype-Treffen mit Papa hatten wir auch verpasst. Unsere Geschwister staunten nicht schlecht, als sie die Geschichte mit Paul erfuhren.

Maria war die Einzige, die fröhlich den Kopf schüttelte. »In Griechenland würde sich wegen ein paar Graffitis keiner aufregen.«

»Hier schon«, sagte Mama.

»Hammer«, rief Arti.

»Den würde ich fertigmachen!«, brüllte Orion.

Pego blies die Luft durch die Zähne. »Nee, Alter. So was machen vielleicht Zwerge und andere Miniaturen, aber wir …«, er schlug sich auf die Brust, »wir regeln das auf unsere Art. Unsere übelst verträgliche Art, nicht wahr, Lil?«

Ich wollte etwas erwidern, da sprang Mama plötzlich auf und rannte hinaus. Wir hörten, wie sie die Toilettentür aufriss, und dann hörten wir, wie sie sich übergab.

»Was ist los?«

»Was hat sie?«

»Mama?«

Wir alle legten erschrocken unsere Müslilöffel ab. Ich sah zu Maria, die wie jeden Morgen damit beschäftigt war, Brotdosen zu füllen. Sie zuckte mit den Schultern.

Ich stand auf und ging langsam in den Flur. »Mumsi? Bist

du krank?« Ich hörte die Spülung, dann, wie Mama sich die Zähne putzte. Arti, Nike und Triton kamen hinzu. Wir warteten, bis Mama herauskam. Sie war ziemlich blass, aber sie lächelte.

»Alles in Ordnung, meine Lieben.«

»Was hast du? Bist du krank?«

Mama holte tief Luft und atmete lang und hörbar aus. »Nein. Ich bin nicht krank. Mein Magen hat nur mal kurz rebelliert. Ist schon wieder vorbei.«

»Aber wieso? Wegen der Sache mit Paul?«, fragte Nike.

Mama strich ihr über den Kopf. »Ich glaube nicht. Obwohl ich sagen muss, die ganze Angelegenheit ist schon ziemlich aufregend. Da kann es einem schon mal schlecht werden.« Sie tat so, als müsste sie sich wieder übergeben, und Arti und Triton sprangen entsetzt zur Seite. Mama lachte und wir lachten erleichtert mit.

»Vielleicht solltest du mal zum Arzt«, schlug ich vor.

Mama nickte. Wir gingen alle in die Küche zurück. »Mal schauen. Aber weißt du, was, ich habe für dich einen Termin besorgt. Bei Dr. Schilling, einer sehr guten Hautärztin, wie mir meine Kollegin versichert hat.«

»Ah. Wann?«

»Mittwochvormittag.«

»Vormittags? Wieso das?«

»Nachmittags war in den nächsten Wochen nichts frei. Ich schreibe dir eine Entschuldigung für die Schule.«

»Na gut. Aber schreib bitte nicht HAUTARZT-Termin auf die Entschuldigung!«

Die anderen lachten.

»Lil – reimt sich auf Pick-el!«, blökte Orion.

»Nein, reimt sich eben nicht!«

Ich wollte auf den kleinen Stinkstiefel losgehen, aber Maria hielt mich am Arm. »Hier, mein Schatz. Deine Dose.« Und dann, etwas leiser, damit die anderen es nicht hörten: »Am besten gar nicht reagieren. Damit ärgerst du ihn am meisten.«

Eigentlich wusste ich das ja, aber manchmal reizten einen diese Geschwister wirklich schlimmer als eine Stechmückenplage! Da war es schwierig, so zu tun, als würde es mich kaltlassen. Jetzt aber nahm ich Marias Rat an und stopfte einfach wortlos meine Brotdose in den Rucksack.

Pego hatte in der Zwischenzeit den Laptop hochgefahren und zeigte nun allen den Entwurf, den Nurya gestern Abend noch für die Facebook-Seite der Schule angefertigt hatte. Wir schauten auf das Foto von Dennis' Kastanie und den Text darunter.

»Ein Anne-Frank-Baum für München! Wir feiern im Juni fünfzigstes Schuljubiläum und möchten deshalb einen Setzling der Originalkastanie aus dem Amsterdamer Anne-Frank-Haus erwerben. Leider gibt es nicht mehr viele Setzlinge, und wir brauchen deshalb viele Likes, um zu zeigen, dass wir in München wirklich diese Kastanie brauchen. Bitte unbedingt liken und teilen!!! DANKE!«

Beim Blick auf unsere alte Geheimversteckkastanie wurde ich plötzlich etwas traurig. Man konnte auf dem Bild sogar das Brett erkennen, auf dem Dennis und ich immer gesessen, geredet und Musik gehört hatten. Jetzt konnte auf einmal jeder die Kastanie sehen. Es tat ein bisschen weh, aber ich schob den Gedanken beiseite. Die gute Sache zählte. Das, worauf es ankam, war, Frau Schneider zu überzeugen, und dafür war Nuryas Entwurf sehr gut geeignet.

»Cool!«, riefen meine Geschwister.

Mama wog den Kopf hin und her. Ihr Gesicht war wieder etwas rosiger und sie lächelte. »Ich bin stolz auf euch, aber irgendetwas fehlt noch.«

»Wie meinst du das?«, fragte ich.

»Ihr wollt eine echte Anne-Frank-Kastanie. Da müsstet ihr meines Erachtens auch etwas für Anne Frank tun. Eine Art Gegenleistung.«

Pego und ich sahen uns an. »Dafür haben wir keine Zeit mehr«, knurrte mein Bruder.

»Ihr könntet Geld sammeln, für einen guten Zweck, arme Kinder oder so«, schlug Triton vor.

»Genau!« Mama strich Triton über den Kopf. »Mein kleiner, schlauer Schatz. Für den Anne-Frank-Fonds.«

»Für was?« Ich hatte den Begriff noch nie gehört.

»Das ist ein Verein, den Annes Vater vor vielen Jahren gegründet hat. Mit dem Geld werden auch hilfsbedürftige Kinder unterstützt.«

Ich stieß Pego in die Seite. »Das wäre doch was, oder?«

Er nickte. »Joah. Klingt gut. Wir sammeln auf dem Schulfest und schicken die Kohle dann zum Anne-Frank-Verein.«

»Tolle Idee«, sagte Mama. »Dann müsst ihr das aber so auch noch in den Aufruf schreiben.«

Pego rief das Dokument noch einmal auf und fügte einen Satz hinzu.

Mama überflog den ganzen Text und nickte abschließend. »Fein. So passt es.«

»Danke.«

»Kann ich auch liken?«, wollte Nike wissen.

»Ist noch nicht online, Knirps. Wir brauchen vorher die Erlaubnis.« Pego klappte den Laptop zu. »Deshalb müsste ich das Teil hier auch mit zur Schule nehmen, Mama. Damit die Schneiderin alles sieht. Aber wenn wir online sind, dann musst du …«, Pego schaute von einem zum anderen, »…dann müsst ihr alle es überall herumerzählen. Alle müssen es liken, eure Lehrer, eure Mitschüler, die Eltern, alle, alle, alle, Mamas Freunde und Kollegen, Papas versammelte Unimannschaft, alle Studenten von Cambridge, einfach alle. Verstanden?«

»Verstanden!«

»Wir brauchen mindestens zehntausend Likes!« Pego steckte den Computer in seinen Rucksack.

Triton schnappte sich seine Brotdose. »Wer sagt das?«

»Niemand. Habe ich so im Gefühl.«

Ich band mir die Schuhe zu. »Zwanzigtausend wären noch besser.«

»Oder hunderttausend!« Orion tunkte noch einmal schnell den Finger in die Schokocreme, die auf der Arbeitsfläche stand.

Mama lachte. »Warum nicht gleich ganz München?«

Nike setzte ihren rosaroten Schulranzen auf. »Wie viele sind das?«

»Über eine Million«, sagte ich.

»Eins Komma vier Millionen.« Natürlich, Triton wusste es mal wieder ganz genau.

Und dann zogen Pego und ich los. Ein bisschen verspätet, wie immer, sodass wir die Strecke bis zur Haltestelle rennen mussten und in letzter Sekunde in den Bus sprangen. Wir lachten die ganze Zeit, und Pego machte ein Selfie, das er an Helli schickte.

Ich glaube, die positive Energie unserer Familie einerseits und die Angst vor dem bevorstehenden Gespräch mit der

Schulleitung auf der anderen Seite machte uns übermütig und unfassbar kribbelig.

»Du wirkst gerade so, als würdest du dich auf die Schule freuen«, neckte ich meinen Bruder.

Der verzog das Gesicht. »Na ja. Sagen wir mal so: Die letzten zehn Tage waren kein Spaß. Übelst öde. Schließlich trifft man in der Schule seine Leute, oder?«

»Das heißt, du findest Schulpflicht doch nicht so schlecht?«

Pego zuckte mit den Achseln. »Ich ziehe das jetzt erst mal durch. Falls sie mich lassen.«

»Und Cambridge?«

»Ich denke nur bis zum Sommer. Danach sehen wir weiter.«

»Helli soll auf ein Internat gehen, es heißt Hockerill.«

»Ich weiß. Die haben sie angemeldet, aber noch ist nichts entschieden. Vielleicht wird sie ja nicht genommen.«

»Wäre aber besser, sie täten es. Denn machen wir uns mal nichts vor: *Du* wirst ab Herbst in Cambridge sein.«

»Hm.«

Der Bus hielt vor der Schule.

Pego seufzte.

»Warten wir's … oh, krass, siehst du das?«

Wir stiegen aus dem Bus und standen vor der frisch getünchten Schulmauer. Von einem Ende zum anderen leuchtete sie in einheitlichem, blitzsauberem Hellgrau, keine Anne Frank mehr, weder mit Faust noch mit Freunden. Meine gute Laune löste sich auf wie Morgennebel mit den ersten Sonnenstrahlen.

Pego rümpfte die Nase. »Spießer.«

Wir waren die Einzigen, die stehen blieben, alle anderen schien es nicht zu kümmern, sie schoben sich einfach an der

Mauer vorbei Richtung Schultor. Ich bekam plötzlich starke Zweifel, dass Frau Schneider unsere Idee gefallen könnte.

Im Korridor stießen wir auf Paul und Nurya. Mit Paul waren wir sowieso verabredet, weil er natürlich mitkommen musste, aber Nurya brachte Pego aus dem Konzept. Er kannte sie nicht gut und dann machte ihn ihre sonnige, unbekümmerte Art vielleicht auch etwas misstrauisch. Aber sie wollte unbedingt dabei sein.

»Hör mal, das ist eine ernste Angelegenheit.« Pego versuchte, sie abzuwimmeln.

»Das weiß ich. Vertrau mir. Ihr könnt mich gebrauchen. Ganz bestimmt. Und es ist ja mein Entwurf, auf Facebook.«

»Übelst. Na gut.«

So kam es, dass wir an diesem schönen Montagmorgen noch vor Beginn der ersten Stunde zu viert das Zimmer der Direktorin betraten. Falls Frau Schneider überrascht war, ließ sie es sich nicht anmerken.

Paul ergriff als Erster das Wort, so hatten wir es vereinbart. Er sprach ganz ruhig und ohne jedes Beben in der Stimme, aber an seinen Händen konnte ich ablesen, wie nervös er war. Er hielt sie schlauerweise hinter dem Rücken verschränkt, und ich fürchtete, die Finger könnten ihm abreißen, so sehr zog und riss er daran.

Frau Schneider bekam davon nichts mit. Sie hörte aufmerksam zu, sah zwischendurch zu Pego, Nurya und mir, verriet mit keiner Miene, was sie dachte, und sprach erst, als Paul geendet hatte.

»Hm. Das sind in der Tat überraschende Neuigkeiten. Ich muss sagen, euer einvernehmliches Erscheinen hier verwirrt mich ein wenig.« Sie sah Paul an. »Dein Verhalten hat großes Chaos gestiftet. Und Geld gekostet.«

»Ich werde es wiedergutmachen, Frau Schneider. Ganz bestimmt.«

Die Direktorin runzelte die Stirn. Dann wandte sie sich abrupt an Pego und mich.

»Großes Lob an euch, Lilaia und Pegasos, dass ihr dieses Rätsel gelöst habt. Und das auf friedliche Art und Weise.« Sie ging um den Schreibtisch herum. »Wie habt ihr das geschafft?« Sie lächelte, aber es wirkte nicht ganz echt.

Ich kam den anderen zuvor. »Wir wollten mit gutem Beispiel vorangehen, damit Sie, also die Schule, sich ebenfalls gütlich mit Paul einigen können.«

Die Direktorin fuhr sich mit dem Finger über den Nasenrücken. Ihr Lächeln wurde immer schmaler, bis es schließlich weg war. »Nun, ich kann schlecht dem einen«, sie blickte zu Pego, »die Schulentlassung androhen und den anderen mit einem warmen Händedruck davonkommen lassen. Das wäre nicht gerecht, oder? Paul muss für seine Tat geradestehen, das wird er selbst einsehen, nicht wahr, Paul?«

»Hören Sie sich bitte seinen Vorschlag an«, sagte ich schnell und stieß Paul in die Seite.

Paul räusperte sich und dann legte er unseren Kastanienbaumplan dar. Er erzählte von seinem Telefonat mit dem Anne-Frank-Museum in Amsterdam, von der kranken Kastanie und den letzten verbliebenen Setzlingen. Von den anderen Anne-Frank-Schulen im In- und Ausland, die ebenfalls einen Baum pflanzen möchten.

»Und wir«, platzte Nurya auf einmal dazwischen, »haben eine geniale Idee, wie unsere Anne-Frank-Schule diesen Setzling bekommen kann! Wie finden Sie das?«

»Einen echten Ableger von Anne Franks Baum?«, fragte Frau Schneider ungläubig.

»Ja, stellen Sie sich das vor! Ist das nicht super?«, rief Nurya.

»Donnerwetter. War das deine Idee?«

»Es war die Idee von uns allen«, beeilte ich mich zu sagen. »Und Nurya hat diesen megatollen Aufruf fürs Internet angefertigt, schauen Sie mal.«

Wir stellten den Laptop auf den Schreibtisch, und Pego rief die Seite auf, die bislang noch nicht online geschaltet war.

Frau Schneider las sich alles gründlich durch. »Ich kenne diesen Baum«, murmelte sie. »Aber mein Besuch im Anne-Frank-Haus muss mehr als fünfzehn Jahre her sein …«

»Er ist erst vor ein paar Jahren umgefallen«, erklärte Paul.

»Eine tolle Idee, nicht wahr, Frau Schneider?«, rief Nurya. »Stellen Sie sich vor, wie großartig Anne diesen Gedanken finden würde. Lauter schöne Ableger von dem Baum, auf den sie zwei Jahre lang sehnsüchtig geblickt hat. Sie hat sich immer gewünscht, die Welt zu sehen …«

»… und nun können wenigstens die Ableger ihres Baumes hinaus in die Welt!«, beendete ich Nuryas Satz. »Das ist eine einmalige Chance. Es gibt nicht mehr viele Setzlinge, und wir müssen unbedingt versuchen, einen zu bekommen. Für unser Jubiläum. Für unsere Schule!«

»Wir können eine Bank unter die Kastanie stellen und dann im Sommer dort schön im Schatten sitzen, während der Pausen«, ergänzte Paul.

»Und im Herbst können wir eigene Kastanien ernten, das sind dann die Enkel von Anne Franks Baum. Ist doch übelst cool, oder? Und außerdem sammeln wir beim Schulfest noch Spenden für den Anne-Frank-Fonds.« Pego lächelte Frau Schneider an.

Frau Schneider legte die Hände aneinander. Die Falten auf ihrer Stirn waren verschwunden und auch ihr Lächeln wirkte jetzt offen und echt. »Es ist großartig, genau richtig und passend zu unserem Jubiläum.« Sie strahlte wie ein ganzes Sonnensystem.

Nurya hob den Zeigefinger. »Aber, Frau Schneider, das alles ist nur wirklich gut für alle Beteiligten, wenn Paul an der Schule bleiben darf. Bitte.«

»Das ist auch in meinem Sinn«, versicherte Pego. »Nur, weil Sie mich von der Schule werfen wollten, heißt das ja nicht, dass Sie das mit jedem machen müssen.«

Wir lachten, auch die Direktorin. Sie nickte bedächtig und sah zu Paul. »Ihr habt wahrscheinlich recht. Die Idee von Anne Frank ist ja, dass Frieden herrschen soll, überall. Auch an unserer Schule.« Sie reichte Paul die Hand.

Paul atmete auf. »Danke, Frau Schneider.«

Pego, Nurya und ich klatschten ab. »Danke!«, rief Nurya.

»Die Kosten fürs Streichen der Mauer werde ich deinen Eltern allerdings in Rechnung stellen müssen!«

Paul wurde blass. »Wie bitte?«

»Ja, was dachtest du? Daran hat sich nichts geändert. Und davon abgesehen möchte ich, dass du dir Gedanken machst, was du selbst zur Wiedergutmachung leisten könntest.«

»Wiedergut… ich …«, stammelte Paul. »Bitte, Frau Schneider, rufen Sie jetzt nicht bei mir zu Hause an, lassen Sie mich mit meinen Eltern reden. Bitte. Mein Vater …«

»Ja …?«

»Das ist nicht so einfach bei uns. Ich brauche etwas Zeit. Aber ich kriege das hin, versprochen. Aber wenn Sie ihn jetzt anrufen und ihm das ohne Vorwarnung erzählen, dann … der flippt aus … der schickt mich auf irgendein Internat im hintersten Winkel der Welt … nach Grönland oder so, der …« Jetzt bebte Pauls Stimme.

Die Direktorin legte eine Hand auf seine und eine auf meine Schulter. »Beruhige dich, Paul. Du kriegst das alleine hin, dafür bist du wirklich alt genug. Und ihr anderen sorgt dafür, dass er Hilfe bekommt, falls er sie braucht. Haben wir uns verstanden?«

Wir nickten.

»Dann zwitschert jetzt mal ab und stellt diesen Aufruf ins Netz.«

Genau das machten wir. Pego wählte sich ins WLAN der Schule ein, wir prüften ein letztes Mal den Text auf Fehler und klickten dann auf »Posten«.

Paul öffnete seinen Rucksack und zog einen riesigen Stapel Papier heraus.

»Hier. Flugblätter. Habe ich sicherheitshalber schon gestern Abend kopiert.«

Wir starrten ihn an.

»Du hast das auf gut Glück vorbereitet?« Pego schüttelte den Kopf.

»Ich wollte keine Zeit verlieren. So können wir sie heute schon an alle verteilen.«

»Gestern war Sonntag. Wo hast du das kopiert?«

»Bei meinem Vater. Er hat ein Profi-Teil. Hat keine fünf Minuten gedauert.«

»Übelst. Seid ihr reich oder so was?«

»Nö.«

»Genial.« Nurya lachte.

»Mann, du hast Nerven. Und was, wenn dein Vater dich erwischt hätte?«

»Ist auf Geschäftsreise.« Paul lächelte, und dann blickte er in meine Augen, ein bisschen zu lang, wie ich fand.

Pego teilte den Papierstoß in vier Portionen. Es hatte längst zur ersten Stunde geläutet, wir würden alle zu spät kommen, aber niemanden kratzte es, denn was wir taten, war wichtiger als Mathe, Englisch oder Deutsch. Wir waren da an einer richtig guten Sache dran, und wenn sie klappte, dann würden wir für immer die Kids mit dem Anne-Frank-Baum sein. Das und die Tatsache, dass Pego wieder zum Unterricht gehen durfte und Paul keine Androhung der Schulentlassung bekam, machte mich, obwohl noch gar nichts endgültig entschieden war, in diesem Moment unvorstellbar froh.

»Nach der letzten Stunde stellen wir uns jeweils zu zweit an beide Ausgänge und verteilen das, okay?« Paul sah mich schon wieder so komisch an. »Kommst du mit mir, Lil?«

»Äh, ich gehe vielleicht besser mit Nurya. Wir sind ja in der gleichen Klasse«, antwortete ich etwas schneller als notwendig.

Paul knabberte kurz an seiner Unterlippe. »Wie du willst. Dann übernehmen Pego und ich den Haupteingang.«

Innerhalb von wenigen Tagen wurden wir die Baumkids. Jeder auf der Schule kannte uns. In den Pausen umlagerten uns Schüler aller Jahrgangsstufen, die mehr über das Kastanienprojekt erfahren wollten. Frau Schneider hatte die glorreiche Idee, bei der Zeitung anzurufen, und tatsächlich, schon einen Tag später kam ein Journalist samt Fotograf vorbei und interviewte Pego, Helli, Nurya, Paul, Dennis und mich. Dann schossen sie ein paar Bilder von uns auf dem Schulhof, genau da, wo die Kastanie gepflanzt werden sollte.

Nachdem der Artikel in der Zeitung erschienen war, in dem übrigens auch die ganze Graffiti-Geschichte noch einmal aufgerollt und unser Spendenaufruf erwähnt wurde, überschlugen sich die Ereignisse. Innerhalb von einem Tag bekamen wir hunderttausend Likes. Hunderttausend! Und so ging es dann immer weiter, die Zahlen in Facebook kletterten schneller nach oben als die Temperatur in einem Backofen, und längst bekamen wir Daumen hoch von überallher, wie wir uns das höchstens in den allerallerkühnsten Träumen gewünscht hatten.

Nach etwas mehr als einer Woche wurde es im Netz plötzlich ruhiger. Wir standen knapp unter einer Million. Es war Mittwochnachmittag und Redaktionssitzung beim Kitty-Kurier, wo ebenfalls Ausnahmestimmung wegen der Anne-Frank-Kastanie herrschte. Mehrere von uns, darunter Paul, Nurya und ich, waren ständig online und checkten die Likes. Das ging seit Tagen so. Ich konnte gar nicht mehr anders. Nebenbei malte ich hingebungsvoll an einem neuen Titelblatt für die nächste Ausgabe, einem Kastanienbaum, was sonst. Paul, der seinen früheren Stammplatz verlassen hatte und jetzt neben mir saß, schaute mir zu.

»Mal doch eine Bank, die kreisförmig um den Baumstamm verläuft«, schlug er vor.

»Oh ja, coole Idee!« Nurya, die links von mir saß, klatschte in die Hände.

»Leute, jetzt beruhigt euch mal«, sagte Yuni. »Und steckt die Handys weg. Wir müssen unsere Zeitung fertig kriegen.«

»Aber wir müssen die Likes checken …«

»Gut, Lils Handy bleibt auf dem Tisch, und wenn wir die Million erreichen, dann schreit sie ganz laut, okay?«

Ich schaute aufs Display. »999.950.«

»Boah.« Lola riss die Augen auf. »Fehlen nur noch fünfzig. Unglaublich.«

»Echt?«, fragte Yuni elektrisiert. »Oh mein Gott, dann schafft ihr das womöglich wirklich heute noch.«

Es war kaum auszuhalten und an Konzentration nicht zu denken. Bei jedem neuen Like rief ich »Bäm!« und die anderen antworteten mit »Yay!«. Dazwischen versuchten wir, die fertigen Themen für die nächste Kitty-Ausgabe durchzusprechen, und schauten Nuryas Layout und meine fertigen Illustrationen dazu an.

Als nur noch zehn Likes bis zur Million fehlten, klopfte es, und im gleichen Moment tauchte Frau Schneiders rostbrauner Haarschopf in der Tür auf.

»Verzeihung.« Sie räusperte sich. »Ich unterbreche euch nur ungern, aber ich habe tatsächlich keine Verbindung zum WLAN.« Sie klang fast panisch. »Und jetzt konnte ich seit einer halben Stunde keinen aktuellen Stand mehr abfragen. Das bringt mich noch um den Verstand.« Sie machte ein gequältes Gesicht und alle lachten.

»Bäm!«, rief ich. Jetzt fehlten nur noch neun. Frau Schneider zuckte zusammen.

»Yay!«

»Wir knacken die Million, wir knacken sie!« Paul sprang auf und stellte sich auf seinen Stuhl. Sofort machten es ihm Ado und Max nach.

Yuni kam um den Konferenztisch herum und umarmte mich. »Lil, es tut mir leid, dass ich dich angemeckert habe, vor Kurzem auf dem Klo. Das war ungerecht. Ich … wir dachten, ach, das war voll uncool.«

»Schon gut. Ich hätte an eurer Stelle auch gezweifelt.«

Inzwischen wussten beim Kurier natürlich alle, wer die

Graffitis gesprüht hatte. Nur dem Journalisten hatten wir es nicht erzählt, denn Paul war immer noch nicht dazu gekommen, mit seinen Eltern zu reden. Jedes Mal, wenn ich ihn fragte, wich er aus und erklärte, sein Vater sei noch auf Geschäftsreise. Er hatte auch von dem Zeitungsartikel nichts mitbekommen und seine Mutter offenbar auch nicht.

»Bäm!«

»Yay!«

»Noch acht!«

Die Wangen unserer Direktorin glühten.

»Bäm! Bäm! Gleich zwei. Und bäm!«

»Yay, yay, yay!« Und Frau Schneider quiekte hinterher: »Yay!«

Wir schmissen uns weg vor Lachen. Alle redeten durcheinander. Paul kam wieder von seinem Stuhl runter, Max und Ado blieben stehen und begannen zu tanzen. Frau Bobsy, unsere Beratungslehrerin, fuhr ihren Laptop hoch und rief die Facebook-Seite der Schule auf. Frau Schneider setzte sich neben sie.

»Bäm!«

»Yay!« Es war ohrenbetäubend.

Noch vier Likes bis zu einer Million.

Frau Schneider schob Frau Bobsy die Mailadresse des Anne-Frank-Hauses zu. »Hier. Sobald wir die Million haben, schicken wir denen unseren Facebook-Link. Und hängen Sie bitte den Artikel aus der Zeitung mit an und erklären die Sache mit dem Spendenaufruf?«

Frau Bobsy grinste. »Mach ich.«

»Bäm! Bäm!«

»Yay, yay!«

Und dann ging es ganz schnell. Die letzten zwei gehobenen Daumen purzelten sozusagen gemeinsam über die Ziellinie. Auf einmal hatten wir eine Million Likes.

»Bäm, bäm, tataaaaaaa!«

»Yay! Juchhu! Juchhu! Hurra!«

Frau Schneider fiel Frau Bobsy um den Hals, Max sprang in Ados Arme, Yuni küsste Lola, und Nurya rüttelte an mir, als wäre ich der Baum und als wollte sie die Kastanien von mir herunterschütteln. Paul legte einen Arm um mich und drückte mir einen megaschmatzigen Kuss auf die Wange. Mein Handy vermeldete mehrere Nachrichten hintereinander, erst eine von Helli, dann von Dennis, dann von Pego und schließlich sogar von Mama. Alle hatten es gesehen, alle waren außer sich vor Freude.

Frau Bobsy nahm wieder Platz und schrieb weiter an der Mail, die Frau Schneider ihr auf Englisch diktierte.

»Und jetzt noch die Namen aller Erfinder, ganz unten.«

Und so kam es, dass man in Amsterdam an diesem Tag eine höfliche Mail erhielt, in der das Anne-Frank-Gymnasium München im Auftrag von Nurya, Pego, Lil, Paul, Dennis und Helli, unterstützt von einer Million Followern, für den fünfzigsten Jahrestag der Gründung der Schule um einen Originalsetzling des Kastanienbaumes bat, der einst im Hof des Museums gestanden hatte. Unsere Spende würden wir nach dem Schulfest überweisen.

»Wenn das nicht klappt, dann schmeiße ich meinen Job«, sagte Frau Schneider.

Wir starrten sie an.

»Das war natürlich ein Scherz!«

Ihre humorvolle Seite hatte unsere Direktorin bisher gekonnt versteckt, aber ich fand, die stand ihr ganz gut.

»Glauben Sie, es klappt?«, fragte ich.

»Schwer zu sagen. Wer weiß, was die anderen Bewerber sich einfallen lassen. Aber wir feiern immerhin unseren fünfzigsten Geburtstag und sammeln für den Anne-Frank-Fonds. Außerdem findet eine Million Menschen, dass wir es verdient haben.« Sie seufzte. »Jetzt müssen wir uns bestimmt ein wenig gedulden.«

Freitagnachmittag standen Helli und ich bei uns im Mädchenbad.

Wir studierten den ellenlangen und in winziger Schrift bedruckten Beipackzettel meiner neuen Pickelsalbe.

»Eine erbsengroße Menge auftragen und verteilen …«, las Helli vor.

»Welche Erbsen meinen die denn? Grüne Erbsen oder Kichererbsen?«

Helli lachte. »Ich würde mal mit einer kleinen Erbse anfangen. Sonst ätzt es dir noch die Haut weg.«

»Waaas? Steht das da?«

»Hmm.«

Ich riss ihr den Zettel aus der Hand. »Zeig her.«

Draußen klopfte jemand an die Tür.

»Lil!«, rief Arti. »Telefon.«

Helli ließ den Beipackzettel in ihrer Hosentasche verschwinden und ich steckte die Salbe in den Zahnputzbecher. Dann öffnete ich die Tür einen Spaltbreit.

Meine Schwester reichte mir den Hörer. »Die Schule«, flüsterte sie.

Helli und ich sahen uns an.

»Ähm, hallo?«

»Lilaia, hier Schneider. Ich hoffe, ich rufe nicht ungelegen an, aber du und dein Bruder Pego sollt die Ersten sein, die es erfahren: Wir haben eine Zusage aus Amsterdam!«

»Eine Zu…? Heißt das, wir bekommen den Setzling?«

»Ja! Ist das nicht fantastisch!?« Die Direktorin klang, als wäre sie höchstens zwölf.

»Juchhu!« Vor Aufregung kniff ich Helli ganz doll in den Arm.

Sie quiekte vor Schmerz laut auf.

»Huch«, rief Frau Schneider erschrocken. »Was ist das? Hast du dich verletzt?«

»Nein, alles in Ordnung. Danke, dass Sie mir Bescheid gesagt haben. Ich muss es sofort meiner Familie erzählen!« Ich legte einfach auf, fiel Helli um den Hals, riss dann die Badezimmertür auf, fiel Arti um den Hals und jagte anschließend durch das ganze Haus.

Außer Pan war jedoch niemand da. Also sprintete ich zurück ins Badezimmer, wo Helli eine Nachricht an Pego und Nurya schrieb.

»Eure Schule ist viel cooler als unsere«, schmollte Arti und setzte sich neben Helli auf den Badewannenrand. »Da ist wenigstens etwas los.«

»Mach dir nichts draus. Ab Herbst gehen wir sowieso alle auf dieselbe Schule.«

Hellis Miene verfinsterte sich. »Ich nicht. Ich gehe nach Hockerill.«

Ich pflanzte mich neben sie und Arti. »Oh nein! Ist das wahr? Wieso sagst du das jetzt erst?«

Helli druckste herum. »Weiß nicht … na ja … ich dachte, wenn ich es noch ein paar Stunden für mich behalte, dann ist es auch noch nicht wahr.«

»Seit wann weißt du es?«

»Seit vorhin. Als ich aus der Schule kam, war der Brief da.«

Ich legte den Arm um Hellis Schultern. »Arme HALFie. Das ist so hart.«

»Wo liegt denn Hockerill?«, wollte Arti wissen.

»Nicht weit von London.«

»Ist doch super! London ist total klasse, oder, Lil?«

Arti hatte recht.

Im letzten Herbst hatten wir Papa nach Cambridge begleitet und uns dann auch noch die Hauptstadt angeschaut. Und ja, ich musste es zugeben, London fand ich extremst gut.

»Weiß Helli schon. Voll genial.« Ich schaute Helli in die Augen und plötzlich machte es klick. »Hast du wirklich Hockerill gesagt?«

»Klar und deutlich.«

»Dann fahren wir zusammen nach London! Cambridge ist zwar eine Ecke weiter, aber für ein Wochenende …«

Sie starrte geradeaus, als würde sie nicht mitkriegen, was ich sagte.

»In *meiner* Nähe und in Pegos!« Ich rüttelte sie leicht. »Verstehst du? Warum freust du dich nicht?«

Helli schaute gequält. »Weil ich es immer noch nicht fassen kann, dass meine Eltern das wirklich tun. Und ich es jetzt erst mal verdauen muss.«

»Mensch, ich lasse meine Freundinnen alle hier«, sagte Arti. »Ihr zwei habt euch wenigstens in England! Ich würde sagen, besser kann es gar nicht laufen.« Sie machte ein trauriges Gesicht. »Ihr habt es gut.«

»Wir haben es nicht gut, weil wir nämlich auf die gleiche Schule und in die gleiche Klasse gehen wollen. Und zwar bis zum Abi.«

»Aber wenigstens könnt ihr euch mal am Wochenende sehen.«

»Hoffentlich.« Helli seufzte.

Und dann schob ich Arti zur Tür hinaus, weil da nämlich noch etwas anderes war, was ich dringend mit Helli besprechen musste:

Demnächst lief die Frist für die Anmeldung zum Modedesignworkshop ab, das war durch die Kastanienaktion in den Hintergrund gerutscht. Ich schmierte mir schnell eine erbsengroße Portion Pickelsalbe auf die Stirn, dann schickte ich Dennis und Paul die gute Nachricht von Frau Schneider, anschließend mixte ich in der Küche zwei große Saftschorlen, und damit verzog ich mich mit Helli in unsere Hängematte im Garten.

»Ich hätte auch gerne eine Hängematte.«

»Ach, komm. *Du* hast wirklich das beste Zimmer überhaupt. Und du hast keine Geschwister. Weißt du eigentlich, wie gut es dir geht?«

»Nee, weiß nicht«, sagte Helli zweifelnd. »Ich finde, du hast es gut. Für dich ist immer jemand da.«

»Na, vielen Dank. Darauf kann ich die meiste Zeit verzichten.«

Dingding.

Eine Nachricht von Dennis:

»Hammer. Genial. Vielleicht sollten wir uns auf Facebook-Aufrufe spezialisieren!«

»Ja, und dann pflanzen wir einen ganzen Kastanienwald«, schrieb ich zurück.

Helli seufzte. »Du hängst nur noch an diesem Teil, fällt dir das auf? Es nervt.«

»Tut mir leid. Leute, die erst mit dreizehn ein Handy bekommen, haben viel nachzuholen.«

»Haha.«

Ich schob das Handy in die Tasche.

Dingding.

Ich holte es wieder hervor.

»Siehst du, das meine ich. Lass es doch bimmeln. Oder schalte es stumm. Ständig werden wir unterbrochen.«

Ich schaltete den Ton ab und legte das Handy, ohne nachzusehen, neben mich. »Wenn Pego dir etwas schickt, schaust du ja auch.«

»Stimmt nicht. Oft höre ich es gar nicht.«

»Als ob.«

»Ist so!«

Das Display meines Handys leuchtete auf, und ich versuchte, die oberste Nachricht zu entziffern.

Helli kicherte. »Du bist so abhängig, Lil. Wenn ich es nicht besser wüsste, würde ich denken, du interessierst dich für nichts sonst.«

»Jetzt hör mal auf.«

Ich nippte an meinem Saft. »Im Moment ist viel los. Da gibt es auch mehr Datentransfer.«

»Datentransfer, soso. Du redest wie ein Nerd.«

Jetzt lachten wir beide.

»Ich bin kein Nerd! Das ist ja wohl so klar wie dicke Tinte!«

Helli verdrehte die Augen.

»Schau, mein Handy liegt hier ganz brav. Und ich lasse es liegen und beobachte es nur hin und wieder, okay? In der Zwischenzeit frage ich dich: Wie schaffe ich es, doch noch nach Berlin zu dürfen?«

Helli sog geräuschvoll ihren Saft durch den Strohhalm. »Willst du das denn noch?«

»Natürlich. Nichts mehr als das!«

»Nichts?«

»Nein.«

»Nicht mal Dennis?«

Ich beugte mich über den Hängemattenrand und stellte mein Glas auf dem Rasen ab. »Vor drei Wochen wäre das noch anders gewesen, aber jetzt … ich finde es ist okay, wie es ist.«

»Und Paul?«

»Helli! Was hast du nur immer mit Paul?«

»Jede Wette, dass er in dich verknallt ist. Ich hab's von Anfang an gesagt.«

»Du hast einfach deine *Stolz und Vorurteil*-Theorie angewandt, nach der jeder verknallt sein muss, in irgendwen.« Ich lachte.

»Das ist nicht besonders hellsichtig.«

»Du meinst hellisichtig?« Sie lächelte verschmitzt.

»Du sagst es!«

»Aber es ist eine Tatsache. Ich sehe doch, wie er ständig an dir dranklebt, merkst du das nicht?« Sie nahm den Strohhalm und pustete in meine Richtung.

»Na und, dann ist das eben so. Ist mir auch schon aufgefallen, aber ich kann es nicht ändern. Können wir jetzt bitte mal über meinen Workshop reden?«

Die Terrassentür ging auf. Mama und die Zwillinge winkten.

»Wir sind wieder da!«, rief Nike.

Ich winkte zurück.

»Helli, bleibst du zum Abendessen?«, rief Mama.

»Geht leider nicht. Ich muss mit meinen Eltern in die Pizzeria.«

»Armes Kind!« Mama lachte.

»Stimmt das mit der Kastanie aus Amsterdam?«

»Ja! Aber könnt ihr uns jetzt bitte noch mal kurz alleine lassen?«, bat ich. »Wir müssen etwas Wichtiges besprechen.«

Orion schoss einen alten, fast luftleeren Ball in unsere Richtung. »Das ist nicht dein Garten.«

Zum Glück zog Mama die beiden Kleinen nach drinnen.

»Siehst du jetzt, was ich meine, wenn ich sage, du hast es gut? In meinem Zimmer stört Arti und im Haus wuseln überall Leute herum. Nirgends ist man sicher. Und wenn jetzt gleich noch Pego kommt, dann bin ich sowieso abgemeldet«, schmollte ich.

»Keine Sorge. Der boxt sich gerade durchs Leben.« Helli grinste und sah auf die Uhr. »Aber ich muss gleich heim. Pizzeria. Und bestimmt ein anstrengendes Gespräch über Hockerill und all die tollen Erwartungen an mich.«

»Hast du, bevor du gehst, noch einen guten Tipp oder nicht?« Es wurde langsam kühl, und ich versuchte, mich in die Hängematte zu wickeln. Helli, die mir gegenüberlag, tat das Gleiche.

»Melde dich einfach an.«

»Wie bitte?«

»Du hast gegen den Willen deiner Eltern am Wettbewerb teilgenommen, was soll schon passieren, wenn du dich einfach anmeldest? Trau dich.«

»Du spinnst. Das mache ich nicht. Wie soll ich nach Berlin kommen, ohne ihre Erlaubnis?«

»Hm. Schwierig. Sag, du nimmst mich mit.«

»Dich?«

»Ja, als Aufpasserin.«

»Ich weiß nicht. Wenn du achtzehn wärst oder sechzehn, dann vielleicht, aber wieso solltest ausgerechnet du auf mich aufpassen?«

»Dann frag Maria! Sie könnte dich begleiten! Sie ist erwachsen, sie ist nett und es wäre sicher auch lustig …«

»Hm.« Ich stellte mir vor, wie das wäre, mit unserem Aupair-Mädchen in Berlin. Am Workshop würde ich ja sowieso alleine teilnehmen, Maria aber könnte sich die Stadt ansehen. Was sie sicher cool fände, denn genau wie ich war sie noch nie dort gewesen. Abends nach dem Workshop könnten wir dann zusammen abhängen oder so.

»Helli Popelli, das klingt nach einer guten Idee. Maria! Warum bin ich nicht selbst darauf gekommen?«

»Weil du auf einen hellitastischen Rat gewartet hast!« Sie machte sich in der Hängematte lang und kitzelte mich in den Achseln.

Ich schrie auf. »Hey! Lass das! Hey!«

Ich versuchte, sie ebenso zu kitzeln, und plötzlich gerieten wir in Schieflage, purzelten übereinander, rutschten und landeten schließlich auf dem Rasen. Mein Handy fiel hinterher und knallte auf meinen Kopf.

»Autsch!« Ich rieb mir die getroffene Stelle und den Po gleichzeitig.

Helli lachte sich kaputt. »Oh, schade, dass wir das nicht gefilmt haben!«

Nike riss die Terrassentür auf. »Lil, wir skypen! Du sollst kommen!«

Ich rieb mir immer noch den Kopf, wo ich unter den Haaren schon die Beule ertastete. »Warum nicht nach dem Abendessen?«

»Weil Papa wegmuss.«

Helli klopfte sich das Gras von den Klamotten, reichte mir die Hand und zog mich hoch. »Gut. Du gehst jetzt da rein und redest Klartext. Sag, dein Leben hängt von dem Workshop ab. Und dass Maria auf dich aufpasst.«

Den restlichen Monat Mai

tropfte unsere schöne Hängematte vor sich hin.

Es regnete fast ununterbrochen. Auch wenn ich wie alle anderen stöhnte, kratzte mich dieser Umstand nicht wirklich, denn zum Glück fehlte mir die Zeit, um mich darüber aufzuregen. Seit meine Eltern mir den Workshop in Berlin genehmigt hatten, und zwar unter der übelsten Bedingung, dass die ganze Familie mich begleiten sollte, verbrachte ich jede freie Minute mit meinem LLB und einem zweiten Skizzenbuch, das Mama mir extra gekauft hatte. Es ging nämlich darum, schon vor dem Workshop möglichst viele Entwürfe zusammenzutragen. Wer am Ende der Workshop-Woche den ersten Platz in der Designausstellung belegte, hing auch davon ab, wie viel er oder sie im bisherigen Leben an modischen Ideen zu Papier gebracht hatte. Ich konnte aber schlecht acht volle LLBs mit nach Berlin schleppen – obwohl, mit sieben Familienmitgliedern im Gepäck wäre auch das kein echtes Problem –, deshalb zeichnete ich das meiste in das neue Skizzenbuch. Außerdem würden wir noch die besten Skizzen aus allen alten LLBs kopieren, sagte Mama, die nun plötzlich für meinen Workshop glühte, als wäre es ihr eigener. Manchmal drängte sich mir der Verdacht auf, genau aus diesem Grund hatte sie Berlin zum allgemeinen Familienausflug erklärt, damit nicht auffiel, wie gerne sie mich dorthin begleitete. Dagegen hätte ich jedenfalls weniger einzuwenden gehabt als gegen den Begleitschutz von allen. Wie sah das aus? Was würden die anderen Teilnehmer denken, wenn ich zu acht dort eintraf? Ich schämte mich jetzt schon. Alle anderen würden bestimmt ganz cool und ganz allein dort anreisen, nur Lil April brachte eine Gefolgschaft mit wie ein Ritter zu einem mittelalterlichen Turnier. All mein Ringen und Verhandeln war jedoch vergebens und Mama und Papa waren unerbittlich geblieben.

Dass ich überhaupt teilnehmen durfte, verdankte ich übrigens der »Reife, die ich während der letzten Wochen an den Tag gelegt« hatte. Genau so drückten sie es aus. Vor allem Mama fand meine Haltung gegenüber Paul bewundernswert. Dafür hätte ich jede Belohnung der Welt verdient, meinte sie. Das fand ich nun wiederum etwas übertrieben, denn soooo besonders war das ja nun wirklich nicht, aber natürlich hielt ich den Mund. Sollten sie mich ruhig belohnen. Als ich jedoch versuchte, meine Geschwister von der Reiseliste zu streichen, stieß ich auf Widerstand. Alle würden mitfahren, und basta. Mama versicherte mir allerdings, die anderen in jedem Fall von mir und dem Workshop fernzuhalten. Ich würde in Ruhe meine Modekollektion entwerfen dürfen, während meine Familie sich eine schöne Ferienwoche in Berlin machte. Der Termin fiel nämlich ausgerechnet in die Sommerferien. Und da wir in diesem Jahr wegen des Umzugs nach Cambridge keinen Urlaub planten, war Berlin ein »hübscher Kompromiss«, wie Mama es nannte.

Und dann ging, ohne dass man es am Wetter gemerkt hätte, der Mai in den Juni über. Es regnete einfach weiter, bis dann, endlich, nach einer weiteren Woche, die Wolken sich lichteten und von einem auf den anderen Tag die Sonne vom Himmel brannte und Gärten, Wiesen, Parks, Pfützen sowie unsere Hängematte trocknete. Pünktlich zu unserem Jubiläum, dem fünfzigsten Jahrestag der Gründung des Anne-Frank-Gymnasiums, herrschte allerschönster Sommer.

Wir Aprils befanden uns in Festtagsstimmung, erstens, weil Pego und ich heute gemeinsam mit Nurya, Dennis, Paul und Helli den Setzling aus Amsterdam pflanzen durften, zweitens, weil meine kleinen Geschwister endlich einmal mit zum Gymnasium durften und deswegen voll aufgeregt waren und drittens, weil Papa extra aus England gekommen war. Viertens ein bisschen auch, weil heute mein erstes Kitty-Kurier-Titelbild auf der Internetseite der Schule erschien, so wie die ganze Zeitschrift. Und fünftens, weil dieser besondere Tag genau auf den Geburtstag unserer Schulpatronin fiel. Anne Frank wäre heute siebenundachtzig geworden, und das machte die Sache noch feierlicher, fand ich.

Als wir alle zusammen mit dem Bus zur Schule fuhren, stellte ich mir vor, wie es wäre, wenn die alte Dame Anne heute auf meiner Lieblingsbank säße und am Schulfest teilnehmen könnte. Oder wenn sie in ein paar Jahren unter der Kastanie sitzen und uns Schülern aus ihrem Tagebuch vorlesen könnte oder aus einem der anderen Bücher, die sie mit Sicherheit geschrieben hätte, wenn sie nicht ermordet worden wäre. Denn sie hatte ja Schriftstellerin werden wollen. Dann hatte ich jedoch keine Zeit mehr, meinen Wunschgedanken nachzuhängen, weil die Wirklichkeit meine ganze Aufmerksamkeit forderte.

An der Schule herrschte Hochbetrieb. Wir stiegen aus dem Bus, Papa im Anzug, Mama in einem luftigen gelbgrauen Tüllkleid, meine jüngeren Geschwister auch alle irgendwie aufgehübscht und ich in einer nagelneuen weißen Jeans und einem weißen, an den Säumen bestickten ärmellosen Top. Mama hatte etwas geschimpft, weil sie glaubte, ich würde mir das Outfit mit der Blumenerde verderben, aber das kümmerte mich nicht. Wozu gab es Waschmaschinen? Außerdem würde ich aufpassen. Pego sah auf den ersten Blick aus wie immer, in Jeans und T-Shirt, aber bei näherem Hinsehen bemerkte man, dass sein T-Shirt, natürlich selbst bedruckt, neu war. Da stand »fifty-fifty«.

»Blöd. Was soll das denn heißen?«, fragte Orion, der es offenbar jetzt erst sah.

»Halbe-halbe.«

»Halbe-halbe? Und was bedeutet das?«

Pego antwortete nicht, sondern ließ seine Augen umherschweifen, wahrscheinlich auf der Suche nach Helli.

»So sagt man, wenn man etwas halbiert, also in zwei Hälften teilt«, erklärte Mama.

»Ja, und?« Nike schob ihre kleine Hand in Mamas große.

Papa nahm Nikes andere Hand. »Das ist doch ein schönes Motto. Alles redlich zu teilen.«

»Aber Pego teilt doch gar nicht gern«, wandte Orion ein.

»Genau«, pflichtete Triton ihm bei. »Deshalb heißt er ja auch Pegoist.«

Wir lachten.

»Denkt doch, was ihr wollt, Knirpse«, sagte Pego, der jetzt Helli entdeckte und die Hand hob.

»Vielleicht meint er auch das Jubiläum, denn fifty heißt ja fünfzig«, sagte ich.

Triton tippte sich an die Stirn. »Vielleicht weiß er es auch selber nicht genau und will nur angeben.«

Auf dem Schulhof wimmelte es wie in einem Ameisenhaufen. Eltern, Großeltern, Geschwister und Freunde von ungefähr achthundert Schülern, das ergab eine ganze Menge Leute. Rechts neben dem Haupteingang war eine Art Bühne aufgebaut. Dort würden später die Hip-Hop-Gruppe und die Theatergruppe auftreten. Links neben der Bühne hing ein Ausdruck des aktuellen Kitty-Kuriers an einer Infowand. Ich freute mich, dass meine Illustrationen so deutlich sichtbar für alle dort hingen. An den Rändern des Schulhofs standen mehrere Imbissbuden mit Pommes, Waffeln, belegten Broten, Cocktails und Zuckerwatte, die verschiedene Klassen der Mittelstufe betrieben. Ich entdeckte Paul am Waffelstand und winkte ihm zu. Er sprang betont lässig, also echt angeberisch über einen Stuhl und kam auf mich zu.

»Alles klar?«

Ich nickte. »Bei dir?«

»Joah.«

»Sind deine Eltern auch da?«

Er zeigte mit dem Kopf Richtung Bühne. »In der vordersten Reihe. Damit sie nichts verpassen.« Er grinste schief.

»Was hat dein Vater jetzt eigentlich zu deiner Graffiti-Aktion gesagt?«

»Nichts.«

»Nichts?«

»Er weiß es nicht.«

Mein Herzschlag setzte für eine Sekunde aus. »Paul!«, hauchte ich. »Du bist verrückt!«

Er wollte sich wegdrehen und verschwinden.

Ich hielt ihn am Arm fest. »Du hast es versprochen.«

Er wandte sich mir wieder zu und kam ganz nah. »Wenn ich es tue, wirst du dann meine Freundin?«

Ich ließ ihn los und ging einen Schritt rückwärts. »Du spinnst.«

»Wieso? Ich bin nicht der Erste, der mit dir zusammen sein will.«

»Aber ich will nicht mit dir zusammen sein«, sagte ich und hörte selbst, wie hart das klang, sodass ich schnell versuchte, den Stoß noch abzumildern. »Ich meine, es ist total nett und süß von dir, aber jetzt geht es hier gerade um etwas anderes, nämlich dein Versprechen. Was machst du, wenn Frau Schneider es ihm sagt?«

»Pech.« Er schaute zu Boden und malte mit dem Turnschuh die Umrisse eines Herzens. »Pech auf der ganzen Linie eben. Und ehrlich, es ist mir jetzt auch egal.«

»Was ist dir egal?«

»Ach, alles. Und nichts. Ich habe es einfach nicht geschafft, es ihm zu sagen, und wenn er es heute erfährt, dann bin ich hier wenigstens nicht allein.« Er zuckte mit den Schultern.

In diesem Moment drang ein pfeifendes Geräusch durch die großen Lautsprecherboxen am Podium. Mehrere Leute hielten sich die Ohren zu. Ich sah Frau Schneider, die am Mikrofon herumbastelte, und dann den Hausmeister, der ihr zur Seite sprang.

»Liebe Familien«, tönte es schließlich, begleitet von tosendem Beifall, aus dem Lautsprecher. »Liebe Eltern, liebe Anne-Frank-Schülerinnen und -Schüler, liebe Geschwister, liebe Gäste aller Art! Heute ist der Geburtstag unserer Schulpatronin und der fünfzigste Jahrestag der Einweihung unserer Schule.«

Und dann redete sie mindestens zwanzig Minuten. Über die Gründung der Schule vor fünfzig Jahren, über unsere Schulpatronin. Über die vielen Aufgaben, die eine Schule erfüllen muss und darf. Über die Flüchtlinge, die im letzten Jahr hinzugekommen waren und eine Bereicherung für die Schule darstellten. Von diesen Flüchtlingskindern hob sie eines heraus: Nurya. Frau Schneider bat Nurya auf die Bühne, und ich sah, wie sich ein hellrotes Kleid aus der Menge löste und hoch zum Podium eilte. Dann stand Nurya neben Frau Schneider, strahlend und hübsch.

Und plötzlich wurde mein Name aufgerufen. Gefolgt von Pego, Paul, Helli und Dennis. Ich wankte neben Paul zur Bühne und sah aus den Augenwinkeln auch die anderen drei. Helli trug wie ich eine weiße Jeans und darüber ein schlichtes graues Shirt. Dennis hatte sein uraltes, verwaschenes Ringelshirt und eine Jeans mit ziemlich großen Rissen an, die ihm wie immer auf Mitte Po hing, was seine leuchtende grüne Unterhose gut zur Geltung brachte. Wenigstens waren keine kindischen Motive drauf, so wie sonst oft. Wir nahmen rechts und links von Frau Schneider Aufstellung.

»Diese sechs jungen Leute verdienen heute unseren besonderen Applaus«, fuhr die Direktorin fort. »Sie haben etwas ermöglicht, was selbst große Politiker dieser Welt nicht fertigbringen. Denn sie haben einvernehmlich und friedlich ein Problem gelöst! Durch schieren Übermut und jugendlichen Leichtsinn, den die meisten von uns bestimmt nachempfinden können, hat einer dieser Schüler unserer Schule erheblichen Schaden zugefügt.« Ein Raunen ging durch die Menge und Frau Schneider machte eine kurze Atempause. »Die Rede ist von zwei Graffitis, von denen Sie, sehr verehrte Damen und Herren, mit Sicherheit gehört haben, schließlich war es ja sogar in der Zeitung zu lesen. Das führte zu allerlei Missverständnissen und übereilten Aktionen, es führte zu einer zerbrochenen Fensterscheibe und schließlich aber zu einer großartigen Gemeinschaftsaktion. Um ihren Fehler wiedergutzumachen und sich bei der Schule zu entschuldigen, haben diese Schüler alle Hebel in Bewegung gesetzt, weil sie unbedingt diesen schönen Kastaniensetzling aus Amsterdam bekommen wollten!«

Applaus brauste auf. Frau Schneider zeigte lächelnd auf die kleine, zarte Pflanze direkt neben dem Podium. Eine riesige rosa Schleife zierte den Pflanzkübel.

Einer rief: »Bravo!«

»Ja, ich bin sicher, wir werden den Originalsetzling hegen und pflegen und hoffentlich werden alle jetzigen und zukünftigen Schüler und Lehrer unserer Schule Freude daran haben. Zwei dieser Jugendlichen, Nurya und Dennis, werden nun gleich mit dem Spendenhut herumgehen. Und ich bitte Sie: Greifen Sie tief in die Tasche, denn alles, was wir heute sammeln, kommt einem Kinderhilfsprojekt des Anne-Frank-Fonds zugute!«

Wieder klatschten die Leute begeistert.

»Wer hat die Graffitis gemacht?«, schrie jemand aus der Menge, genau in dem Moment, als der Applaus abebbte.

Frau Schneider holte Luft, aber irgendwie blieb sie ihr im Hals stecken. Sie antwortete nicht, sondern blickte unsicher nach rechts, wo Paul, Pego und Dennis standen.

»Nun ja …«, sagte sie zögernd, doch in diesem Moment trat Paul vor. Er nahm unserer überraschten Schulleiterin das Mikrofon aus der Hand und wirkte dabei so lässig, als hätte er das schon hundertmal gemacht.

»Ich muss etwas klarstellen«, begann er und schaute dabei zur vorderen Reihe im Publikum. Dort standen ein sehr großer Mann und eine etwas rundliche blonde Frau. Der Mann musste sein Vater sein, denn er sah aus wie Paul, nur viel älter und ohne Haare. Er hatte exakt die gleichen himmelblauen Augen und mit denen blickte er gerade frostig in unsere Richtung. Ich bekam eine Gänsehaut.

»Die Graffitis sind von mir«, fuhr Paul fort. »Ich habe heimlich zwei Zeichnungen von Lilaia genommen und daraus Graffiti-Schablonen gebaut. Ich wollte Lilaia schaden, weil ich dachte, ich müsste unbedingt ihren Job beim Kitty-Kurier haben.« Er machte eine Pause und schaute wieder zu seinen Eltern. »Damit mein Vater stolz auf mich sein kann. Dabei habe ich überhaupt nicht daran gedacht, was das alles nach sich ziehen würde. Nämlich, dass plötzlich Lilaias Bruder Pego die Schuld auf sich nimmt!« Er grinste hinüber zu Pego, der etwas angespannt zurückgrinste. »Und dann passierte noch etwas Unvorstellbares: Lil entdeckte, dass ich es war, aber statt mich in die Pfanne zu hauen, bot sie mir ihre Hilfe an. Und schließlich waren wir zu sechst und überlegten alle zusammen, wie wir den Schaden wiedergutmachen konnten. Und auf die Art konnten wir die Schulleitung überzeugen, mich nicht rauszuschmeißen.« Paul linste wieder zu seinen Eltern, die ihn wie vom Blitz getroffen mit offenem Mund anstarrten.

»Ich möchte mich bei euch allen entschuldigen«, fuhr er fort. »Zuallererst bei Lil und Pego, die wegen mir einen Riesenärger hatten, aber auch bei der ganzen Schule. Diese Graffiti-Nummer war ein großer Fehler, und um ihn wiedergutzumachen, werde ich erstens von nun an zu jeder Redaktionssitzung beim Kitty-Kurier zwei Tüten Gummibärchen mitbringen und außerdem im nächsten Schuljahr eine Kunst-AG für die jüngeren Klassen anbieten.« Er lächelte in meine Richtung. »Ich bin zwar lange nicht so talentiert wie Lil, aber ich weiß jetzt zum Beispiel ganz genau, wie man Schablonen baut.«

In den hinteren Reihen fing jemand an zu johlen, und aus der Mitte schrie jemand: »Paul, du alter Verbrecher!«

Alle lachten, und dann applaudierten sie heftig und ausdauernd, während Paul, Pego, Dennis, Nurya, Helli und ich uns auf der Bühne abklatschten. Als sich dann Frau Schneider und Paul noch einmal die Hände schüttelten, brauste der Beifall noch einmal doppelt auf.

Frau Schneider übernahm wieder das Mikro und hob beschwichtigend die Hand. »Ich denke, wir alle hier«, sie sah direkt zu Pauls Eltern, »wir alle wissen deinen Mut zu schätzen, Paul. Jeder Mensch macht Fehler. Du hast deinen nicht nur erkannt, sondern stehst auch hier in aller Öffentlichkeit dazu. Das ist stark, und ich bin froh, dass wir so einen beherzten, engagierten Jungen und zukünftigen AG-Leiter an unserer Schule haben. Und ich bin sicher, mit deinen Eltern findest du auch eine kreative Lösung, wie ihr die Kosten für die Reinigung der Schulmauer vielleicht aufteilen könnt.«

Wieder tönte von allen Seiten Beifall.

»Aber genug geredet!«, rief Frau Schneider und hob gewohnt priestermäßig die Hände. »Jetzt werden diese sechs Jugendlichen einen Baum pflanzen. Nicht irgendeinen, sondern einen echten Abkömmling von Anne Franks Kastanie aus Amsterdam.«

Aufs Stichwort sprangen wir von der Bühne, packten den Pflanzkübel und hievten ihn gemeinsam zu der Stelle, wo ein Gärtner bereits ein großes Pflanzloch ausgehoben hatte. Wir mussten ganz schön ruckeln, bis das schwere Teil endlich aus dem Kübel rutschte. Der Hausmeister sprang die ganze Zeit um uns herum, weil er fürchtete, wir würden die zarten Äste abknicken, aber natürlich passten wir auf. Nachdem die Pflanze ins Loch gesetzt, schön senkrecht ausgerichtet und ringsum mit Erde bedeckt war, durften Pego und ich mit zwei Gießkannen wässern. Zum Schluss nahm

Frau Schneider die riesige rosa Schleife ab und überreichte sie mir.

»Die ist für dich, Lil«, sagte sie, und ihre Stimme klang bewegt, ja fast gütig. »Ich habe gehört, du entwirfst Mode. Vielleicht ist auch einmal ein Kleid mit Schleife dabei.«

Erleichtert stellte ich fest, dass nur ein paar Leute um uns herum mithörten, die meisten hatten sich zum Glück schon über den Hof verstreut und zückten ihre Portemonnaies, weil Dennis und Nurya jetzt mit zwei schwarzen Hüten von einem zum anderen gingen. »Du entwirfst Mode.« Wie ultrapeinlich. Und dann noch die Vorstellung einer rosa Schleife. Trotzdem sagte ich artig Danke und nahm das Geschenk entgegen. Als Erinnerungsstück an diese aufregende Zeit fand ich es ja toll.

Paul tauchte neben mir auf. »Ich habe auch noch etwas für dich.«

Ich sah mich um. Helli und Pego schlenderten gerade zu einem Imbissstand, Nurya redete wild gestikulierend mit zwei Erwachsenen, die einen großen Schein in den Hut flattern ließen.

»Coole Ansprache«, sagte ich. »War das geplant?«

Paul schüttelte den Kopf. »Nein. Ja. Das war auf jeden Fall Plan B.«

Wir lachten.

»Du hast Nerven.« Aus dem Augenwinkel sah ich, dass sein Vater sich näherte, dem Gesichtsausdruck ließ sich aber nicht entnehmen, in welcher Stimmung er war.

Paul drückte mir etwas in die Hand. »Hier, für dich.«

»Für mich? Wieso?«

»Nur so. Weil du mir geholfen hast.«

»Danke.« Ich wickelte das Papier ab. »Ein Stempel?«

»Hab ich selbst gemacht.«

»Wirklich?« Es war eine Wasserlilie. Eine sehr schöne noch dazu. »Das ist ja mein Erkennungszeichen!«

»Ich weiß.«

»Woher weißt du das?«

Paul lächelte. »Weiß ich halt.«

»Wie wunderschön.« Das stimmte. Die Wasserlilie mit vielen kleinen Blütenblättern wirkte ganz zart. »Danke. Das ist ein tolles Geschenk.«

»Damit kannst du deine Zeichnungen in Berlin signieren.«

»Stimmt! Wie genial.« Ich blickte auf. Pauls Vater stand jetzt direkt hinter seinem Sohn, der ihn jedoch noch nicht bemerkt hatte. »Da … da ist jemand …«, flüsterte ich.

Paul wusste sofort, was ich meinte, und nahm die Farbe einer Tomate an. »Okay«, wisperte er zurück. Dann wandte er sich um. »Hallo, Papa.«

»Wir müssen uns unterhalten.«

Von der Seite schob sich Pauls Mutter ins Bild.

»Genau. Wir.« Sie reichte mir die Hand. »Hallo, Lilaia. Ich bin Pauls Mutter.«

Pauls Vater räusperte sich und dann reichte auch er mir die Hand. »Peters, angenehm.«

Warum sagte er nicht »Peters, unangenehm«? Ich wunderte mich über die seltsame Floskel, denn Pauls Vater sah wirklich nicht so aus, als fände er es schön, meine Bekanntschaft zu machen.

Seine Mutter schon eher. Sie lächelte. »Ich habe zwar nicht genau verstanden, um was es hier in den letzten Wochen ging, aber fest steht ja wohl, dass ihr doch etwas recht Ungewöhnliches hinbekommen habt.«

»Wollen wir mal nichts beschönigen«, meldete sich Herr Peters zu Wort. »Was ist das für eine haarsträubende Geschichte, Paul?«

Frau Peters legte ihrem Mann die Hand auf den Arm. »Stephan, du hast es doch mitbekommen, das Problem ist bereits gelöst. Da müssen *wir* keins mehr daraus machen, oder?«

Pauls Vater holte Luft.

»Ich habe mich wie ein Vollidiot aufgeführt«, sagte Paul schnell und blickte seinem Vater zum ersten Mal in die Augen, »aber ehrlich gesagt nur, weil ich dir damit imponieren wollte! Du tust nämlich immer so, als müsste ich ein Künstler sein, und deshalb wollte ich unbedingt Illustrator für die Schülerzeitung werden.« Paul schaute zu mir. »Dabei bin ich längst nicht so gut wie Lil.«

»Aber du schreibst dafür geniale Geschichten«, beeilte ich mich zu sagen. Ich wandte mich an die Eltern. »Sie müssen unbedingt seine neue Titelgeschichte lesen.«

Paul wurde ein wenig rot. »Lil hat die Illustrationen dazu gemacht.«

Die Mutter klopfte Paul auf die Schulter. »Natürlich lesen wir sie, nicht wahr, Stephan?«

Pauls Vater sagte nichts. Erst hatten wir ihn nicht zu Wort kommen lassen und jetzt hatte es ihm offenbar die Sprache verschlagen. Nachdenklich und irgendwie auch bekümmert schaute er von einem zum anderen. Ringsum herrschte fröhlicher Schulfesttrubel und ich hätte mich jetzt sehr gern aus dem Staub gemacht.

»Papa, jetzt sag doch mal was!«

Herr Peters räusperte sich noch einmal. »Ich wusste nicht, dass ich dich so unter Druck gesetzt habe.«

Ich blinzelte hinüber zu Paul. Das war die Chance für ihn, jetzt durfte er nicht einknicken.

Zum Glück begriff er das.

»Doch. Hast du aber. Ständig willst du mir weismachen, ich müsste später den gleichen Erfolg haben wie du. Mindestens. Dabei interessiert mich das gar nicht. Ich habe keine Ahnung, was ich mal werden will, aber eines weiß ich jetzt schon: Artdirector werde ich garantiert nicht!«

»Ich bin so ein Arschloch«, sagte Pauls Vater plötzlich.

»Waaas?« Pauls Stimme bebte.

»Ach, komm her, du genialer Lümmel.« Und dann zog er Paul an sich und drückte ihn so doll, dass ich dachte, er würde ihn zerquetschen.

»Bitte, Lil!«

»Du hast es doch schon zehnmal gehört.«

»Nur noch einmal, bitte!« Orion schnappte sich eine Olive, warf sie in die Luft und fing sie mit dem Mund auf.

»Ja, los, erzähl noch mal.« Nike machte es ihm nach, verfehlte aber das Ziel. Die Olive kullerte über die Picknickdecke und blieb genau vor Pans Nase liegen. Er hob den Kopf und schnupperte.

Pego schnappte sie ihm weg und schob sie in seinen Mund. »Oliven sind nicht gut für dich, dicker Hund.«

»Nenn ihn nicht so«, motzte Arti. »Und stell bitte diesen Teller da woandershin! Ich hasse Wurstgeruch! Wie oft soll ich das noch sagen?«

Orion kitzelte mich mit dem Fuß am Rücken. »Lil, los, jetzt mach schon!«

»Worum geht es denn?«, wunderte sich Mama.

»Um das A-loch.«

Nike, Orion und Triton kicherten. Mama sah mich verständnislos an.

»Sag nicht, die Geschichte ist dir entgangen.« Papa angelte sich eine Scheibe Schinken und schob sie ohne Brot einfach in den Mund.

Orion begehrte auch sogleich auf: »Hey! Du darfst das einfach, oder was? WIR dürfen das nie!«

»Mein lieber göttlicher Orion, Picknickregeln unterscheiden sich ein wenig von Esstisch-Regeln. Schau her.« Papa nahm sich eine Salamischeibe und schob sie genüsslich hinterher. Wir lachten.

Triton und Orion ahmten ihn sofort nach.

Papa runzelte die Stirn. »Von Schmatzen kann aber weder zu Tisch noch auf der Picknickdecke die Rede sein.«

Die Kleinen grinsten frech und schmatzten extralaut, dabei kitzelte Orion mich schon wieder. »Los, Lil, Mama kennt die Geschichte noch nicht.«

»Na gut.« Ich legte mein Käsebrötchen ab, setzte mich aufrecht hin und sagte mit der tiefsten mir möglichen Stimme: »Ich bin so ein Arschloch.«

Meine jüngeren Geschwister warfen sich weg und rollten brüllend vor Lachen über unseren Rasen. Mama schüttelte den Kopf.

»Halt!«, sagte Pego. »Das ist noch nicht alles.« Er rief: »Waaaas?«, und versuchte, Pauls entsetzte, wackelige Stimme zu imitieren.

»Ach, komm her, du genialer Lümmel!«, rief ich.

Alle außer Mama grölten.

Arti bekam einen Schluckauf, Nike rollte jetzt mit Orion und Triton über den Rasen.

Mama warf Papa einen fragenden Blick zu.

»Hat sich so offenbar heute Vormittag auf dem Schulhof zugetragen«, erklärte er.

»Zwischen?«

»Paul und seinem Vater.«

Triton sprang hoch. »Ich bin so ein Arschloch.«

Orion stellte sich neben ihn. »Waaaas?«

»Ach, komm her, du genialer Lümmel!«

Jetzt lachte auch Mama.

»Noch mal!«, schrie Nike.

Papa winkte ab. »Alle haben es mehrfach gehört. Das muss reichen.«

Triton robbte zurück zur Picknickdecke und nahm mit dem Mund sein Brötchen auf. Dazu zuckte er wie wild mit dem Kopf.

»Triton!«, tadelte Mama.

»Picknickregeln!«

Im Nu hatten sich auch Orion und Nike wie Hunde vor ihren Teller gehockt und schmatzten vor sich hin.

»Der Lümmel ist vielleicht ein gutes Stichwort«, sagte Mama.

Ich schob mir ein Radieschen in den Mund. »Für was?«

»Für eine Neuigkeit.«

»Eine Neuigkeit?«

»Was denn?«

»Ja, was denn?«

Mein Handy bimmelte. »Halt!«, rief ich. Das ist bestimmt die Spendensumme!« Ich fingerte nach meinem Handy. Und richtig, es war die erwartete Nachricht von Dennis, der mit Nurya und Frau Schneider das Geld gezählt hatte. »Wir haben 3.498 Euro gesammelt!!«

Wow. Ich schickte ihm einen erhobenen Daumen.

»Stellt euch vor, 3.498 Euro!«

Alle klatschten. Papa lachte und zog eine Münze aus seiner Hosentasche. »Hier, Lil, dann lege ich die zwei fehlenden Euro für eine runde Summe drauf.«

Ich fing das Geldstück auf. »Danke.«

»Aber jetzt will ich wissen, was die Neuigkeit ist«, drängte Triton.

Mama lächelte. »Etwas Schönes.«

»Na, das scheint Papa aber anders zu sehen. Schau mal, was für ein Gesicht der macht«, sagte ich und zeigte auf Papa, der plötzlich wieder ziemlich gequält dreinschaute.

Er lachte. »Halb so wild.« Er zwinkerte Mama zu. »Hoffen wir jedenfalls.«

Ich verstand kein Wort. Halb so wild? Das hatte ich vor gar nicht langer Zeit schon mal gehört, und was folgte, war für mich allerdings tierisch wild gewesen, zumindest am Anfang. »Hä? Könnt ihr vielleicht mal Klartext reden? Was ist halb so wild?«

»Wir ziehen nicht nach Cambridge?« Pego streckte die Arme in die Luft, als wollte er losjubeln.

Mama schüttelte den Kopf. »Na ja, der kleine Lümmel wird hoffentlich«, sie schaute von einem zum anderen, »halb so wild wie ihr.«

»Kleiner Lümmel?«

»Was für ein Lümmel? Kriegen wir Besuch?«

Papa lachte. »Nike, du bist nah dran.«

»Wer ist es denn? Kennen wir den?« Orion klaute seiner Schwester eine Tomate vom Teller, aber sie merkte es nicht, weil sie neugierig zu Mama hinüberstarrte.

»Er oder sie kommt in sechs Monaten.«

»Wieso denn erst in sechs Monaten? Was ist das denn für

ein komischer Besuch?« Hinter Tritons Stirn arbeitete es. Es machte ihn wahnsinnig, dass er nicht verstand, worum es ging.

Dafür ging aber mir gerade ein Licht auf. »Mama, bist du schwanger?«, fragte ich in die allgemeine Ratlosigkeit hinein.

»Einhundert Punkte für Lilaia!« Papa applaudierte.

»Was?« Pego sprang auf, als hätte ihn ein schlimmes Insekt gestochen. »Das ist ein Witz, hoffe ich!«

»Schwanger?« Arti runzelte die Stirn.

»Juchhu!«, jubelte Nike und rüttelte ihren Zwilling. »Hast du gehört?« Orion knurrte irgendetwas Unverständliches. »Ein Baby, ein kleines Baby! Und du bist nicht mehr der Jüngste, wir sind nicht mehr die Knirpse.« Nike war gar nicht zu bremsen.

Mama lachte.

»Ich fasse es nicht!«, rief Pego. »Wieso denn nur?«

»Ja, ehrlich, wieso, das frage ich mich auch!« Ich legte mein Brötchen weg, weil sich mein Appetit schlagartig verabschiedet hatte. »Ich meine, ihr seid …«, ich wusste nicht, wie ich es ausdrücken sollte.

»… alt«, vollendete Pego meinen Satz.

»Ja, und ihr habt sechs Kinder. Das reicht doch.« Arti sah richtiggehend sauer aus. »Ich meine, WIE habt ihr das gemacht?«

Mama und Papa lachten. Das regte uns noch mehr auf.

»Genau. Wieso … das ist doch wirklich nicht nötig …«, stammelte Pego, dem offenbar auch langsam die Worte fehlten.

»Ist ja abartig.«

»Total abartig.«

Mama streichelte Arti über den Kopf, aber sie wich zurück. »Was genau findest du denn abartig?«, fragte sie. »Ein Baby?«

»Diese …« Sie verschränkte die Arme vor der Brust. »Boah, ihr nervt!«

»Ich weiß nicht, was du meinst, mein Herz.«

»Sie meint Sex!«, trompetete Triton, der erleichtert darüber schien, dass er endlich wieder den Durchblick hatte.

Die Zwillinge gluckten. »Was meinst du?«

Niemand antwortete darauf.

»Ach so.« Papa tat so, als wüsste er nicht, worum es Arti ging. Er und Mama lächelten die ganze Zeit wer weiß wie verschwörerisch und irgendwie auch glücklich, was mich eigentlich hätte freuen sollen, aber leider nur noch mehr aufregte. Er legte die Hände aneinander. »Ihr Lieben. Auch wenn ihr euch das nicht vorstellen könnt oder wollt: Es gibt Bereiche im Leben von eurer Mutter und mir, die euch nichts angehen. Das ist unsere Privatsache. Wenn ihr einmal älter seid, werdet ihr das vielleicht, vermutlich, hoffentlich nachvollziehen können. Wir sind eine Familie, ja, das stimmt, aber davon abgesehen sind Lisa und ich auch ein Paar. Wir haben sechs wundervolle Kinder bekommen und jetzt bekommen wir noch ein siebtes! Juchheißa!«

»Aber du hast selbst immer gesagt, der Kahn ist voll!« Ich war aufgestanden und hatte mich neben Pego in die Hängematte gesetzt.

»Ja, und ihr hättet uns wenigstens vorher mal fragen können, wirklich!«

»Genau.«

»Finde ich auch!«

»Ihr seid so peinlich, so … übertrieben … so …« Ich kam nicht weiter.

»Verstörend, wirklich«, sagte Pego. »Echt verstörend. Wisst ihr, was meine Kumpels machen? Die lachen sich schlapp.«

»Zum Glück gehen wir nach England. Da kennt uns wenigstens keiner.« Ich malte mir aus, wie Helli oder Dennis auf die Nachricht reagieren würden.

Mama hob beschwichtigend die Hände. »Pego, Lil, jetzt seht das doch nicht so finster, das ist ja erschreckend. Stellt euch vor, wir hätten uns damals nicht gefreut, als ihr unterwegs wart. Jedes Baby verdient Vorfreude.«

»Wir waren ja auch die ersten. Das ist was anderes.«

»Kinder, es ist nun so, und wir nehmen es, wie es kommt. Einverstanden?«

»Hast du deshalb letztens gebrochen?«, fragte ich.

Mama nickte. »Ja. Am Anfang ging es mir nicht gut.«

»Hast du bei uns auch gebrochen?«, wollte Nike wissen.

»Nicht bei allen.«

»Bei euch beiden hat sie immer doppelt gekotzt!« Pego steckte sich zwei Finger in den Hals und tat so, als müsste er sich übergeben. Orion streckte ihm die Zunge raus.

»Hoffentlich müssen wir uns nicht doppelt übergeben, wenn du zwei Fünfen im Zeugnis nach Hause bringst, lieber Pego.« Mama hob den Zeigefinger.

»Gefahr erkannt, Gefahr gebannt«, erwiderte mein großer Bruder. »Latein fünf, Kunst vier minus. Zumindest im Moment.«

»Wie das?«, fragte ich.

»Hab mich mündlich angestrengt.«

Meine Eltern schüttelten den Kopf.

»Wird es ein Mädchen oder ein Junge?« Arti schien sich schon mit der Neuigkeit abzufinden. Sie streichelte Pan zwischen den Ohren.

»Das wissen wir noch nicht.«

»Weiß Maria es schon?«

»Nein. Ihr seid die Ersten.«

»Ich möchte ein Mädchenbaby.« Nike steckte den Daumen in den Mund und fing wie ein Säugling an zu weinen.

»Bloß nicht.«

»Vielleicht werden es noch mal Zwillinge.« Orion legte sich neben Nike auf Papas Schoß und fing ebenfalls an zu wimmern.

»Was für ein Horror!« Pego hielt die Hände vors Gesicht, als würde er weinen.

»Ich teile mein neues Zimmer in England nicht!« Arti schob die Unterlippe vor. »Auf gar keinen Fall.«

»Ich auch nicht!«, rief Triton.

Mama schnappte sich rechts Arti und links Triton und drückte beide fest an sich. »Leute, jetzt vertraut uns doch mal! Wir kriegen das hin. Wir haben es immer hingekriegt, wir haben sechs tolle Kinder, und ich bin ganz sicher, unser siebtes wird genauso wunderbar.«

Nike nahm den Daumen aus dem Mund. »Darf ich es mal wickeln?«

»So oft du willst.«

»Im Kinderwagen herumschieben?«

»Auch das.«

»Mit ihm in der Badewanne sitzen?«

»Nicht ganz zu Anfang, aber wenn es etwas größer ist, ja.«

Meine jüngste Schwester lächelte selig.

»Also, wenn wir Nike die ganze Arbeit überlassen dürfen, habe ich auch nichts dagegen.« Pego stand auf und begann, unsere schmutzigen Teller zu stapeln.

Ich machte mich in der Hängematte lang. Es dämmerte

bereits und über uns am immer noch blauen Abendhimmel zog ein Flugzeug vorbei und hinterließ eine wolkige weiße Spur. Während Pego im Haus verschwand und der Rest meiner Geschwister Mama und Papa weiter mit Fragen löcherte, die ich nur mit einem halben Ohr hörte, ließ ich diesen aufregenden Tag noch einmal an mir vorübergleiten.

Es gab so vieles, worüber ich mich freuen konnte. Frau Schneiders feierliche Ansprache, den riesigen Applaus, den wir bekommen hatten, und die schöne Kastanie, die von nun an wachsen und wachsen und wachsen würde, immer weiter, bis sie irgendwann ein fertiger, ausgewachsener Baum sein würde, so groß wie die Eiche, die vor fünfzig Jahren bei der Eröffnung unserer Schule dort gestanden hatte. Bis es so weit war, würde wahrscheinlich sogar unser siebtes Aprilkind erwachsen sein. Bei dem Gedanken musste ich plötzlich lächeln. Mama hatte recht. Wir schafften das bestimmt, irgendwie und wie immer mit vereinten Kräften.

Ich kehrte zurück zu den schönen Momenten des Tages und dachte an Nurya in ihrem roten Kleid und meine Freude darüber, dass ich nun eine weitere tolle Freundin hatte, an den wunderschönen Wasserlilienstempel von Paul und natürlich auch an Helli und Dennis, meine allerbeste Freundin und meinen besten Freund. Je länger ich über alles nachdachte, desto fröhlicher wurde ich. Denn wenn ich mein Leben mal von rechts und links und oben und unten und vorne und hinten betrachtete, dann hatte ich es im Moment ganz schön gut erwischt. Okay, ich musste nach England ziehen. Aber wenigstens zog Helli in ein Internat in der Nähe und abgesehen davon war London nicht sehr weit. Außerdem hatte ich den Job für den Kitty-Kurier bekommen und den zweiten Platz im Designwettbewerb. Ich würde nach Berlin fahren und interessante Modeleute treffen und bei einem Workshop mitmachen.

Und dann gab es noch etwas. Ich wusste jetzt etwas sehr Wichtiges, was ich vor einigen Wochen noch nicht einmal geahnt hatte, weil ich damals nämlich dachte, mein Leben sei vorbei und alle Freude für immer dahin. Das stimmte nicht. Es dauerte zwar ein Weilchen, aber im Grunde war es genau so, wie meine hellihafte allerbeste Freundin es prophezeit hatte: Liebeskummer war heilbar. Bei mir hatte sich keine Hintertür, keine Falltür, aber dafür eine Vordertür geöffnet, und Dennis war jetzt nicht einfach mein Ex, sondern mein Kumpel, mein Freund und manchmal sogar mein Komplize. Gut, das kam trotzdem nicht an frische und schmetterlingsflatternde Verliebtheit heran. Aber es war ganz schön viel wert. Und ein guter Grund, leichten Herzens in diesen wunderschönen Sommerabend hineinzuschaukeln.

Familie April macht Berlin unsicher:

ISBN 978-3-7348-4712-7

Mit dem Zeichenblock im Gepäck geht es für Lil nach Berlin, zum großen Modeworkshop. Auch mit dabei: die gesamte Großfamilie. Da ist das Chaos praktisch vorprogrammiert! Viel Zeit hat Lil allerdings nicht, um Berlin zu entdecken. Denn der Wettbewerb ist härter als gedacht und die Konkurrenz groß. Und dann ist da der süße Jari, der Lil mit seinem seltsamen Verhalten Rätsel aufgibt. Als auch noch ihre kleine Schwester Arti auf Abwege gerät, muss Lil eine wichtige Entscheidung treffen.

Auf nach England!

ISBN 978-3-7348-4718-9

Lils neues Leben in Cambridge steht unter keinem guten Stern: Dauerregen, Heimweh, keine Helli, kein Jari. Und dann blamiert sich Lil am ersten Schultag bis auf die Knochen. Wie soll sie so jemals Freunde finden an der neuen Schule? Zwar sind da ihre Schulpatin Bonnie und eine Näh-AG, in der Lil endlich einmal wieder ihre Talente zum Einsatz bringen will. Aber irgendwie geht alles schief, was Lil anfasst. Ist das einfach nur Pech oder steckt mehr dahinter?

Stephanie Gessner wuchs in einem kleinen Dorf in der Nähe von Limburg auf. Als Jüngste von sechs Geschwistern lernte sie früh, gute Verstecke zu finden, zum Beispiel für Süßigkeiten – und für ihr Tagebuch. Sie hat Literaturwissenschaft studiert, eine Zeit lang Reiseberichte für Zeitschriften verfasst und arbeitet heute als Texterin. Nebenbei schreibt sie Romane und Kurzgeschichten. Sie lebt mit ihrer Familie in Mainz.

Natürlich magellan©

FSC
www.fsc.org
MIX
Papier aus verantwortungsvollen Quellen
FSC® C083411

Wir pflanzen Bäume
Für unsere Umwelt
www.magellanverlag.de

FAIR PRODUZIERT
www.magellanverlag.de

Hergestellt in Deutschland
Gedruckt auf FSC®-Papier
Lösungsmittelfreier Klebstoff
Drucklack auf Wasserbasis

1. Auflage 2021

Dieses Werk wurde vermittelt durch
die Autoren- und Projektagentur Gerd F. Rumler (München).
Umschlaggestaltung: Christian Keller
unter Verwendung von Motiven von iStock / Gurzzza, Kalistratova
Druck: CPI, Leck
ISBN 978-3-7348-8215-9

www.magellanverlag.de